荒原狼

[德]赫尔曼·黑塞　著

田伟华　译

台海出版社

图书在版编目（CIP）数据

荒原狼 /（德）赫尔曼·黑塞著；田伟华译. -- 北京 ：台海出版社，2020.1（2022.4重印）
ISBN 978-7-5168-2513-6

Ⅰ．①荒… Ⅱ．①赫… ②田… Ⅲ．①长篇小说－德国－现代 Ⅳ．①I516.45

中国版本图书馆CIP数据核字(2019)第278442号

荒原狼

著　者	〔德〕赫尔曼·黑塞	译　者	田伟华	

出版人	蔡　旭	版面设计	李劲松
责任编辑	王　艳	封面设计	尚上文化·海凝

出版发行　台海出版社
地　　址　北京市东城区景山东街20号
邮　　编　100009
电　　话　010－64041652（发行、邮购）
传　　真　010－84045799（总编室）
网　　址　www.taimeng.org.cn/thcbs/default.htm
电子邮箱　thcbs@126.com

经　　销　全国各地新华书店
印　　刷　大厂回族自治县德诚印务有限公司

开　　本　880毫米×1230毫米　1/32
字　　数　159千字
印　　张　8
版　　次　2020年1月第1版
印　　次　2022年4月第3次印刷

书　　号　ISBN 978-7-5168-2513-6
定　　价　58.00元

一点说明

　　诗歌有多种解读和误读的方式。对一首诗来说，读者从哪个地方开始不解、误读，多数情况下，并不是由作者决定的。很多作者发现，读者对他作品的理解甚至比他本人还要清晰、透彻。而且，在某些情况下，误读可以让读者收获颇多。

　　然而，就我个人来说，我写了那么多的书，唯有《荒原狼》这本引起的误读最多，误读的程度也最离谱。在读这本书的人当中，有些对书中的某些观点表示认同，读的时候也怀着极大的热情，有些却觉得不过是一堆垃圾，干脆随手丢掉，而读进去的那部分人的反应最为奇怪。就这件事我想了想，觉得一部分原因是（注意，我在这里说的是一部分原因），我写这书的时候已年满五十岁，书中探讨的也是这个岁数的事，而实际的情况是，这本书经常落到十分年轻的读者手中。

　　在我这个岁数的读者当中，我总是一再发现，虽说此书给他们留下的印象还算深刻，但让我感觉颇为奇怪的是，这些人只读懂了我的一半的创作意图。我觉得这部分读者把自己当作荒原狼了，认同了荒原狼的遭遇，跟着荒原狼一同痛苦、一同做梦，却忽视了书中阐述的一个事实：除了哈里·哈勒尔和他的个人困苦，其实书中讲述的是一个更高远的坚不可摧的世界，这个世界游离于荒原狼有问题的生活之外，也是他无法理解的。这些"协定"以及书中说的那些关于精神、艺术、不朽之人的事，以一种积极、安静、超个人、不朽的有信仰世界表现出来，与荒原狼那只崇尚受苦的世界格格不入。书中无疑也讲到了悲伤和需求，但这绝不是一本绝望的书，而是一本充满信念的书。

　　当然了，我不能也不想告诉我的读者如何理解我的故事。我希望每一个人都能从中发现一些可以触动他、对他有用的东西！不过，倘若很多读者能够意识到荒原狼的故事其实刻画的是一种疾病和危机——不是一种导致死亡和毁灭的疾病和危机，而是刚好相反，一种导致治愈的疾病和危机——那我就更高兴了。

赫尔曼·黑塞

一九六一年

前 言

本书其实是一个叫荒原狼的人留下的手记。这人总说自己是荒原狼。他丢下的这堆手稿是否需要用一些引述性的文字描述一下暂且不说，不过，我觉得需要在荒原狼的手记前加上几页，记录下我对他的回忆。其实，我对他的了解蛮少的，他的过去和出身，我更是一点都不知道。虽说如此，他的个性留给我的印象一直都很深，我也十分同情他的个性。

那是几年前的事吧，当时荒原狼年近五十岁，一天，他来到我姑妈家，说要租间带家具的屋子。他租下的是楼上的那间阁楼和阁楼旁边的卧室，又过了一两天，拎着两个大箱子和一大箱子书来了，跟我们一起住了九到十个月。他就一个人住，很安静的一个人，我们的卧室挨着，常在楼梯和走廊里碰到，但说到熟识还算不上。他这人不善言谈，老实说，他这种不善交际的程度我这辈子都没见过。正如他有时说的，自己真的是一匹荒原狼，又怪、又野、又害羞——是从另外一个世界来的。由于性格、命运使然，他的生活在多深的孤独的深渊飘浮着，他又是如何有意识地把这种孤独看作了自己的命运，这些事我都是在读了他的手记之后才知道的。此前，我们偶尔也说话，也接触，对他也多少有了些了解，我发现，他的手记中所刻画出的他的形象，与我从我们的私人交谈中所获得的那个苍白、不完整的形象，基本上是一致的。

荒原狼初次进到我姑妈家里，成为我姑妈的房客时，碰巧我也在场。他是中午来的。那时，饭桌还没收拾干净，我还有半个小时才回办公室上班。他按响门铃，从那道玻璃门里进来了。客厅里灯光昏暗，我姑妈问他有什么事。然而，荒原狼在说明来意、说出自己的名字之前，却抬起头发剪得短短的脑袋，紧张地抽动鼻子四下里闻了闻。

"哦，味道还不错。"他说，说完就笑了，我姑妈也笑了。我觉得他这么介绍自己未免太可笑，故此有些讨厌他。

"哦，对了，"他说，"你们这里不是要出租房子吗，我来看看。"

我们三人一起上到顶楼，这时我才好好看了看他。他个子并不大，举手投足间却让人觉得身材很高大。他穿着一件冬衣，时髦的款式，看着也很舒服，虽说打扮有些马虎，却还不错，胡子刮得很干净，短短的头发处处显出灰白。起初，我一点也不喜欢他的样子。他的脸那么有棱角，相貌那么引人注意，声音又是那么浑厚，姿态中却透出一股疲乏与犹豫不决。

后来我才知道，他的身体并不好，光是走路就够他受的了。他笑得好古怪——当时我也很不喜欢他这一点——总盯着楼梯、墙壁、窗户和楼梯间那些又高又旧的食橱。他好像很受用看这些东西，这些东西也让他感到快活。总之，他让人觉得就像从一个陌生的世界来的，也许是从另外一个大陆来的。他觉得这里的一切十分迷人，还有点奇怪。不可否认，他这人很有礼貌，甚至可以称得上友善。房租、早饭这些事，他当即就同意了，没有任何反驳，但我总觉得他很怪，叫人讨厌或者对人有敌意。阁楼上的那间房子连同隔壁的卧室他都租下了，认真又和蔼地听我姑妈说供暖、热水、服务、租客须知方面的事，反正所有的条件都一口答应下来，并且立即预付了一部分房钱，但在此期间我总觉得他事事都不关心，似乎觉得自己的所作所为很好笑，完全不把自己当回事。租房子、和德国人说话这种事好像对他来说就是一种新鲜、奇怪的体验，做这些事的时候他的心里还装着别的毫不相干的事。

　　他留给我的差不多就是这样的一种印象，若不是有很多细小的特点加以补充、更正，这种印象当然不能说是好的。首先就是他的那张脸，虽说看着有些像外国人，却从一开始就让我欢喜。他的脸有几分古怪，也可以说是有些悲伤，却显得十分警觉、多思、引人注目，且透着高度的智慧。然后，更让我有好感的是他那友善、彬彬有礼的态度，虽说着实费了一番功夫才达到这种效果，却没有丝毫的矫揉造作，反倒有一种近乎打动人、恳求的东西在里面。其中的原因后来我才弄明白，不过我当时马上就更喜欢他了。

　　两间房子还没看完，一些事宜也没商量好，我的午餐时间就结束了，我该回去上班了。我走了，就让我姑妈应付他吧。晚上我回来后，我姑妈说那人已经把两间房子都定下来了，一两天后就搬进来。他只提了一个要求：他搬来这儿住千万不要让警方知晓，他身体不好，在警局填各种表格，到哪儿都要站着，让他的身体吃不消。我清楚地记得，当时这件事让我大吃一惊，我就警告我姑妈千万不要答应这个要求。在我看来，他怕警察知道这一点刚好对应了他的那种神秘、异国气质，让我觉得此人颇为可疑。我和我姑妈解释，决不能因为这样的一个完全陌生的人就让自己陷入尴尬的境地，执意这么做可能会带来不好的后果。可我后来才知道，她早就答应了人家的要求，甚至都被这个陌生人的魅力俘获、征服了。我姑妈对待每一位房客无不热情、友善，就像姑妈，更准确地说，就像母亲对待自己的孩子那样对待人家，前面有很多的房客就是抓住了她的这个软肋坑害她。就这样，刚开始的几个星期，我挑了这位新房客的很多毛病，可我姑妈总是想方设法护着他。

　　房客拒绝通知警方这事让我心里极其不痛快，我就想至少应该知道我姑妈对这人了解多少，他都有什么样的背景，他搬到这儿来的目的又是什么。中午我离开家回去上班后，这人又待了一会儿，可我姑妈只问出了人家的一点信息。他对我姑妈说想在我们这个城市住上几个月，去图书馆看看，再瞧瞧名

胜古迹。我想说，他就住这么短短的几个月，我姑妈肯定不大
乐意，可他看上去虽然十分怪异，却显然已经俘获了她的心。
总之，他把房子租了，我再想反对已经晚了。

"他干吗说这里挺好闻的？"我问。

"这事我知道得最清楚啦，"她用平时的那种态度答
道，"咱们这儿又干净、又整洁、又舒服，一看就是正派人家
的房子，他指的肯定就是这种气味。他干吗那么高兴，肯定
是因为这个了。看样子好像他最近已不习惯这种生活，想过
一过。"

我想反正这不关我的事，就大声说："可是，万一他适
应不了舒适、体面的生活呢？万一他并不爱干净，总想把一切
搞得脏兮兮的，或者整夜喝酒醉醺醺地回来呢？"

"那我们就等着瞧吧，等着瞧吧。"她说完就笑了，这
事也就先搁下了。

其实，我的担心并无根据。这位新房客尽管过的日子倒
不那么井井有条、合情合理，却并未给我们造成什么麻烦和担
忧，而时至今日我们还是会经常想起他。然而在心底深处，我
和我姑妈都受到他的极大困扰，我也承认，直到这一刻，他还
萦绕在我的心头。我在夜里经常梦到他，虽说我开始喜欢上了
他，可就是这样的一个人，完完全全地搅扰了我的生活，让我
的内心彻底变得不安静了。

两天后，一位脚夫把这个叫哈里·哈勒尔的陌生人的行

李搬进来了。他的大皮箱子可真不赖，给我留下的印象很棒，他还有个浅颜色的大行李箱，分为好多格，一看就是出远门时常常带着的——上面至少贴满了旅馆和各个国家旅行社的标签，有些还是海外国家的。

　　然后他本人就现身了，从此以后我也就慢慢地和这个陌生人认识了。起初，我并不想和他走得太近。尽管这个叫哈勒尔的人从我见到他的那一刻就让我有了兴趣，可在最初的两三个星期，我既没有碰到过他，又没有和他说过话。老实说，从一开始我就在观察他，他出门的时候，我总进他的房间东看西看，好奇心驱使着我搞了些"侦探工作"。

　　荒原狼的外表我已是说了一些。看第一眼，会觉得这人了不起，绝非凡夫俗子，且拥有异于常人的天赋。他的脸上透出睿智，表情异常多变，说明此人极度情绪化，异常敏感。别人同他说话时（这种事不常发生），他总不按规矩出牌，老说他那个怪异的世界里的私事，然后，像我这种人，就会一下子被他迷住。他想得比别人多，就睿智这方面来说，他心态平和，说话、问题不偏不倚，既有知识，又有思想，却缺乏热情，永远不想出风头，不想说服别人，也不想自以为是，属于典型的知识分子。

　　就这件事，我想起一个例子，当时他还有几天就要从这里搬走了，我记得他飞快地瞥了我一眼，刚好形象地表达了我上面说的意思。有位著名的历史学家、艺术批评家，在欧洲很有名气，说要在大学礼堂举办一场演讲。我就想让荒原狼同我一起去，起初他并不想，后来经不住我软磨硬泡，这才答应。
我们一起去了，挨着坐下。演讲者一登台说话，很多的听者，
本以为他是个先知式的人物，可一见他那打扮时髦、自高自大
的模样，顿时失望透顶。他介绍了自己，说了几句恭维听众的
话，又说感谢这么多的人前来捧场，也就是在这个时候，荒原
狼飞快地瞥了我一眼，那种眼神既是批评这位演讲者这么说
话，又在批评他的整个性格——这富有深意的眼神令我难忘，
使我害怕。这眼神不只是在批评这位演讲家，不只是在用它那
压倒一切却无比精妙的讽刺毁灭这位名人。根本不是这样。这
种眼神更多的是一种悲哀，而不是讽刺，真的是一种彻底绝望
的悲哀，表露的是一种心如死灰的绝望，而这种绝望部分源于
自信的判断，部分源于习惯性的思维方式。他的这种绝望不但
揭开了这位演讲家的真实面目，凭借那讽刺性的眼神唾弃了近
在手边的这件事（演讲），唾弃了听众的满怀期待的心情，唾
弃了演讲主题下面那个傲慢的头衔——不，不只是这样，荒原
狼的眼神更撕碎了整个的时代，撕碎了这个时代中的一切矫揉
造作的活动，撕碎了一切的起伏纷争，撕碎了一切的自负，
撕碎了一个固执己见的知识分子浅陋、轻薄的表演。还有，哎
呀！这眼神还在刺透更深远的地方，深入错误、缺点、我们这
个年代的绝望、我们的知识、我们的文化的下面的幽深处。这
眼神直抵人心，只用一秒就滔滔不绝地述说出了一位思想者的
全部绝望。也许只有他，只有有这种眼神的人，才真正懂得人
生的全部价值及活着的全部意义。这眼神像是在说："看看我

们都变成了什么样的猴子！看看，人都变成了这副德行！"就是这么一瞥，什么名气啊，知识啊，成就啊，为了崇高取得的进步啊，人的伟大和忍耐力啊，顷刻间统统坍塌了，变成了猴子般的小把戏！

这番话一出，我就说得太靠前了，已经揭示出了哈勒尔对我的根本意义，这和我最初的想法和意图刚好相反，我本打算说我同他慢慢熟识的过程，借此一点一点地揭示他的形象。

既然都提前说了，我就不再说哈勒尔那令人感到困惑的"怪异之处"了，也不再详述我是如何慢慢地猜测到这种怪异的根源和意义的，也不会再说他的这种叫人害怕的不同寻常的孤独。这么做反倒更好些，因为我想把自己的个性尽可能深地隐藏在故事的背景之中。我并不想写什么忏悔录，不想写一个故事或一篇心理学的论文，只想做个目击证人，写点东西，刻画出这个把手稿丢在身后叫荒原狼的怪人的形象。

他一进我姑妈的家门，我一见他像鸟儿那样伸着脖子探头探脑，说屋里的气味多么多么好闻，就马上觉得这人怪得不行，我的第一个自然的反应就是极端的厌恶。我怀疑（我姑妈不像我，简直就是个大老粗，也觉察出了这人哪里不对劲）——我怀疑这人有病，精神上有毛病，要么就是脾气或性格上有些问题，出于维护健康的本能，我总想躲着他。然而，这种躲避慢慢地被同情取代，我同情他，是因为我觉得他是一

个长期遭受深重苦难的人，我也明明看到了他的孤独，还有他
内心的缓慢死亡。而此时，我也越来越深地意识到，他遭受的
这种痛苦并不是因为某些天生的缺陷，而是因为天赋和能力过
于充盈，二者又没有实现和谐统一。我看得出来，哈勒尔是个
天才，借用尼采的诸多说法，他就是在自己内心深处创造出了
一种耐苦的能力，这种能力他天生就有，无边无际，也叫人恐
惧。同时我也看出，他的悲观情绪的根源并不是对世界的鄙
视，而是对自己的鄙视；无论他在谈话中多么残酷地攻击各类
社会习俗和别人，却从未放过自己。他说的那些刻薄、讽刺性
的话语，首先针对的就是他自己，他恨的那个人、否定的那个
人就是他自己。说到这里，我禁不住要从心理学的角度分析
他。我对荒原狼的确了解得不多，却有充足的理由相信，他的
父母、师长热忱却严厉，且十分虔诚，恪尽职守，认为摧毁
学生的意志就是教育、抚育孩子的基石。在荒原狼的例子中，
摧毁个性和意志的企图显然没有得逞。他的意志太坚强，为人
又太高傲、勇敢。他们没有摧毁他的个性，反倒让他学会了如
何恨自己。他纯真又高贵，这辈子却不得不用全部的想象力和
思想对抗自己，他把讽刺性的话语、但凡能掌控的愤怒和仇恨
统统发泄在自己身上，尽管这样，他却是一个真真正正的基督
徒，一个真真正正的殉道者。对于别人和周围的世界，他总是
无所畏惧地热恋他们，总想公正地对待他们，不去伤害他们，
他强迫自己爱邻居，恨自己，有多爱邻居，就有多恨自己，
故此他的整个生命就鲜明地揭示出了这样的一个事实：不爱自

己，就无法爱邻居，自我憎恨其实和极端的利己主义是一回事，而从长远来看，这种态度又造成了极端的孤独和绝望。

　　说到这里，让我暂时把思想放到一旁，改说事实。在哈勒尔身上，我最初的发现（一半通过"间谍活动"，一半通过我姑妈的评述）就是他的生活方式。我很快就查明，他一直在思考、读书中过日子，并没有什么实在的职业。他总在床上躺着，一直要躺到上午都快过去了才肯罢休。他中午前起床的时候并不多见，起来后就穿着睡衣从卧室里出来去客厅。客厅在阁楼，又大又舒服，带着两扇窗户，以前有别的租客住过，如今哈勒尔只住了几天，就都不一样了。客厅里都快被东西塞满了，随着日子一天天过去，里头的东西也是越来越多。图片胡乱挂在墙上，画胡乱拼贴在一起——有时是从杂志中剪下来的插画，往往也都变了模样。有几幅风景画，画的是德国南部的一个小城，显然是哈勒尔的故乡，就垂挂在墙上，这些画的中间是一些色彩艳丽的水彩画，后来我们才发现，这些竟出自他的手笔。然后又是几幅漂亮女人的画像——说女人好像并不合适——说姑娘才对。有好一阵子，墙上一直挂着一幅暹罗佛陀的画像，起初被米开朗琪罗的《夜》取代，后来换上了一幅圣雄甘地的画像。大书柜里的书堆得满满的，别的地方也有，桌子上、古旧的写字台上、沙发上、椅子上、地板上扔得到处都是，这些书里面都还夹着纸条，也总换。书越堆越多，除了从图书馆里借的、被他夹在胳膊底下带回来的那些，还有一包包邮寄过来的。住这种屋子的人可能是学者，屋里弥漫着的雪茄

的气味和随处可见的烟蒂、烟灰也验证了这一点。然而，他的
这些书大部分并不是学术方面的，多数都是各个时代、各个民
族的诗人的集子。有很长一段时间，沙发上一直摆放着一部六
卷本的《索非亚梅尔—萨克森游记》——一部十八世纪晚期的
作品。《歌德全集》《让·保罗全集》看来是他经常翻阅的，
诺瓦利斯、莱辛、雅各比、利希滕贝格的作品他也常读。几卷
陀思妥耶夫斯基的作品中夹满了用铅笔写的纸条。大桌子上的
书堆和纸中间常常会看到一盆花。也是在那里，会有个颜料盒
子，里头往往积满了灰尘，堆着一层层的烟灰和（我不遗落任
何东西，都说了吧）各样的酒瓶子。其中有个瓶身用干草裹
着，装着意大利红酒，是他从社区的一个小店铺那里买来的；
勃艮第葡萄酒、马拉加葡萄酒常常也会有两瓶；我还看到有一
大瓶樱桃白兰地没过几天就快空了，后来就被扔到一个角落里
吃灰，再没碰过。我不想为自己的"间谍活动"开脱，尽管我
会坦诚地说这种知识分子的生活勾起了我的极大兴趣，却也觉
得这个人很邋遢，生活很混乱，让我起初厌恶他、怀疑他。
我不是什么中产阶级，我就是一个过着循规蹈矩的生活的人，
努力工作，准时上班；我又很自制，不抽烟，因此哈勒尔屋
里的那些酒瓶相较其艺术家式的混乱生活的其他方面，更让我
厌恶。

　　他吃饭就和睡觉、工作一样毫无规律、不负责任。有些
天他根本不出门，早上喝杯咖啡就算是吃了饭。有时我姑妈只
发现了一个香蕉皮，表明他已吃过饭了。然而，别的时候，他

总去餐馆就餐，有时去最高档、最时髦的饭店，有时去郊区的小饭馆。他的身体看起来不怎么好。除了走路一瘸一拐的毛病，让他上楼吃尽了苦头，似乎别的方面也有问题。他曾对我说，都好些年了，他的肠胃一直不好，连个好觉也没睡过。我觉得这完全是他爱喝酒闹的。后来，我有时会陪他去经常光顾的酒馆，亲眼见他心情好的时候，常常会喝个不停，但不论是我，还是别人，都没见他喝醉过。

我永远忘不了我们第一次意外相遇的情景。那个时候，我们只是租客间的关系，彼此租住的屋子紧挨着。然后，一天晚上，我下班回家，吃惊地发现他竟然坐在一楼和二楼之间的平台上。他当时坐在一楼最高的那级台阶上，见我上来，就主动挪挪身子，让我过去。我问他是不是觉得哪里不舒服，还主动提出扶他上去。

哈勒尔看着我，我能看出他刚才正发呆，经我这么一说，他清醒了过来。他的脸上慢慢露出了那种和善、惹人怜爱的微笑，这微笑常让我的心中充满悲伤。然后，他邀请我坐在他身旁。我谢过他，说不习惯坐在别人的房门口。

"哦，是的，"他说，笑得更友善了，"你说得很对。不过，请稍等片刻，我真的要对你说说我为什么坐在这里。"

说的时候他用手一指一楼那套房子的门口——里头住的是一位寡妇。楼梯、窗户与玻璃前门之间铺着木地板的狭窄空间内，有个高大的红木橱子，橱体上镶嵌着些白镴饰物，前面的地板上有两株植物，一株是杜鹃花，一株是南洋杉，都栽种在大花盆中，摆放在低处的架子上。这两盆花看着十分漂亮，总是被照料得一尘不染，我每次瞧见都很欢喜。

"看那个小门厅，"哈勒尔接着说，"那盆南洋杉就摆在那里，气味又那么美妙。我多次从那里经过，每次都会停住脚步待上一会儿。我在你姑妈门口也会这样，那是一种有序、极度洁净的美妙气味，但这小片地方，有了一株南洋杉，看上去竟是那么干净，那么亮，那么不染一丝尘埃，真的散发着光。我经过的时候总会深吸一口气，你没这样闻过吗？那地方的气味好香，擦得锃亮的地板的气味，微微混合着松节油的香味，再加上一些红木、洗净的植物的叶子、最高级的布尔乔亚式的洁净、悉心照料以及对于小事物的责任感与挚爱感的香味，这一切真是无比美妙。我不知道住在里面的是谁，但那扇门背后肯定有一个洁净有序、毫无瑕疵的天堂，有一种对于生活中的小习惯、小任务的动人而忧虑的挚爱。

"求你一会儿都不要想，"见我不说话，他继续说道，"我说这话是在讽刺别人。我亲爱的先生，不管怎样，我都不会笑话中产阶级的生活。我的确是在另外的一个世界中活着，当然不是这个世界，也许在有南洋杉的屋里活一天也做不到，但现在我老了，也变得龌龊了，却依然是母亲的儿子，我母亲也是中产阶级的妻子，她也养花，也悉心照料自己的房子和里里外外的事，尽量把家里收拾得整洁有序。松节油和南洋杉的香味使我想起了过去，我便经常坐在这里，看着这一小片整洁的花园，看到事情还是原来的模样，心里就很快活。"

他本想站起来，却发现做不到，也不介意我搀扶他一
把。我沉默着，却像我姑妈曾在我面前表现的那样，被这个陌
生男人身上散发出的魅力迷住了。我们走得很慢，到了二楼
他的门口，他手里拿着钥匙，又一次用友善的目光注视我的眼
睛，说道："你下班了？哦，是的，我对这种事几乎一无所
知。我有些不合群，走的路是别人没走过的，总在边缘游荡，
知道吗？不过，我想你对书籍这种事也有兴趣。那天，你姑妈
对我说，你念完大学了，又是希腊语专家。今天上午，我碰巧
读到了诺瓦利斯写的一个段落。我让你看看，好吗？我知道，
你看了肯定会高兴的。"

他带我走进他那间散发着浓烈烟草味的屋子，从一堆书
中间搜出一本，翻着，找那个段落。

"这段也很好，真的很好，"他说，"听听这段：'一
个人应该以受苦为傲。一切的苦难都在提醒我们的高贵身
份。'写得真棒！比尼采早了足足八十年，却不是我要找的那
个段落。稍等片刻，哦，在这儿呢。它是这么说的：'大部分
的人学会游泳前并不想游泳。'这话说得多睿智，是不是？他
们当然不会游泳啦！人生下来，不是为了在水中活着，而是为
了在坚实的大地上活着。他们自然也不会思考。他们生下来就
是为了忙于生活，不是为了思考。没错，还有，思考的人，把
思考当作正事来做的人，也许会在思考中走得很深远，却也把
坚实的大地送了出去，换来了水，总有一天会被淹死。"

　　他此刻已把我迷住了。我充满兴趣地听他说话，在他屋里和他待了一会儿，从那以后，无论是在楼梯上还是在街上碰到，我们常在一起聊上几句。每逢这样的场合，我起初总觉得他在讽刺我、笑话我。但事实并非如此。他真的很尊重我，正如他真的很尊重南洋杉。他心里很清楚，他在孤独地活着，在水中游，在四处漂泊，不时瞥一眼周围井然有序的日常生活——比如我按时上班，某个仆人或电车售票员做出的某个表情——对他来说其实就是一种刺激，绝不会激起他的鄙夷心。起初，我觉得这一切可笑又夸张，无非是一位无所事事的绅士的个人偏好，是一种闹着玩的多愁善感的表现。但我慢慢地才看明白，他像匹孤狼那样惨淡地活着，身边一个人也没有，真的很羡慕也很喜欢我们那个小小的中产世界，并把它看作了一种坚实、有保障的东西，就像家和平静，必须离得远远的，使人够不着，而他是没有办法得到这一切的。他每次遇见我们那位心地善良的女佣都会脱帽致敬，真的是打心眼里尊重她，每次我姑妈因为些小事和他说话，比如说提醒他一下他的衬衣裤该修补了，或是他外套上有个扣子快掉了，他总是很认真地听着，已然把这类小事当作了大事看待，就像使出了极大的力气，才强迫自己挤入了我们那个小小的安静的世界中，就算只在那里待上一个小时感觉一下家的温馨也很满足。

　　我们初次交谈说南洋杉的时候，他就把自己称为了荒原狼，这事也让我感到了一些困惑，让我有些疏远他。他怎么能这样称呼自己！然而，习惯不但让我接受了这个名字，更让我在不久后想起他时再也想不出别的名字，直到今天，我也想不出比这更贴切的描述。一匹从荒原上来的狼，迷了路，在城市里、在芸芸众生中流浪，他羞怯、孤独、野蛮、不安分、思乡、无家可归，还能找到比这更惹人注目的形象吗？

有一回，我得了个机会，观察了他一整晚。那是在一次交响音乐会上，发现他就在我旁边坐着，让我大呼意外。他没看到我。先演奏了几首亨德尔的作品，高贵而可爱。但荒原狼始终沉浸在自己的思考中，简直就像和音乐及周围的事物隔离开了。他孤独着，保持着冷漠，眼睛朝前看，脸上带着冷酷、悲伤的表情。亨德尔的音乐演奏完毕，接着是巴赫的一首小交响曲，刚演奏了几个音，我就发现他开始笑，让自己沉溺在了这音乐中，这让我大吃了一惊。他退回到自己的内心深处——显然很快活——迷失在如此美丽的用音乐编织的梦中，至少有十分钟，我不再去关注音乐，把注意力都放到了他的身上。曲子演完了，他苏醒过来，挺直身子，做出了一个要走的动作，却又没动，坚持听完了最后一支曲子。那是德国作曲家雷格尔的一首《变奏曲》，很多人都觉得它又长又闷。荒原狼也一样，起初还打定主意要听一听，但没过多久心思就游离了，把手插到口袋里，又一次陷入了沉思，但这次不像刚才那么快活、入神，而是先显出悲伤，最后变为了焦躁恼怒。他的脸又一次变得茫然、灰暗、疲惫，他看上去又老又病，面露着不满。

音乐会结束了，我又在街上看到了他，悄悄跟着他。他用斗篷把身体裹得紧紧的，一路走着，既看不到欢喜，又显得很疲惫，朝着我们那个街区去了，走了一会儿，却在一家旧式的小酒馆跟前停下脚步，看了一眼手表，犹豫了片刻，进去了。我一时心中涌出一股冲动，就追随这冲动，跟着他进去了，女店主、女服务生一见有熟客来，纷纷和他打招呼，酒吧后面有间屋子，他就在里头坐下了。我和他打了个招呼，挨着他坐下。我们坐了一个小时，其间我喝了两杯矿泉水，他呢，先是点了一杯红酒，而后又要了半杯。我跟他说我去音乐会了，可他好像并不想聊这个。他读着我的杯子上的标签，问我想不想来点红酒。我谢绝了他的好意，说自己从不饮酒，他的脸上就露出了绝望的表情。

"不喝酒是对的，"他说，"我自己也曾戒酒多年，也曾处处管着自己，如今却又一次拜倒在了水瓶座下——真是一个黑暗、潮湿的星座。"

然后，我开玩笑地提了一下他刚才说的那句话，又说真想不到他竟然相信占星术，他就慌忙用那种常常刺痛我心的过于有礼貌的语调接着说："你说得很对。不幸的是，我也不相信星相学。"

我起身向他道别，先走了。他很晚才回来，还像以前那样，没有直接上床睡觉，而是在客厅里又待了一个小时，我就住他隔壁，能轻易听到里头的动静。

还有一个晚上使我无法忘记。当时我姑妈出门了，家里就剩下我一个人。就在那个时候，门铃响了，我开门一看，眼前正站着一位年轻貌美的姑娘，她一开口说要找哈勒尔先生，我就认出来了她正是他屋里挂着的那幅画上的那位姑娘。她同他待了一会儿，很快我就听到他俩下楼去了，有说有笑地出了门。我简直惊呆了，真没想到这位修士也有女人爱，而且爱他的女人竟然还那么年轻、那么漂亮、那么优雅，因此，我对他和他的生活的全部推测就又一次被推翻了。可是，仅仅过去了一个小时，就见他一个人回来了，脸上露着悲伤的神色，拖着疲惫的步子慢慢地上了楼。此后的几个小时，就听他在客厅里轻轻地来回踱步，真好像一匹被困在笼子里的狼。整个晚上一直到天都快亮了，他屋里的灯始终没有灭。他和那位姑娘到底是什么关系，我一点也不清楚，只是把这件事提一下。还有一回，我又看到他和那位姑娘在一起。他俩臂挽着臂走着，他瞧上去一脸的幸福，我又一次想看看他那张无忧无虑的脸，他那副孩子般纯真的表情，到底有多大的魅力。我终于懂了那女人为什么那么爱他，我姑妈为什么那么倾心于他。但那天晚上，他回来的时候，我看到他一如既往地那么悲哀、可怜。我在门口碰到了他，他的斗篷底下照例藏着一瓶意大利红酒，半个晚上就窝在楼上的那间屋子里一直坐着喝。这一幕让我很伤心。他怎么就找不到一点温暖？他怎么就那么孤苦伶仃、那么没志气！

　　此刻，对于他，我算是写得够够的了。对于他，我再不想写什么，也不想再描述他的生活，荒原狼无疑在过着一种自

杀式的生活。但与此同时，在他有一天付完拖欠的房钱，一句
警示的话也没说，一句道别的话也没说，就离开我们的城市，
消失以后，我绝不会相信他是一死了之了。他走的时候，除了
一堆手稿，什么也没留下。手稿是他在我们这里住的那段时间
写的，上面还留了几句献辞，说任由我处置。

　　哈勒尔手稿中说的那些事是不是真的，我无法判断。但
我认为，大部分的内容为虚构，然而并非胡编乱造。它们更像
是灵魂深处发生的事件，而他一直想用有形的经验把它们描述
出来。哈勒尔的小说中，幻想出来的那部分的灵感大概源于他
在我们这里最后住的那段日子，可即便是幻想，我也毫不怀疑
存在着几分真实。老实说，在那段日子里，我们的这位租客，
无论是外貌还是行为，都有很大的变化。他常出门，有时出去
一整夜，书也不读了。那个时候，我偶尔会遇到他，他表现出
的青春活力让我震惊。有时候，他看起来甚至十分兴奋。但这
并不说明，兴奋之后就会有新的、沉重的忧郁出现。然后，他
会在床上躺一整天，饭也不想吃，那位年轻的女士就又一次现
身，两人来上一次激烈的（甚至可以说是野蛮的）争吵，搅扰
得整栋楼都不得安生。为此，在接下来的几天，哈勒尔总会不
停地请求我姑妈原谅。

　　不，我觉得他并没有一死了之。他还活着，正在某栋陌
生的房子里拖着疲惫的步子上下楼梯，盯着某处擦得锃亮的木
地板和精心照料的南洋杉发呆，一连几天坐在图书馆里，一连
几夜坐在酒馆里买醉，要么就躺在出租屋的沙发上，听着窗户

底下的那个世界的声响和人类的嘈杂声，他知道自己并不属于那里。但他并没有自杀，因为有那么一道微弱的光仍然使他相信，他喝酒是为了饮尽内心的痛苦，是为了把这种可怕的痛苦消减到最低程度，最后，他必须死在这种痛苦中。我时常想起他。他没有让我的生活变得更加轻松，他无力让我的心中生出快乐和活力。哦，他做的恰恰相反！但我不是他，我过着自己的日子，过着一种呆板却稳固的中产阶级的生活，肩上有很多的责任。因此，我和我姑妈想起他时心中总是充满了平静和怜爱。对于他，她想说的肯定比我要多，但那些话都被她深藏在了她那颗良善的心中。

现在我们该说说哈勒尔的手记了，这些半病态、半优美多思的幻想性的作品，如果是偶尔落到了我的手中，如果我不知道它们的作者，很可能就厌恶地随手丢掉了。不过，由于我和他认识，从某种程度上讲，他写的这些东西我是懂的，甚至还是欣赏的。如果我在这些作品中看到的只是一个有心理疾病的孤独者的病态的幻想，就不会拿来同别人分享。我看到了更多的东西。我将它们视作对这个时代的记录，我现在已经懂得，哈勒尔灵魂上的病并非单个人的怪癖，而是这个时代的病，是他所属的那一代人的神经症，这种病似乎攻击的并非只有那些疲弱、无价值的人，同样对那些意志最坚强、最有天赋的人下手。

这些手记，无论真实的成分是多是少，都无意掩盖或缓和泛滥于我们这个时代的这种病症。它们想做的是把这种病的真实面目揭露出来。毫无夸张地说，读这些手记宛如在地狱中旅行，有时会让人恐惧，有时又会让人充满希望，这次旅行要穿越的是一个灵魂潜伏在黑暗中的混乱的世界，这次旅行决意要从地狱的一端走到另一端，背负着全部的罪恶，与混乱作战。

我记得正是同哈勒尔的交谈让我有了这番感悟。有一次，我和他在谈论中世纪的恐怖时，他对我说："其实这些恐怖并不存在。一个中世纪的人会厌恶我们现在的整个生活方式，会觉得它恐怖得多、残酷得多，也野蛮得多。每一个时代，每一种文化，每一种风俗习惯都有其特点、弱点、强点、美丽之处与残酷之处，觉得承受某些痛苦是很自然的事，也会耐心地容忍某些罪恶。只有在两个时代、两种文化、两种宗教重叠时，人类的生活才会堕落至真正的苦难。一个古典时代的人，若生活在中世纪，会在痛苦中窒息而死，同样，一个野蛮人，若生活在我们这个时代，也会落得同样的结果。如今就有这样的时候，整整一代人就这样被禁锢在两个时代、两种生活方式之间，从而丧失了原本应该有的情感、不言而喻的感觉、道德感、安全感与纯真感。像尼采那样的人注定要提前承受比整整一代人都要多的苦痛，因为他要在误解中独行。如今，有成千上万的人正在遭受这样的痛苦。"

我读这些手记时常常不得不想起这番话。哈勒尔就属于那种夹在两个时代之间的人，丧失了所有的安全感和纯真感。

他活着就是为了解开已经上升到了个人苦痛与个人苦难高度的
人类命运的整个难题。

　　在我看来，这些手记中揭示给我们的意义就是这个，也
正是因为这一点，我才要把它们出版。至于其余的事，我既
不赞美它们，也不谴责它们，就让每一位读者凭良心做出评
判吧。

哈里·哈勒尔手记
只为疯子而做

时光迅速，又一天过去了。我过的始终是原始、离群索居的日子，这天又混过去了。我工作了一两个小时，仔细翻阅古书。我就像老人，身体痛了两个小时。我吃了些药粉，痛苦消失了，我很快活。我躺在浴缸中的热水中，让身体吸收着它那友善的温暖。邮差来了三次，送来的那些信和传单我看都不想看。我做完了呼吸训练，却发现今天很容易就漏掉了思维训练。我出门闲逛一个小时，看到了映衬在蓝天中的羽毛一样多变的白云。我很高兴。读古书也是一样的心情。躺在盛满热水的浴缸中也是一样的心情。但总的来说，今天不是令我那么着迷。不是，甚至连闪烁着幸福和快乐的光辉的一天都算不上。我要说，今天和我长久以来过的那种日子没什么两样，我命中注定要过这样的日子，一个中年男人，日子过得不好不坏，总的来说，日子还可以忍受，活着没什么热情，又不满足于目前的状态；这样的日子，没有感受到特别的疼痛，没有什么特别让人操心的事，心中也不会有绝望；在这样的日子里，每次想到是不是该学阿达贝尔特·施蒂弗特①那样，刮胡子的时候弄死自己时，心中从未有过焦虑，只是很平静、很自然地在想。

别的日子我早就熟知了，疼痛攻击我，使我恼怒，邪恶、有害的头痛，扎根在眼球后面，蛊惑了眼睛和耳朵的每一条神经，像恶魔折磨它们，从中取乐，还有那些腐蚀灵魂的日子，内心空虚，充满绝望和邪恶的思想。那时候，惨遭蹂躏的大地，被搞金融的那帮吸血鬼吸干了血液，人类的世界以及所谓文化的世界，像美女，用虚伪、粗俗、恬不知耻的魅力诱惑我们，回头冲着我们咧着嘴笑，又像催吐剂，在后面紧紧跟着我们。到那时，你会把全部的注意力集中到自己的病上，病痛抵达最高点，就要让你无法忍受——我熟悉这些地狱般黑暗的日子。就像今天这样，不死不活地混下去，我就很满足。感谢上帝，你正坐在温暖的炉火旁；感谢上帝，你在读报纸的时候，心想又一天来了，又没有起什么战事，没有建立什么独裁政权，在政治或金融的世界中，没有揭露出什么特别的丑闻。感谢上帝，你把你的里拉琴调好，一边弹，一边哼唱一首感情富有节制、不冷不暖的赞美诗，不，不是这样，应该是一首欢

---

① 施蒂弗特（1805—1868），奥地利作家，主要作品有小说《晚夏》等。

快的感恩赞美诗，然后，歌唱在心间，在这略微昏沉、安静的
寻常烂日子里，你的心中就有了上帝，你就觉得很满足；而在
这无聊又令人满足的浓稠的温暖空气中，一直在打瞌睡的模糊
存在着的上帝，和那个哼着赞美诗、头发略微灰白、同样模糊
存在的人，看起来就像一对孪生子。

　　这些日子倒还能忍受，却早已叫人屈从了它们，关于满
足和无痛苦，能说的有很多，在这样的日子里，疼痛和欢喜都
是不会大喊大叫的；在这样的日子里，只有私语和脚尖在周围
游荡。但最要命的是，就是这种满足使我无法忍受。过了一会
儿，它就让我的心里充满了极度的厌恶。然后，在绝望中，我
只好逃离到别的地方，如果有可能，我要逃到通向幸福的那条
路上去，如果没有可能，我就转身奔向通往痛苦的那条路。在
我既感觉不到疼痛又感觉不到欢喜的时候，我就去呼吸一下这
所谓的"尚能忍受的美好日子"中那温热、乏味的空气。我的
灵魂是孩子般的。我烦透了，就当着正在打瞌睡的模糊存在着
的上帝的面，把那把用来弹感恩曲子的生锈的里拉琴砸烂，
宁可让邪恶的地狱之火在心中燃烧，也不愿被困在这间暖气烧
得热热乎乎的房子里。我的心中有一种狂野的渴望，我要拥抱
热烈的感情和感觉，这渴望让我的心沸腾，我又狂怒起来，要
抵御这沉闷、平淡、枯燥无味的日常生活。我有一种疯狂的冲
动，想犯罪，想砸烂某样东西，也许是一间仓库，也许是一座
教堂，也许是我自己，想揪掉几个令人敬畏的傻瓜蛋的假发，
把几张去汉堡的火车票送给几个反叛的学童（他们早就想买车

票去汉堡了），去那里引诱一个小女生，要么就毫不费力地打烂已经建立起来的现有的秩序。我最恨的、最讨厌的、咒骂得最厉害的，就是这种满足感，这种病态、舒适的感觉，这种被精心维护的中产阶级的乐观主义，这种无处不在、泛滥成灾的平庸思想。

暮色四合，我怀着这样的心情结束了这还可忍受、稀松平常的一天。结束的时候，我并未像患重病的人那样，一想到怀里抱着热水瓶的舒服劲儿，就心急火燎地赶紧上床睡觉。今天就做了那么点事，我生气得很，于是穿好鞋子，郁闷地出门，到了雾茫茫、黑漆漆的街上，一看到"钢盔"酒馆的照片，就如老话说的，想进去"喝上一杯"。

楼梯好陡，我的住所在阁楼上，我和几个陌生人同住一栋楼，这楼共三层，楼梯清扫得一尘不染，住的都是很正派的人。不知道是怎么搞的，我，这匹无家可归的荒原狼，却孤独着，对琐碎的规矩充满怨恨，在这样的楼房中，总是选这样的一片僻静的角落作为居所。我这个感情用事的弱点由来已久。宫殿式的屋子我不住，贫民区的屋子我也不住，故意挑那些正派、乏味、洁净的中产阶级的房子来住，那里有松节油、肥皂的香味，还有，如果你咣咣敲打房门或是穿着脏兮兮的鞋子进门，就会引起一阵骚乱。我喜欢这种氛围，无疑是因为小时候的经历，我在心底里渴望家的感觉，这种渴望虽说常常不能如愿，却驱使着我始终沿着那条愚蠢的老路朝前走。然后，我喜欢拿我的孤独、无爱、被追捕、完全混乱的存在与这种中产阶级的家庭生活做比较。我喜欢在楼梯上呼吸这种安静、有序的气味，喜欢呼吸这种洁净、体面的家庭生活的气味。尽管我恨这种生活所代表的一切，但里面有某种东西使我感动。我喜欢跨过我的屋子的门槛，突然把它甩在身后，看到烟灰、酒瓶胡乱放在一堆堆的书中，除了混乱、玩忽，再也看不到别的，我就很快活；看到所有的东西上——书籍、手稿、思想——都刻满了孤独者的困境、存在时面临的问题以及找到新的方向以后对一个早已丧失了意义的时代的渴望，我就很快活。

　　现在我来说说南洋杉的事。我得告诉你，这栋房子一楼的楼梯是从一套公寓入口处的一个小门厅旁边经过的，我敢说，这套公寓洒扫得比其他的都要干净，装饰得都要好，因为这个小门厅干净得都泛着光，只有超人的本事才能完成这项任务。这片小小的地方就像一座齐整的寺院。那片木地板，似乎踩上去就是亵渎了神灵，便用两个高贵典雅的花架占据了，每个架子上都摆放着一个大花盆。一个盆里是一株杜鹃花，另一个盆里是一株南洋杉，长得很壮实，挺拔的身子，却还是一棵小树，这物种堪称完美，就连最顶端的小细枝的尖都泛着时常洗礼的骄傲的光。有时，看看四下无人，我就把这片地方当作庙宇。我朝上走一级台阶，刚好在南洋杉上头坐下，双掌合十静静地休息片刻，沉思这座整洁有序的小花园，让它身上那令人感动的气息以及多少还有些可笑的孤独，慢慢地进入我的灵魂深处。我想象在这个门厅后面，在神圣的暗影中（也许有人会说就是这株南洋杉的阴影），有一个家园，里面摆满了闪亮的红木家具，还有一种有声有色的体面的生活——早起，尽职尽责，节制却快乐的家庭聚会，星期日去教堂做礼拜，早睡。

我的心雀跃着，我就像是在开玩笑，慢慢地在那条湿漉漉的窄街上走。街灯像是被泪水婆娑了眼睛，又像是盖着面纱，散发着惨淡的光，射透了冰冷的黑暗，又慢慢地从湿乎乎的地面上吮吸着自己的影子。这时候，我又想起了年轻时被遗忘的时光。这秋末、冬末的夜晚黑暗而悲伤，我过去是那么喜欢，我又是那么渴望把它们那黑暗、忧郁的心绪吸入我的体内，我用大衣紧紧裹着自己的身体，在暴风雨中跨着大步走了半夜，那时已是深冬，树叶都落光了，冬景足够孤寂，而我的心里充满了深深的欢喜，充满了诗歌，后来，我竟借着烛光伏在床沿上把它们都写了下来！如今，这一切都已过去。酒杯空了，再也不会斟满。这事使人遗憾吗？不，我不会为过去感到遗憾。让我遗憾的是现在，在那些数不尽的日子里，我始终迷失在沉沦中，却没有得到任何东西，就连突然的惊醒也没得到。但是，感谢上帝，也有例外的时候。有时候（这样的时候很少），日子会将那让我欣喜的震惊带回来，把四周的墙扒掉，让我从梦游中重新回到这个鲜活的世界中。我悲伤，却又被深深地感动，让自己尽情回忆这最后的体验。那是在一次音乐会上，演奏的都是美妙的老曲子。钢琴弹出两三个音符，门突然开了，通向了另外的一个世界。我快步穿越天堂，看到上帝在忙。我感到了神圣的疼痛。我放弃了所有的抵抗，再也不惧怕这个世界上的任何东西。我接受了一切，我把心献给一切。但这种状态并未持续很久，也就一刻钟的时间，但一天晚上，它又在我的梦中重现，从此以后，在那些贫瘠的日子里，我时常会短暂地陷入这种状态。有时是一两分钟，我能清晰地看到它，它就像一条神圣的金光小路贯通了我的整个生命。但绝大多数情况下，它总是被尘灰遮盖。然后，它又一次放射出金色的光，似乎再也不会消失，然而，顷刻间又不见了踪影。有一次，夜里我躺在床上，根本睡不着，突然开始读诗，那诗是那么优美、那么奇怪，使我不敢动笔把它们写下来，然后，到了早晨，它们就消失了，然而，它们就像一个易碎的外壳包裹着的一粒坚硬的仁，始终潜藏在我的心底。有一次，我正在读一位诗人的作品，正在思考笛卡儿的某个思想，它就又回来了，它又一次散发着光芒，沿着金色的轨迹，进入了遥远的天空中，而我那个时候正站在心爱的人的面前。啊，在我们现在过的这生活中，在这个令人痴迷、人们的内心极度空虚的无聊年代，在这个充满了建筑物、事物、政治以及人的年代，这种神圣的轨道是难以寻觅的！这个时代的目标没有一个是我喜欢的，这个时代的快乐没有一种是我看得上的，可为何我还是没能变成一匹孤独的狼，一位粗野的隐士？无论在剧场，还是在影院，我都坐不长。报纸我几乎看不下去，现代的书籍几乎没读过。我不懂到底是因为什么样的快乐和欢愉驱使着人们赶往人满为患的火车站、旅馆，驱使着人们进入充斥着生硬、令人窒息的音乐的人满为患的餐馆，驱使着人们赶往酒吧、各式各样的娱乐场所、世界博览会以及休闲购物商业街。别的人，数以万计的人，都争着抢着去追求这样的快乐，但这样的快乐我不懂，也无法与人分享，尽管我能轻易地得到它。相反，我的生活中快乐的时候并不多，在我看来，生活、快乐、狂喜、兴奋这些世人正在孜孜以求的东西，只在虚幻作品中出现过，一旦到了真实的生活中就会变得可笑。说真的，如果这个世界是对的，如果餐馆里面播放的音乐、大众的这些快乐以及这些美国化了的轻易就能满足的人是对的，那我就错了，那我就疯了。我常说自己是一匹荒原狼，实际情况也是这样，我觉得这个世界又怪又不可理解，在这样的一个世界生活，我这头迷路的野兽，既找不到家，又找不到快乐和食物。

我一如既往地这样想着，走在湿漉漉的街上，穿过了这座城市里最安静、最古老的一个区。街对面的暗处立着一堵古老的石墙，我每次见它心中都充满欢喜。它又老又安静，就在一座小教堂和一座老医院中间。白日里，我常将我的目光洒在它那粗糙的表面上。这地方如此安静，如此平和，在该城的中心区着实难找，因为在市中心的每一平方英尺的地方，要么是生意人，要么是律师，要么是江湖骗子、医生、理发师，要么是治疗鸡眼的人，会大声冲你喊出他的名字。这次，那堵墙依然那么安静，那么平和，却在里面有了些变动。墙上开出了一扇哥特式的拱形门，又小巧，又漂亮，让我吃惊，不知是原本就有的，还是最近才开的。那门看起来无疑是古老的，很古老；木门关着，都变黑了，显然数百年前通向的是一座昏昏欲睡的女修道院的庭院，如今仍是这样，就算那座女修道院早已不在那儿了。也许我以前见过它一百次，只是没有注意到它。也许它刚刷过漆，由于这个缘故，我才注意到它。我停住脚步，站在原地，朝街对面看它，在昏黄的灯光下，我觉得它像花环，或某种色彩艳丽的东西，门上垂着花彩。此刻，我看得更仔细，发现门上有个闪光的招牌，上面好像还有些字。我定睛凝神，终于跨过污泥和泥潭，到了对面，门的上方，灰绿色的墙面上有块污迹，若隐若现地闪着光，而污迹上面，几个闪光的字跳动了一会儿就消失了，然后又冒出来，接着就又不见了。原来是这么回事，我想。有人在这面漂亮的墙上装了一个通电的招牌，改换了它的形状。那些字又出现了，虽说只闪动了那么一会儿，我却也已经辨认出了一两个字母，但话说回来，就算是猜，也难以猜透，因为它们中间隔着的距离不很规范，又十分模糊，然后只是那么一闪就消失了。不管是谁，想从这样的闪动过程中猜出什么结果，都不能算是很聪明的人，而这个不太聪明的可怜的家伙就是我——荒原狼。在这座老城中最黑暗的这条巷子里，又是这样的一个湿漉漉的夜晚，连鬼魂也不见一个，那些字为何会出现在那面古老的墙面上？它们为何忽闪得那么快、那么无常、那么叫人难以辨认？不过，请稍等片刻，我最终还是辨认出了几个字。它们是：

魔力剧院

凡人不得入内

我试着推门，沉重的老门闩连动都不动。那个招牌也不闪了。突然就那么停了，像是悲哀地承认了自己没用。我朝后退几步，深陷在泥潭中，再没有字闪现出来。这一切结束了。我在泥潭中站了很久，等来的却是虚空。

然后，我放弃了，回到人行道上，可就在这时，几个彩色的字坠落得哪里都是，在我眼前的柏油路上闪着亮光。我读着：

只为疯子而设！

我的脚湿透了，寒气浸入我的骨髓。然而，我仍站着，等待着。再没有别的事情发生。我就那么等着，想这些字像鬼魂一样在湿漉漉的墙面上和黑得发亮的柏油路上跳动竟是那么美，可就在这时，先前的一个片段性的想法突然进入我的脑际：这一幕还真的和那条突然消失再也找寻不到的金光小路有些像。

我浑身冰冷，在梦中沿着那条小路朝前走，心中充满渴望，找到那扇通向剧院的门，那剧院不就是专门为疯子开的吗？与此同时，我到了市场街，那种地方永远不缺夜生活。每走两步台阶就可看到各式各样的吸引人的海报，有女士管弦乐团倾情演出的，有特种葡萄酒的，有电影的，也有舞会的。但这些东西我统统不喜欢。它们是为"每一个人"准备的，是为那些我看到正在每个入口处挤来挤去的正常的人准备的。可即便这样，我的悲伤还是略微减轻了一些。我有了另外一个世界的问候，见到几个彩色的字在我的灵魂深处跳动，又拨动了它们那神秘的琴弦。我又一次看到那条金色的小路闪着微弱的光。

　　我找到了那家古老的小酒馆，还是二十五年前我第一次来到这座城市时的模样，一点也没有变，甚至连女店主也都没有换，还是原来那个。那时候，店里有很多的老主顾，如今也还在，依旧坐在原来的地方，面前依旧放着一样的酒杯。我将这里视为庇护所。也真的是这样，不过就是一个临时避难的地方，就和南洋杉对面的那段楼梯一样。在这里，我同样找不到家的感觉，又找不到什么同伴。能找到的，唯有一个座位，我坐着，看着眼前的舞台，上面有不同的人扮演不同的角色。这地方还是那么好，那么静，人不多，又没有音乐，只有几个安安静静的市民坐在没有任何装饰的（没有大理石，没有搪瓷，没有长毛绒，也没有黄铜）圆木桌子旁边，每个人的面前都放着一杯陈年的好酒，消磨这夜的时光。这几位常客我一眼就能认出谁是谁，也许都是正统的非利士人吧，家里都摆放着阴郁的神坛，供奉着羞怯、自得其乐的偶像；也许他们都和我一样，也是走边缘路的孤独的人，理想破灭之后，安静地活着，整天胡思乱想，变成了酒鬼，也像我一样，是一匹匹孤独的狼，是一个个可怜虫。我不知道吸引他们到这儿来的，是对故乡的想念还是对现实的失望，要么就是对改变的渴望吧，结过婚的人来这里怀念从前单身的日子，年老的政府职员来这里回忆往昔上学的时光。他们都沉默着，都是酒鬼，都像我一样，宁可喝上一杯阿尔萨斯红酒，也不愿去听什么女子管弦乐队的演奏。我在这里暂时停留，也许坐了一个小时，也许坐了两个小时。第一口阿尔萨斯红酒下肚以后，我这才想起来，都一整天了，就早晨吃了点东西，一直捱到现在。

　　真的好奇怪，人什么都可以吞下。我读了足足十分钟的报纸。一个男人，没有半点责任心，把另一个人说的话塞进自己嘴里嚼了嚼，还没等消化就又吐出来，我就让这样的一个男人的灵魂通过我的眼睛进入了我的内心。这份报纸我读了一整版。然后，一头小牛被杀掉了，肝脏上被砍掉一大块，我一把抓过来塞进嘴里吞了下去。真的好奇怪！最棒的还是阿尔萨斯。我不喜欢，至少平日里不喜欢那些味道浓烈的酒，我嫌它们散发出的那迷人的魅力，嫌它们那特殊的味道。我最爱的是清淡、味道适中的乡下酿造没有名字的酒。这样的酒可以喝很多，散发出的气味又是那么好，散发着朴实的土地的清香，又有泥土、天空和森林的芬芳。一杯阿尔萨斯，再加上一片烤得上好的面包，就是最棒的一餐。然而，到了这个时候，那一大块肝脏已经被我吃完了（我很少吃肉，难得有这样的好胃口），第二杯酒也已经放到了我的面前。这也一样怪：在某地的一条绿谷中，葡萄树由心地善良的强壮汉子照料，葡萄被压榨出了汁水。由此，在遥远的地方，在世界各处，才会有几个灰心失望的市民和几匹无依无靠的荒原狼，安安静静地品着这美酒，从杯中呷出一点热情和勇气。

至少对我来说，这酒有着这样的效力。我又想起了报纸上的那篇文章，还有那些混乱的文字，我就又想笑，突然，那早已遗忘很久的钢琴音符组合成的旋律又一次回荡在我的心里。它飘浮着，轻得像肥皂泡，在彩虹的表面，反映着这个广大世界的微小缩影，然后就轻轻地爆裂了。那段仙乐般美妙的小小的旋律始终秘密地潜藏在我的心底，而在这一刻，它怒放出了迷人的花朵，呈现出了一切柔和的色彩，我是不是彻底迷失在这当中了？也许我是一头迷路的野兽，感觉不到周围的状况，但我过的这种愚蠢的生活依然存在着某种意义，我的体内有某个东西做出了回答，并且接收到了来自头顶之上那个又高又远的世界的呼唤。我的脑袋里存储着一千幅画面：

乔托画笔下成群的天使飞舞在帕多瓦小教堂蓝色的拱顶上面，近旁走着的是世界上所有悲剧作品中美丽人物的原型哈姆雷特和戴着花环的奥菲莉亚；附近又站着飞船手基亚诺索，盘踞在燃烧着火的气球内，手拿号角，正在大声吹奏。阿提拉手里拿着新帽子，婆罗浮屠①高耸入云。尽管这些人物也在另外的一千个人的心中，然而还有一万个未知的画面和旋律只寄居在我的心里，只有我的眼睛能看见，只有我的耳朵能听见。

---

① 位于印尼爪哇中部，意为"千佛坛"，建于公元八世纪。

那座古老的医院，灰绿色的墙壁经风吹日晒，日月的侵蚀，已是遍布裂缝和污迹，单单这个墙面就能幻想出一千幅的湿壁画，可又有谁会回应它呢？有谁会注视它的灵魂呢？有谁会爱它呢？又有谁会发现它那始终在慢慢脱落的迷人色彩呢？僧侣们的古书宛如微小的世界，泛着微弱的光，三百年前的德国诗人的集子，早就被本国人遗忘了，用拇指翻旧的、潮湿发霉的古卷，老作曲家们的印刷品和手稿，梦想着有朝一日会发声的厚厚的发黄的乐谱——有谁听到了它们那热烈、调皮、充满渴望的声音吗？有谁怀着一颗充满了它们的精神和魔力的心走过这个疏远它们的世界吗？古比奥那边的那座小山上的那棵小柏树，虽然被落石劈为两半，却依然活着，并用尽最后的力气，拱出了一小簇稀疏的嫩枝，如今有谁还记得它吗？一楼的那个勤勉的主妇，还有她精心养护的那棵南洋杉，又有谁能给予一个公正的评判？又是谁在夜里，在莱茵河畔，阅读飘移的迷雾那云一般的手迹？是荒原狼。是谁跨过了自我生活的废墟，追寻着生活不断摇摆的意义，却又忍受着生活的貌似的无意义与疯狂？又是谁在混乱的迷宫的最后一个转弯处，默默地渴求着神的启示和神的临近？

　　女店主过来想再为我的杯里添满酒，我用手一拢杯沿，站了起来。我用不着再喝了。那条金色的小路在闪光，使我想起不朽的莫扎特和天上的繁星。有那么一个小时，我又能呼吸、又能活着、又能面对存在的现实了，再也不用受苦、受怕、受辱。

　　冷风裹挟着细雨，我出了酒馆的门，到了空荡荡的街上。风驱赶着雨滴，让它们打在街灯上，散发出微弱的光，亮而透明。如今，我要到哪里去？如今，我要去哪里？若此刻有一根魔杖在手中，我轻轻一挥，就能变出一座迷人的音乐厅，风格还是路易十六那个年代的那种，里面有几位音乐家正在演奏亨德尔和莫扎特的作品。我很想这样，我愿品尝那高冷、尊贵的音乐，就像神品尝琼浆玉液。哦，若此刻我有一位朋友在身旁，一位也住在阁楼上的朋友，正守着烛光做梦，手里的小提琴已乖乖就位，就等着他演奏了！夜如此寂静，在这一刻，我真想轻轻地滑到他的身旁，不出一声地走上弯曲的楼梯，趁他不备，抓住他的胳膊，然后，我们聊天、聊音乐，在这美妙的夜晚，共度这天国般的节日！如今，已是很多年过去了，以前，我曾熟知这种幸福，而现在，时间甚至连这种幸福也一并带走了。枯萎的年月横在那些日子和现在之间。

　　我游荡在街上，朝家走去，我竖起衣领，让手杖敲打着湿漉漉的人行道。无论我在外面晃荡多久，每次都能很快发现自己已到了顶楼的房间里面，那是我临时租用的一个家，我不爱它，却又不能不爱它。那个时候早就过去了，那时我还能在户外度过一个湿冷的冬夜，如今早就变了。如今，我祈祷，不是为了让雨、痛风或南洋杉毁掉今夜带给我的好心情，尽管我的身旁没有室内乐，也没有那位手拿小提琴的孤独的朋友，但那种优美的旋律依然回荡在我的脑海里，我勉强能把它演奏出来，还能一边呼吸，一边哼唱出它的节奏。我这样想着，不停朝前走。是的，就算没有室内乐，就算没有那位孤独的朋友，我也要这样走下去。我真傻，把自己搞得这么累，去渴望那温暖，结果却什么也没得到。孤独就是独立。我始终渴望孤独，这些年我终于得到了它。夜是冷的。哦，夜冷得很！但夜仍是这么安静，静得奇妙而辽阔，就像有繁星在旋转的冷而安静的夜空。

我走过一家舞厅，活泼的爵士乐从里面喷涌出来，如生肉，又热又生，散发着热腾腾的气息。我停下脚步，站了一会儿。我很讨厌这种音乐，却又总觉得它有一种特殊的魅力。我反感它，却又觉得它比如今的学院派音乐好十倍。在我眼中，它是生硬的、粗野的，源于本能的一种快乐的表现形式，是从地下来的，简单、真实，迸发着感官上的快乐。

我没挪动脚步，就站在当场，闻着这尖厉、粗野、渗透着血的音乐散发出的气味，闻着这座愤怒的舞厅的气息，还真有点喜欢它了。爵士乐的一半的身体，也就是摇摆的旋律，由润发膏、糖和多愁善感组成。另一半，也就是铿锵的节奏，却是野蛮的、随性的、强劲的。然而，这两种单纯的东西贴合得很好，巧妙地结合在一起。这是堕落的音乐。在罗马最后的几位王的统治时期必定有着这样的音乐。同巴赫、莫扎特及所有真正的音乐相比，爵士乐的地位自然是悲惨的，但人类的艺术、思想，以及同真正的文化相对的临时代用的文化，不都是这样吗？爵士乐是十分真实的，这就是它最重要的特点。它和蔼可亲，大胆，是典型的黑人的东西，它的基调和阐述的情绪是快乐的，就像孩子的那种单纯的快乐。它里面流动着黑人的血液，是美国式的，拥有的力量在我们欧洲人看来天真而新鲜，就像小孩子。欧洲也会变成这样吗？它是不是正在这样变？我们这些年迈的鉴赏家，像往常一样凭空做梦幻想着真正的音乐和诗歌到来的这些老家伙，不过是一小群长着猪脑子的思想复杂的神经病患者，明天就会被遗忘，或被嘲弄，是不是这样？被我们称为文化、精神、灵魂的那些东西，被我们奉为神圣和美的那些东西，只被我们这样的少数的几个傻瓜蛋依旧视作了真实与鲜活，是不是这样？真的就没有比这更真实、更鲜活的东西吗？我们这些可怜的傻瓜蛋绞尽脑汁追求的东西会不会只是一个泡影？

我此刻就在这座城市的老区。小教堂矗立在那里，显得昏暗而不真实。今夜发生的事立即涌回到我的脑子里，我想起了那座神秘的哥特式的拱形木门，门上挂着的那块神秘的匾，还有那些闪着亮光像是嬉笑世人的跳跃的文字。那些字怎么能那么写？"凡人不得入内。"还有"只为疯子而设！"我仔细审视街对面那面古老的墙，暗自希望魔力再次出现，那些话吸引着我，上面写的"疯子"那两个字吸引着我，还有那扇小小的木门，明明在说我可以进去。我渴望的东西也许就在里面，我热恋的音乐也许正在里面演奏。

石墙黑暗，显得十分沉静，也在注视我，但稍后便消失在了越来越浓的暮色中，沉没在了只属于自己的梦中。这会儿再看过去，已不见了木门，尖的拱形的顶也看不到了，唯有一堆黑暗、完好的砖石留了下来。我笑了笑，冲着它友好地点点头，继续朝前走。"好好睡吧，我不打扰你。那个时候就要到了，届时你会被推倒，要么就会被涂满让人垂涎的广告。但此刻你站着，如往常那般美丽而安静，我爱你，我爱的就是你这点。"

　　一条黑漆漆的小巷的入口处，一个人突然来到我的近旁，是一个孤独的人，正走在回家路上，每走一步都很费劲。他头戴帽子，身着蓝上衣，肩上扛着一个绑着棍子的广告牌，身前是个不带盖子的浅口箱子，用绳子挂在脖子上，就像集市卜沿街叫卖的货郎脖子上吊着的那种。他托着疲惫的步子走在我前面，全然没有回头看我。他要是回头，我会对他道声晚安，要么就会送他根雪茄。到了下一个街灯底下，我想借着灯光看看他那块牌子上写的字，那是一块捆在棍子上的红牌子，来回直晃荡，叫我辨识不清。然后，我冲他喊了一声，叫他停停，我好认认牌子上的字。他不走了，用手把棍子握得稳了些。我读出了那几行跳动着的、令我眼花的字：

无政府主义夜演

魔力剧院

凡人不得入内

　　"我一直在找你呢，"我很快活，冲他喊道，"这个夜演是怎么回事？在哪儿演？什么时候开演？"

他不理我，已经在朝前走了。

"凡人不得入内。"他的声音低沉，像是睡着了。别人问他一整天的话，他早就受够了。他要回家，他就继续朝家的方向去了。

"快停停，"我在后面追他，大喊大叫，"你那箱子里有什么？我要买些东西。"

那人停都没停，将一只手伸到箱子里机械地摸着，掏出一本小书，递给我。我赶紧接了，塞进口袋。我摸到外套的纽扣，想掏些钱出来，那人一转身进了旁边的一扇门，随手关好，不见了踪影。我先听到他那沉重的脚步声响在铺着石头的庭院中，而后上了木制的楼梯，再后来就什么都不听到了。我突然觉得自己好累。我蓦然想到现在肯定已经很晚了，早该回家了。我不由得加快了速度，顺路朝郊区奔去，很快就到了隐藏在精心料理的花园丛中我租住的小区。在那里，草坪和常春藤后面是小户型的公寓，收拾得都很干净，住的都是官员和体面人。过了草坪、常春藤，又过了那棵小小的冷杉树，我便到了房门前，找到钥匙孔，把钥匙插到里头一拧，门开了，绕过玻璃门，走过擦得锃亮的橱柜和两盆花，打开了我的房间的门。那里姑且就算是我的一个小小的家吧，扶手椅、炉子、墨水瓶、颜料盒、诺瓦利斯和陀思妥耶夫斯基正在里面等我，就像母亲、妻子、孩子、女仆、狗或猫正在等着某个更为理智的人。

我脱掉湿乎乎的外套，碰到了那本小书，就掏了出来。是集市上卖的那种小书，印得都很差劲，纸张也差，就像《你是一月生的吗？》《一周内如何年轻二十岁》这种。

然而，我还是坐在了扶手椅上，戴好眼镜，我一读便震惊了，并且突然感觉到这就是即将降临到自己头上的命运，因为这本算命式的小册子封面上的标题分明是：《论荒原狼——并非为凡人而做》。

我坐着读那些内容，越读兴味越浓。

论荒原狼

——并非为凡人而做

从前有个人，叫哈里，又叫荒原狼。他两条腿走路，穿衣裳，是个人。然而，他真的是一匹荒原上的狼。他心地善良，学了很多人可以学的东西，算得上个很聪明的家伙。不过，他没有学到的是这个：在自己身上和生活中找到令他满意的地方。造成这种状况的原因显然是，他在心底始终知道（或者自认为知道）其实自己并不是人，而是一匹荒原狼。聪明人也许会怀疑他是否真的是狼，有无可能在出生前由狼变为了人，还是生下来虽为人，却被赋予了狼的灵魂；要么就是他害了妄想症或其他的病，所以才会认为自己是狼。比如，也许就有这种可能：他小时候生性疯狂，不受管教，目无法纪，抚养他的人就掀起了一场战争，非要把他的兽性给消灭掉不可，而这恰好让他想到并坚定地认为自己真的是野兽，只是披了一层薄薄的人皮罢了。就这点来说，完全可以自娱自乐地大写特写一番，而且真的可以写成一本书。荒原狼自然是再适合不过的主角，因为无论是不是狼附了他的身，还是这仅仅是他的念头，结果都一样。别人怎么看这事，他怎么看自己，反正都对他自身没有好处，对他深埋在心底的那匹狼也一样。

这样看来，荒原狼就有两种性格：一种为人性，一种为狼性。他的命就这样，却也不显得太特别。很多人的体内想必也有很多的狗性、狐狸性、鱼性或毒蛇性，只是这些人在生活中并未遭遇到特别大的磨难，这些性情并未体现出来。就这部分人而言，集人性与狐狸性于一身，两种性格和谐相处，对彼此都无伤害，甚至一种性格会帮到另外一种性格。其实，这样的人如果处理得好，会让这两种性格融合到一种叫人羡慕的境界，从而可以生活得很幸福，而这种幸福更多的源于他的体内的狐狸性或猴子性，而不是人性。我说的这个可谓是常识了。然而，哈里的情况有些不同。在他身上，人性和狼性并不是相向而行，并不是互助的关系，而是始终想置对方于死地。一个活着，仅仅是为了伤害另一个，两个融入同一个人的血液中，融入同一个人的灵魂中，这个人就会生病。唉，这么说吧，每个人有每个人的命，活着都不容易。

现在我们来说荒原狼，他过的是一种自省的生活，而且正如一切混杂的生物，时而为人，时而为狼。然而，他做狼时，体内的人性是埋伏着的，时刻警惕着干涉、谴责他的狼性；他做人时，体内潜伏着的狼性也会这样对付他的人性。比如，哈里做人时，有美的思想，感觉到了美好、高贵的情感，或表现出了善良的品行，这时，他体内潜伏着的那匹狼就会冲着他龇牙咧嘴，恶毒地嘲笑他的高贵行为在野兽眼中是多么可笑，作为狼，深知最让他快活的是什么，就是孤独地在荒原上游荡，不时让自己大口吞咽带血的猎物，或是追求母狼。然后，在狼的眼中，人类的一切行为既可笑又不合时宜，既愚蠢又徒劳无功。不过，在哈里表现出狼性，冲着别人龇牙咧嘴，对所有的人，及人类的谎言、堕落的行为和习惯充满仇恨和敌意时，情况也一样。每逢这个时候，他体内的人性就潜伏着，盯着那匹狼，说它是野兽，是畜生，使他恼怒，毁掉了他那简单、健康的野狼式的所有快乐。

荒原狼就是这样的人，也许有人会想，他过得并不快乐。然而，这并不是说他就活得特别不快乐（虽然他显得是这样，正如每个人都会把降临到自己身上的苦难看得最深重）。每个人都是这样。就算他的身上没有狼性，他也不会快乐多少。然而，就算是最不快乐的生活也有些许闪光的时刻，在沙石之间也会偶尔绽放出幸福的小花。荒原狼过的也是这样的生活。不可否认，多数情况下，他的生活是很痛苦的，在他爱别人或别人爱他时，他同样会让对方感到痛苦。爱他的人只看到了他的一面。很多人爱他，爱的是他的高雅、聪明、有趣，而一旦发现他身上潜藏着的狼性，就会感到恐惧、失望。他是有感觉的人，渴望全面的关爱，只有在最珍视的人的面前，他才会最少地掩盖他的狼性。然而，恰恰这些人爱的正是他的狼性，爱的正是他的那股放荡不羁、野蛮、桀骜不驯、危险、强壮的劲头儿，一旦发现如此野蛮、邪恶的一匹狼，也会渴望善良与优雅，也会想听莫扎特，读诗，怀有人类的理想，就会感到特别失望与遗憾。通常来说，最失望、最愤怒的就是这部分人，由此看来，荒原狼在同别人接触时，就把自己的双重分裂人格交到了对方手中。

　　我们现在已经知道，谁觉得自己懂荒原狼，谁觉得自己能够想象出荒原狼的痛苦生活，谁就是错的。这样的人一无所知。他并不知道（比如说，没例外就没规律，负罪之人在某些情况下会比百分之九十九的正派人更亲近上帝）哈里的生活中不时也有例外，也会有好运气发生，有时作为狼，有时作为人，他一样可以清晰地呼吸、思考、感觉，两种性格也不会有任何的冲突，甚至在极少数的情况下，二者可以和平相处。比如，一个睡觉时，另一个可以为它站岗放哨，还不只是这样，二者甚至可以相互巩固与增强。在这个人的生活中，正如在世间万物的生命旅程中，日常经验及为人接受的常识，似乎有时只是为了在瞬间被俘获、被毁灭，将荣誉的宝座拱手交给例外和奇迹。这些短暂、偶尔出现的幸福瞬间是否平衡、缓解了荒原狼的悲惨命运，最后幸福和痛苦的比率变得一样了，或者这些短暂、偶尔出现的幸福瞬间是否压倒了所有的痛苦，打破了平衡，依旧是个悬而未决的问题。无所事事的人清闲时会想这个问题，就是荒原狼，时常也会想，那便是在他清闲、一无所得的日子里。

在这种关系上，有件事必须说一下。像哈里这样的人还有很多。尤其是很多艺术家就是这种类型的人。这些人有两个灵魂，体内有两个存在。他们的体内有上帝，也有魔鬼；有母亲的血液，也有父亲的血液；有快乐的能力，也有痛苦的能力；哈里身上的狼性与人性的对抗、缠绕体现的正是这样的一种关系。这些人的生活永不平静，那些用语言难以描述的强烈而美好的短暂幸福时刻喷溅出的浪花，在辽阔痛苦的大海上高高得扬起，散发出的亮光使人眼花，同时用自身的魅力折服了别人的心。因此，就像某个浮在痛苦的海面上的珍贵、漂泊的泡沫，在一瞬间创造出了所有的艺术品，一个人，在这样的一个时刻，将自己拔得高高的，远远超过了自我的命运，他的幸福就像一颗星，在看到它的世人眼中闪烁着永恒的光，也成为世人美梦的典范。这些人，无论他们的行为如何，无论有怎样的伟业，都是没有真正活过的，也就是说，他们的生活并不存在，没有任何可以看到的表现形式。他们既不是英雄、艺术家、思想者，又不是法官、医生、制鞋匠、老师。他们的生活永远在起波澜，永远处于撕裂的痛苦中，卑劣，没有意义，除非他愿意在高高地闪耀在这种混乱生活之上的珍贵经验、行为、思想和艺术品中看到生活的本来面目。在这些人的绝望、可怕的思想中，也许人的整个生命只是个蹩脚的笑话，只是原始母亲经历的一次激烈、不幸的流产，只是一次深重的、令人惊恐的自然灾难罢了。然而，这些人同样认为，也许人并不只是半理性的动物，也是神的孩子，注定不朽。

人的性情各不相同，都有独属于自己的特点、优点、缺点及致命的罪恶。荒原狼的血液里就有夜游动物的特性。对他来说，早晨总是最难熬的。他怕黎明到来，黎明也绝不会给他带来好运气。早晨，他的心情就没好过，日中前，他就没交过好运，也从未有过快乐的念头，从未让自己、让别人快乐过。下午的时光，他的身体会慢慢变温热，人也会慢慢变得有生气，只是在好日子里头，渐近傍晚时，他才会有创造力，变得活跃，有时还会快乐地满脸泛红光。每逢这个时候，他总会渴望孤独与独立。他对独立的那种深深的、充满热情的渴望，世上无人能及。他年轻时穷，很难挣口吃的，可就算是挨饿、穿破衣裳，也要维持一丁点的独立性。他从不为了钱、女人、舒适的生活或有权势的人出卖自己；为了守护自己的自由，曾上百次地舍弃在世人看来属于他的幸福和好处。一想到去办公室上班，年复一年日复一日地做同样的事，听候别人的命令，他就恨得咬牙根，厌恶得想死。他恨所有的官职、政府、商业，正如他恨死亡，而他最惧怕的噩梦就是被困在兵营里面。为了躲过这些危险的处境，他往往付出很大的代价。就是在这样的时候，他的意志和优点才会被暂时放到一边。就是在这样的时候，他既不会贪赃枉法，也不会收受别人的贿赂。就是在这样的时候，他的个性才变得强硬、不可弯曲。也只有在这样的时候，他的优点才会让他更贴近他那受苦的命运。他是这样，别人也是这样，他怀着最深、最固执的人的本能孜孜以求的东西恰好就是他的命运，但这对人毫无用处。他先有梦，有快乐，最后却成了苦命人。有权势的人最终会被权势毁掉，有钱的人最终会被钱毁掉，卑躬屈膝的人最终会被顺从毁掉，而寻欢作乐的人最终也会被快乐毁掉。他的目标达成了。他永远独立了。他不受人指使，他过着别人都不能过的生活。他独立、孤独，做什么、不做什么，全由自己做主。因为每一个意志坚强的人都能得到内心的真实冲动驱使他追求的东西。但哈里在追求自由的途中突然意识到自己的自由不过是死亡，自己始终是孑然一身。这个可怕的世界让他觉得心安。别人不再关心他的死活。他甚至也不再关心自己的死活。孤寂的空气越来越稀薄，他开始缓慢地窒息而死。如今，追求独立和孤独已不再是他的愿望和目标，他追求的变成了他的命运和判决。富有魔力的愿望已获得满足，再不能撤销，这时候再想伸开双臂，满怀渴望和美好的愿望拥抱人情已毫无用处。人们已经不要他了。然而，他并未成为别人憎恨、厌恶的目标。恰恰相反，很多人喜欢他。但人家这么做只是出于同情和友谊。以前，他常收到邀请、礼物、美好的信件，如今这些东西都不来了。没人再会靠近他。他同别人连接的纽带消失了，就算有人想，也无法在他的生活中发挥作用。此时，孤独者的空气将他包围，先前包裹着他的这个世界的宁静空气也已溜走，使他再也无法同别人建立联系，这是死一般的气氛，愿望和渴望都不能存活。这便是他的生活的一个显著特征。

　　另一个特征是他属于自杀者的行列。在这儿必须提一点：只把那些真正自毁的人称为自杀者是错误的。其实，在这些人中，很多只是一时起了自杀的念头，根本没必要这么干。很多自尽的普通人并没有太多个性，生活中也没留下多深的命运的烙印，最后寻死也只是碰巧加入了自杀者的行列，从严格意义上讲，并不属于渴望自杀的那类人；恰恰相反，生来就有自杀心的人（这部分人也占了自杀者中的多数）其实并不是亲手做掉自己的。像哈里这样的自杀者根本用不着活得离死亡特别近。一个人就算不自杀，也能死掉。自杀者的显著特点是：其自我无论对错，在他看来都是极端危险、不可靠的，这辈子活着就是为了自我毁灭；他觉得自己总在冒特别的风险，就像脚跟刚好站在悬崖边上，被人轻轻推一下，或内心稍稍软弱一下，就会让自己坠入无尽的虚空。这类人生来就认定自杀是最有可能的死亡方式。也许有人会判断，这种年轻时表露出来的、贯穿一生的气质，恰恰说明这人特别缺乏一种生命的活力。但事实刚好相反，很多的自杀者意志坚强，对生活充满渴望，且为人勇敢。但正如平日里根本不生病的人会染上高烧，那些被我们称为"自杀者"的人（这类人大多很敏感、情绪化）也根本不会料到自己竟会萌生出自杀的念头。若我们有一门科学，敢于且富有权威地面对人的问题，而不只是研究人的生命的机制，若我们有一门类似于人种学、心理学的科学，上述事实每个人就都知道了。

　　上面说的自杀者这事显然只触及了一点皮毛。自杀是心理学上的事，因此也和物理学有些关系。从玄学的角度看，这事就不同且清晰多了。从这个角度看，自杀者是没能抵抗住个体生来就有的一种负罪感的攻击，这些人发现生活的目的并非让自我变得完美、塑造自我，而是回到母亲、上帝那里，回到万物的本源，以解放自我。很多这样的人都能深深地意识到自杀是一种罪恶，因此完全没有能力走上真正的自杀这条路。在我们看来，他们依然属于自杀者的行列；他们将死亡而不是活着当作了一种解脱。他们愿意束手就擒，放弃自己，被毁灭，回到原点。

正如每一个强点都有可能会变成弱点（必须在某些条件下），反过来说，典型的自杀者在其显而易见的弱点中也有可能会找到一种力量与支撑物，促使他毁灭自己。其实，他经常这么做，而不是两手一伸，什么都不干。荒原狼哈里就是这样的人。正如成千上万个像他这样的人，他自己不但在年轻时幻想出的悲剧中，更在下面这个念头中，找到了安慰和支撑：死亡的路是开放的，随时等着他踏上去。对他来说，对他这样的人来说，每一次的震惊、痛苦、灾难的确会让他们立即生出一死百了的念头。然而，他在这种倾向中竟形成了一套真的可以用于生活的哲学。他总想着逃生的出口始终敞开，由此获得了力量，也变得好奇，想品尝生命一苦到底的滋味。这套哲学他若用得太糟糕，有时就会感到一种邪恶的快乐："我就是想瞧瞧人能多耐苦。若我抵达了耐苦的极限，也不过是打开了那道逃生的门罢了。"就是这种念头让很多的自杀者获得了不同寻常的力量。

从另一方面来讲，所有的自杀者都很熟悉抵抗自杀诱惑的斗争。每一位自杀者在其灵魂的某个角落都深知，自杀虽说是一种解脱的办法，却很不上档次，很不光彩，亲手弄死自己，倒不如让生活弄死自己来得更高贵、更美好。知道了这个，又病态地认识到了自己的病根和那些内心充满斗志、所谓的自满的人其实一样，大多数的自杀者就会陷入抵抗自杀诱惑的长期斗争。他们抵抗这种诱惑，就像偷窃癖者抵抗自身的罪恶一样激烈。荒原狼并非不熟悉这种斗争。他曾多次改换武器投入这场斗争。最后，在四十七岁左右的年纪，他的心中萌生出了一个快活却并非无害、常常被他用来自娱自乐的念头。他想好了，五十岁生日那天就自杀。他同自己商量好了，那天他到底走不走那个逃生出口，自己说了算，完全看自己心情。无论疾病、贫穷，还是苦难、痛苦，统统过来吧，不过这些事的发生都有时间限制。日子一天天在减少，它们绝不能超过那少数的几年、几月、几天。其实，他遭受了不少的苦难，换作以前，他会更深、更久地陷入痛苦中，甚至还会动摇他活着的根基，如今却活得轻松多了。不管出于什么理由，当境况变得特别糟糕，特别的痛苦与惩罚让生活变得更加孤独，增长了他的兽性时，他只会对折磨他的东西说："你们就等着吧，再过一两年我就做你们的主人了。"每次这样想，他都十分珍视自己五十岁生日的那个上午。到时候会有很多的祝贺信寄给他，而他把门一关，手握刀片，轻轻一割，就把自己所有的痛苦都带走了。然后，关节上的疼痛，抑郁的心绪，头和身体上的所有痛苦，就去寻找下一个倒霉蛋了。

　　荒原狼作为单个的现象还没说，他和中产阶级的关系也没说，这些都说了，才能找到他的病根。既然他和中产阶级的关系已经显露出来了，我们就先来说说这个。

　　在这件事上，用荒原狼自己的话说，他完全不属于这个循规蹈矩的阶层，他既没有家室，又缺少社交的热情。无论作为怪人、病态的隐士，还是作为被多数的普通人弃掉的天才，他始终都觉得自己是一个人，始终在孤独地生活着。他有意贬低那些普通人，为自己不属于他们中的一员而骄傲。然而，他的生活在很多方面都是很普通的。他在银行里有存款，也会帮助穷困的亲戚。尽管不刻意打扮，他穿得却体面、低调。他乐于和警方、收税员及其他有权势的人搞好关系。还有，在暗地里，他始终被中产阶级的小小世界吸引着，那些人过着安静、体面的生活，家里都有洁净的花园，干净得无可指摘的楼梯，还有弥漫着的叫人觉得很舒服的井井有条的气氛，这些都是他喜欢的。他还喜欢那种把自己与中产阶级隔离开的感觉，心怀一点小小的邪念，让自己的日子过得稍稍奢华些，做个怪人或天才，可他从不在那些没有中产阶级生活气息的地方住。同脾气暴烈的人、怪人、罪犯或亡命徒住一起让他觉得不安，他经常住在中产阶级中间，身处在中产阶级的生活习惯、生活标准与生活的氛围当中，不时与这些人产生一些联系，就算这

种联系让他反感，有悖他的初衷。而且，他又是在外地的一个
传统家庭中长大的，过去的很多观念和规范他依然没有忘。
从理论上讲，他根本不反对卖淫，然而，在实际生活中，他根
本无法将妓女当作与他同等的人看待。他可以将政治犯、革
命性的或富有智慧的引诱者、离经叛道的社会反叛分子当作
自己的亲生兄弟去爱，但对于贼人、抢劫犯、杀人犯、强奸
犯，除了像真正的中产阶级那样去谴责他们，再也不会有别的
立场。

　　就这方面而言，在行为和思想上，他总是认同并维护着
一半的自我，却又极力反对、否定着另一半的自我。我们前面
已经说过，他是在有教养的正统家庭中长大的，就算在很久以
后让自己陷入了极度孤立状态，乃至超出了正常的范围，从理
想与信念的羁绊中挣脱了出来，他也从未让自己的灵魂摆脱传
统观念的束缚。

　　由此看来，我们口中的"中产阶级"，作为一种总可以
在人类的生活中找到的东西，不过是在寻求一种平衡。人的生
活中会涌现出无数的极端行为与对抗行为，它苦苦追求的就是
二者间的一种中庸态度。将矛盾双方拿过来仔细看一下，比如
虔诚与放荡，我们马上就能理解这种类比。人将全部身心赋予
某种观念，或追随上帝，或献身于某种神圣的信仰，完全可以
自由地去做。然而，他也可以献身于人的本能，去追求肉欲，
使出全部的力气获得片刻的肉体上的满足。一个人，选择了前
一条路，就会成为圣徒、精神的殉道者，臣服于上帝；选择了

后一条路，就会去放荡，成为肉体的殉道者，臣服于腐化堕落。中产阶级追寻的就是走这两条路的中间。他既不会让自己沉湎于肉欲的满足，又不会让自己成为苦行僧。他既不会成为殉道者，也不会亲手毁掉自己。恰恰相反，他最想做的并非放弃而是维护自己的身份。他既不追求圣洁，又不会走上圣洁的反面——堕落。他痛恨的是绝对。他也许会侍奉上帝，却绝不会放弃物质上的享受。他愿意让自己的道德变得高尚，却也愿意在这个世界选择一种闲在、舒适的生活来过一过。简而言之，他的目标就是在两种极端的行为当中，在一个免受暴风雨蹂躏的温和的地方，为自己找到一个舒适的家。虽然没能体验到极端的生活所赋予的那种激动与猛烈的情感，却实现了梦想。一个人，若不放弃自我，就无法活得热烈。而中产阶级最珍重的就是自我（也许是他根本看重的东西）。因此，他放弃了热烈的生活，获得了自我与稳定的生活。他收获的是平静的心态，而这种心态他宁愿让上帝拥有，因为他宁要舒适，也不要享乐，宁要方便，也不要自由，宁要快乐的心态，也不要那致死的消磨自己灵魂的心火。通常来说，中产阶级的本性总是软弱的，生活中充满了焦虑，总是害怕丧失自己，且易于统治。因此，这种人总想用多数人取代权力，用法律取代暴力，用投票站取代责任。

　　已经很清楚了，这类生性软弱、满腹焦虑的人，无论有多少，都无法保护自身的安全，就像一群羊闯入了自由游荡的狼群。然而，我们也要看到，尽管有时中产阶级会暴露出统治的本性，让他们撞了南墙，但他们从不灰心。其实，有些时候，他们甚至还显出了一副要统治整个世界的气派。这怎么可能？中产阶级人数多，但只靠人多、美德、常识、组织根本无法阻止自我的毁灭。一个人的心从一开始就跳得那么虚弱，世上是无药可以医的。可中产阶级还是繁盛了起来。这又是为什么？

答案就是：都是荒原狼们闹的。老实说，中产阶级的生命力绝不在于其普通成员所拥有的那些品质，却在于那些数量极多的"局外人"，这种人不但数量多，且适应性强，追求的是中产阶级的生活。总有很多意志坚强且性子狂野的人愿意同别人一起过羊群一样的生活。我们的荒原狼哈里就是一个典型的例子。他活得太极端了，远远超过了中产阶级所能包容的范畴，却也知道冥想的快乐丝毫不亚于仇恨别人、仇恨自己所带给他的那种阴郁的快乐，他鄙视法律、美德、常识，却最终被中产阶级俘获，再也无法逃离。由此看来，在庞大的中产阶级的队伍里头是融入了很多人性上的东西的。说真的，数以万计的生命和灵魂，若不是被儿时的情感紧紧地绑缚在这个阶级身上，若不是多数已被这种没有激情的生活腐化了，早就挣脱了它的束缚，去听从自由生活的召唤了。然而，现实残酷，它们没别的办法，只能不时游离，屈从于责任和公职，被责任和公职绑缚。因为，对中产阶级而言，伟人奉行的逆定理总是对的：谁不反对我，谁就和我是一路的。

我们来检视荒原狼的灵魂。我们发现，他很有个性，与中产阶级不同，而个性的延展总是绕着自我向上旋升，最后会毁灭自我。我们可以看出，他既有做圣徒的强烈冲动，又有放荡的强烈冲动。然而，由于自身的某些弱点或惰性，无力让自己的全部身心投入自由、不受任何拘束的领域中去。他亲近中产阶级，中产阶级如魔咒紧紧捆住他的手脚，让他动弹不得。他在世上就得这么活，就得戴着这副镣铐活着。多数的艺术家和知识分子就属于这个类型。他们当中，只有意志最坚强的那些，才能在弥漫于地球上的中产阶级气息的包围中杀出一条血路，让自己抵达宇宙。别的人就只能缴械投降或妥协了。这种人鄙视中产阶级，却又属于这个阶层，并给它增添了荣耀和力量，要想活下去，必须维护自身的信念，除了这么做，再没有别的办法。这些人的数量无穷大，不能说人家的生活就是悲剧吧，但他们明明是在一种邪恶的光芒下活着，正在被它极大地毒害着，而在这种地狱般的生活中，他们的天赋倒也成熟了，结出了果实。少数的几个人，挣脱了羁绊，在自由中获得了奖赏，将荣耀加在了自己身上。这些人头戴布满荆棘的王冠，但人数毕竟很少。至于其余的人，依旧留在了羊群中，中产阶级利用他们的天赋，为自己获得了极大的利益，而留给他们的是一个第三帝国，这个帝国任由他们出入，却只是一个幻想出来的君权世界，也算是一个幽默吧。孤独的狼们，从未感受到平静是何滋味，暂时忽略了追求悲剧的冲动，沉浸在无边无际的痛苦中，永远也无法穿透那布满繁星的夜空，虽说总觉得被召唤着去那里，却无法在这种气氛中存活下来——因为对他们来说，为他们保存着的、给予他们的痛苦才让他们的意志变得坚强，性情变得灵活，若真的去了太空，就算是妥协了，逃到了幽默那里。幽默当中总有些中产阶级的趣味，尽管真正的中产阶级并不懂幽默。在幻想出来的这个国度中，荒原狼们那复杂、多面的理想终于实现了。这时候，同时赞美圣洁和放荡不但变为了可能，让这两种极端的生活态度融合在了一起，更让维护中产阶级变为了可能。这时候，既臣服于上帝，又袒护罪人、罪恶，已变为了可能，但无论是圣徒、罪人，还是别的不受任何羁绊的人，都不可能去维护持中庸态度的那群人，也就是中产阶级。有些人追求最崇高的事业，却半路折戟，只有这些人才能创造出这么了不起的幽默；有些人没能过上悲剧式的生活，却依然很有天赋，依然承受了很多的苦难，只有这些人才能创造出这么了不起的幽默。只有幽默（也许是与生俱来的、人类灵魂所创造出的最伟大的成就）才能将不可能变为可能，才能将人类存在的每一个方面置于它的棱镜光下。在世界上活着，却又不像在世界上活着，尊重法律，却又凌驾于法律之上，拥有财产，却又貌似"一无所有"，抛弃谁或什么东西，却又看着完全不像在抛弃，这些渗透着处世智慧的系统化的准则是人们的最爱，但只有融入了幽默的力量才能发挥效力。

我们假定荒原狼能做成这些事，天赋又高，又足智多谋，在地狱般的湿热迷宫中能煎熬出这服神药，他的得救自然不成问题。然而，他缺少的东西依然很多。只有这些东西，他只是有可能、有希望获得拯救。爱他的人、袒护他的人，也许会希望他得救。没错，这样是可以让他永远被困在中产阶级的世界中，而他的痛苦也还可以忍受，并且能让他保持创造力。他和中产阶级走得过近，会让他丧失对它的爱与恨的情感，受困于它，又会让他丧失羞耻感的不断折磨。

这一切若想变为现实，或者只是为了在最后鼓起勇气一跃而起跳入未知的空间，荒原狼就必须好好地审视自己。他必须深深地注视自己那混乱的灵魂，探究灵魂的根源。他的存在之谜届时会马上向他揭开，且谜底永远不会变。在此以后，他若想着先从肉欲的罪恶中逃往让他感觉很舒适的情感哲学那里，然后再回到野狼式的盲目纵欲中，已是不可能。到时候，人和狼会脱掉各自虚伪的面具，在强压下认识对方，直盯着对方的眼睛。然后，它们要么会爆炸，永远分离，往后再也不会有荒原狼，要么就在幽默的晨光下和解。

也许有一天哈里会自主地选择后一种方式，也许有一天他会认清自己。到时候，他可能会拿起一面我们那样的小镜子。也许他会遇见不朽的人。也许他会在我们的哪个魔力剧院中发现可以放飞他那被忽视的灵魂的东西。有数千个这样的可能性在等着他。他的命运把它们带到了他的跟前，他别无选择，因为那些居于中产阶层之外的人，就是在充满这些可能性的氛围中生活着。仅仅是虚空就够了——根本不用电闪雷鸣。

尽管荒原狼可能永远不会将他的目光投射到他那内心成长的片段上，但上面说的这些事他早就很熟悉了。他怀疑他被分配在这个世界中的位置，怀疑那些不朽的人。也许有一天他会直面这种怀疑，他知道世上有那面镜子，他会在里面看到自己的悲惨命运，也会让目光远离它，在致死的恐惧中紧缩自己的身子。

我们的论文到了结尾处，还剩最后一个假定的条件没说，这个根本性的幻觉必须澄清一下。所有的解释，所有的心理研究，所有让事情变得容易理解的尝试，都需要理论、神话、谎言做媒介。一位自尊自爱的作家，在最后阐述时，只要能力允许，都不该漏掉这些谎言，而应该揭露出它们的本来面目。我要是说"上面"或"下面"，本身就成了一种陈述，必须加以说明，因为"上面"或"下面"只存在于思想中，只是一种抽象的东西。这个世界哪有上下之分。

还是说正事吧，荒原狼就是哈里幻想出来的形象。哈里觉得自己是荒原狼，集相互对立、仇视的两个存在于一身，其实只是把自己当作了神话中的某个简单的形象。他根本不是什么狼人，若我们连想都不想就接受了他一手编造出的这个谎言，信了它，真的把他看作了又有狼性又有人性的狼人，还这样称呼他，不过是想借助幻觉，更容易地理解他这个人罢了，如今，我们就要努力地说清这件事了。

哈里说自己既是狼又是人，既有狼和人的肉身，又有狼和人的灵魂，他这样总结自己的命运，其实这事说来简单得很。他在自己身上发现了矛盾的地方，并且视作了自己深重痛苦的来源，就硬生生地用事实解释这种矛盾，他的办法看似有些道理，却是错误的。哈里在自己身上发现了"人性"，也就是说，在自己身上发现了思想、情感、文明、驯服、高尚这些特质；此外，他在自己身上又发现了"狼性"，也就是说，黑暗、野蛮、低俗、生猛的一面。两种本性截然相反，彼此对立，充满敌意，狼性与人性和谐共处，他就会不时获得短暂的快乐。我们假定哈里想弄清自己生活中的单个时刻或行为中人性发挥了多大作用，狼性又发挥了多大作用，这样一来，他就会发现自己立即陷入了两难状态，他那一整套漂亮的狼的理论也会随之破裂。因为就没有哪个单个的人，甚至于原始的黑人、白痴，可以将自己的整个存在如此简便地解释为两三个主要因素的总和，而像哈里这么复杂的人，只把他的性情分为狼性和人性，岂不是绝望之下的幼稚之举吗？哈里身上不只有两种自我，而是有上百种，乃至上千种。哈里和别人一样，生活中也充满了波澜，不只是在肉体与灵魂、圣徒与罪人这样的两个极端之间摇摆，而是在数千种乃至无数种极端之间摇摆。

像哈里这样的人，又聪明，又有教养，也会觉得自己是荒原狼，生命的有机体丰富而复杂，却被他简化成了一个那么简单、那么基本、那么原始的公式，对此我们不应感到吃惊。人就无法思考更高级的东西，就连道行最高洁、最有文化的那些，也会习惯性地在虚幻的公式与天真的简化的镜头下审视这个世界、审视自己——主要是审视自己。因为似乎所有的人生来就有一种把自我看作一个单位的紧急需求。然而，无论这种幻觉破灭的频率有多高，破灭的程度有多深，总会自我修复。

法官高高坐在杀人犯的对面，直视着他的脸，一时间会在自己的灵魂深处懂了杀人犯的一切情感、潜能、可能性，听到了杀人犯的心声，就像听到了自己的，两个声音密不可分。然而，在下一刻，他就会缩回到他那个有教养的自我的壳中，行使职责，判处杀人犯的死刑。拥有超凡能力与敏锐感知力的人，若怀疑到了他们的多重存在，必然会（天才都会这么做）打破人性单一性的幻觉，认为自我由一捆的"自我"组成，他们就这么一说，人家就会把他们锁起来，赶紧叫科学来帮忙，判定他们得了精神分裂症，不让别的人听到可怜的家伙嘴里喊出的真理。干吗说废话？爱思考的人都说了那些话是不言自明的，干吗还要说？说了只会叫人倒胃口。这样看，一个人，只要能把自我的双重性简化为假定的单一性，就几乎算个天才了，不管怎么说，也算是一个很有趣、很不凡的人。然而，在现实中，每一个远远无法简化为单一性的自我，在最高级的程度上讲，都是一个双重的世界，一个星罗棋布的天堂，一种混乱的形式、状态、阶段，一种混乱的遗传特性、潜能。正如吃饭与呼吸，似乎每个人都在强力的驱使下，迫不及待地将这种混乱视作了单一的存在，谈及自我时，就好像自我只是一种单一的、明显孤立的、固定的现象。

　　这种幻觉源于一个错误的类比。作为肉体，每个人都是单一的，但作为灵魂，并不是这样。在文学作品中，甚至在最复杂、最深奥的作品中，我们也会发现，作者常常会论述清晰可见的整体或单一的人性。迄今为止，在所有的文学形式中，作家、批评家最看重的就是戏剧，他们做得没错，因为戏剧最有可能（只是可能）将自我看作一个多重的整体，而不是给我们一种幻觉，让我们误以为剧中的每一个人物都被一次性地放到了一个确切无疑的躯体中，是一个单一的存在。然后，天真的批评家就会说这种有人物的戏剧最棒，剧中的每一个人物无疑是作为单个、独立的存在出场的。只有远远地去看，慢慢地去想，才会怀疑到这或许是一种廉价、肤浅的审美哲学，我们的审美观念都是老掉牙的，用在我们伟大的戏剧家身上并不对。这些观念不是我们原本就有的，只是我们捡来的二手货，它们将普通的原型附于有形的躯体中，我们只有在它们当中才能真的找到自我、个体幻觉的根源。古印度的诗歌中就寻不到这样的观念的痕迹。印度史诗中的男主角并不是单个的人，而是一系列典型个体的组合。有些现代诗歌，貌似描述的是单个人物的事，其实作者想要呈现出的是一种多重的心理活动。不管是谁，只要能认识到这一点，必定不会将这类人物看作独立的存在，而是看作一个更高级的个体的不同侧面，我个人觉得这种更高级的存在就是诗人的灵魂。若我们这样去看浮士德，浮士德、恶魔靡菲斯特、瓦格纳及余下的那些人，就组合成了一个单一体，一个最高级的个体；只有在这个更高级的个体，而不是数个单一体中，灵魂的某些真正的本性才会被揭露出来。浮士德说的一句话已在老师中成为永恒的经典，也让非利士人惊得颤抖着身子连声叫好，这话是这么说的："哎呀，我的心中有两个灵魂！"他就忘了他的心里也藏着恶魔靡菲斯特及另外的一大群人的灵魂。荒原狼也认为自己心中有两个灵魂（人的灵魂和狼的灵魂），可即便这样，就因为这两个灵魂经常打架，处得不好，搞得他的心很痛。心和身体的确是一个整体，可身体内的灵魂呢，绝不只有一个，甚至五个，而是有无数个。人就像洋葱，由数百层皮组成，又像布，由很多条线编织而成。古代的亚洲人对这个算是了解得透透的，佛教的瑜伽术中就有一种专门用来揭露个体幻觉秘密的技巧。人坐在旋转木马上，会看到很多异样的东西：印度人耗费数千年揭露的这种幻觉，西方人却在拼命维护、巩固。

若站在这个立场上看荒原狼，我们就会明白，他那可笑的双重性格何以让他受了那么多苦。就像浮士德，他也认为心中有两个灵魂实在太多，定会把他的心撑破。其实，刚好相反，两个灵魂太少了，哈里想用一个极其原始的形象理解自己的灵魂，结果只是用惊人的暴力行为伤害了可怜的它。他是很有教养，但野蛮起来就连二都不认识了。他说自己有一半的狼性、一半的人性，据此就认为事情都了了，就把这件事彻底搞清楚了。他把但凡能在他身上发现的所有纯洁、高尚，甚至有教养的品质统统归为"人"的一边，把所有本能、野蛮、混乱的东西归到了"狼"的一边。但这些东西就像我们的思想，哪有这么简单，又像我们使用的那些可怜又可笑的语言，哪有那么粗暴、方便，哈里运用这套吝啬的狼性理论时总会加倍骗自己。我们担心，他把他的整个灵魂中还远不属于人性的因素都归到"人"的那边，把他的部分存在中早已超出狼性的因素归到"狼"的一边。

像所有人一样，哈里也认为自己很清楚人是什么，其实他一无所知，只是在梦里，在别的不受他掌控的状态，时常会隐约感觉到这一点。但愿他不要忘了这些隐约的感觉，至少也该尽量把它们收好。人的存在绝不固定、耐久（智者的看法虽然相反，对此有怀疑，却是古人的愿望）。人不只是实验品、转换品。人不过是一座危险的窄桥，连着天性与圣洁的灵魂。人心深处的渴望驱使他拥抱圣洁的灵魂，拥抱上帝。人心深处的渴望也驱使他回归本性，回归自然。夹在两种驱动力之间，人的生命始终摇摆不定。我们说，通常意义上的"人"不过是一纸转瞬即逝的协议，是中产阶级妥协的产物。某些更赤裸的本能被这纸协议驱逐、惩罚；人类的些许意识和文化从兽性那里赢过来了；人不但可以拥有一丁点神圣的灵魂，更鼓励拥有这样的灵魂。协议中的人，如其他的中产阶级的理想，也是一种妥协，一个羞怯、天真又狡猾的实验，其目的是欺骗愤怒的原始大自然，欺骗重压下受困的神圣的灵魂，在二者间找到一个温和的区域，生存下来。普通人为何能忍受"个性"，原因就在这里，但与此同时，也将个性拱手让给了摩洛神的"国"，从而使大自然与神圣的灵魂时常处于交战状态。就因为这个，中产阶级今天把人家当异教徒烧死，当罪犯绞死，明天却又为人家树碑立传。

人是尚未造完的半成品，更像是灵魂要求下的产物，是渺茫的可能性，既让人怕，又让人渴望。通往完人的那条路，只是被今天上绞刑架、明天上纪念碑少数的几个人走了一小段的距离——这也是荒原狼隐约感觉到的。然而，他说的自己身上的那个与狼刚好相对的"人"，在很大程度上，不过是中产阶级眼中的普通人。

　　说到成为真正的人，成为不朽的人，他还真的有些模糊的感觉，并且不时朝那条路上犹豫地走了几步，受了不少罪，也品尝到了孤独带给他的很多极大的痛苦。可是说到完全放下心来，响应那种至高无上的神圣召唤，努力成为拥有圣洁灵魂的真正的人，走那条窄窄的小路，抵达不朽，他又很害怕。他心里很清楚，这么做要受更大的苦，会遭人排斥，被人抛弃，甚至还有可能上绞刑架。尽管不朽的诱惑就在那条窄路的终点，他还是不愿受那么多的苦，落个惨死的下场。他知道成人的目标是怎么回事，比中产阶级还清楚，却还是闭上了眼睛，不愿去看。他决意忘掉通往永恒的死亡最稳妥的方式就是紧紧地抓住自我与生活不放，而寻死的心将自己身上的衣裳全部扒光，让自己回归赤裸、自然的状态，连同永恒的屈从，也会一并随不朽而去。不朽的人物当中，他最爱的可能就是莫扎特了，他为莫扎特祈祷，可最终还是用中产阶级的眼光去看他。他就像个教书先生，总是倾向于把莫扎特的完美杰作归结为某种至高无上、特别的天赋，而不是他那极大的顺从与耐苦能力。他在最后的极度的孤独——哥西马尼花园①中的孤独——

① 耶路撒冷附近的一座花园，据《圣经》记载，耶稣死前曾在此祷告。

的逼迫下保持了耐性。要知道，正是这种包裹着那些甘愿受苦、想成为真正的人的孤独，将中产阶级的世界稀释成了冰冷的苍穹。

我们这位荒原狼至少已经意识到了他的浮士德式的双重性格。他已经发现，一个身体里面不只有一个灵魂，他最多只是刚刚踏上这条漫长的通向理想和谐状态的朝圣之路。他要么战胜狼性，成为完整的人，要么弃掉人性，最后完全像狼那样生活。我们或许可以判断，他从未仔细观察过真正的狼的模样。他要是这么做过，或许就能看出，就是动物在灵魂上也并非不是分裂的。动物有着健美的体形，在这之下却隐藏着一种多重的、抗争的存在状态。狼也会陷入困境。狼也会受苦。不，回归本性是一条歧路，是一条死路，只会叫人受苦、绝望。哈里再也不能回头了，再也不能变成真正意义上的狼了。他要是能这么做，就会发现，就算是狼，性情也没有那么原始，那么简单，早就变成了一种有多重性格的复杂动物。就算是狼，心中也有两种性格，甚至更多，想变成狼的人，最终会像歌中唱的那样，又一次忘掉同样的事情："我要是还能做小孩子该有多好！"歌者动情地唱有福的小孩子，想的是回归本性，回归纯真，回到万物的本源那里，却忘了这些有福的孩子的心中一样有冲突，一样复杂，一样有耐苦的能力。

说实在的，想变成小孩子，想变成狼，都是不可能的。人自生下来的那一刻就不单纯了。每个被上帝创造出来的东西，就连那些最简单的也包括在内，早就有罪了，早就变得复杂了。它已经被扔到了布满污泥的小溪里面，再也不会游回到最初的地方了。通往纯真、永恒、上帝的路，不会朝回拐，不会回到狼或孩子那里，只会一直向前延伸，不断深入罪恶中去，深入人的生命中去。自杀者，甚至是痛苦的荒原狼，都不会把你当回事。你会发现自己正在踏上一条通往人的生活的漫长、沉闷而难行的路。你更深地陷入了双重存在的状态，让你原本复杂的心性变得更加复杂。你不会缩窄你的世界，净化你的灵魂，只会最终将整个的世界塞进你的灵魂里面，为此付出多大的代价都在所不惜，然后才算过完一生，安息了。佛陀，每一个伟大的人，无论是有意识地，还是无意识地，在命运的眷顾下，都走过这条路。每一个事物的出生都预示着同宇宙的分离，被禁锢在有限的空间之内，离开上帝的怀抱，分娩的痛苦永远新鲜。重回宇宙则预示着通过受苦提升灵魂，直到灵魂变得神圣，也预示着扩充灵魂，直到灵魂再一次能够拥抱宇宙。

　　我们在这里探讨的不是整天和经济、数据打交道的人，不是大街上涌动着的数百万的普通人，这种人充其量只是海边的一粒沙子，海面上的一朵浪花。其余的那几百万人，我们也不关心。这些人不过是一堆库存货罢了。不是，我们探讨的是最高级意义上的人，是走完那条长路之后变成真正的人的人，是高贵的人，是不朽的人。天才并不像我们有时想象的那么稀少，当然不是这样，史书中、报纸上经常会出现天才。我们就说哈里吧，天赋足够高，尝试着走那条长路，变成一个真正的人，完全没问题，而不是碰到每一个困难就可怜巴巴地搬出他那匹可笑的荒原狼来。

有些人，本来有可能成为真正的人，但遇到困难，总拿荒原狼说事，还会惊叫一声："哎呀，两个灵魂啊！"这就和他们经常对中产阶级表现出怜爱一样，既让人吃惊，又让人伤心。一个人，能够理解佛陀的行为，且能感觉到人间的天堂与地狱，就不应该活在一个被"常识"、民主以及中产阶级的行为规范所统治的世界中。他之所以会在这样的世界中生活，除了懦弱，再也不会有别的理由。如果这个世界太小，禁锢到了他，中产阶级的客厅又太窄，他就会把责任推到狼的身上，并且拒绝承认狼性往往是他身上最好的部分。他把他身上一切野性的东西统统称为狼性，认为这些东西既邪恶又危险，是体面生活中的毒瘤。就算他觉得自己是艺术家，拥有敏锐的感受力，也看不到他的体内除了狼性，还有很多别的性情。他不知道咬人的不光是狼，狐狸、龙、老虎、猴子、天堂鸟也会咬人。然而，他让整个的世界，让这个象征着美和恐惧、伟大和卑鄙、坚强和柔弱的伊甸园蜷缩起身子，被狼的传说吓得关紧了门，就像他体内潜藏着的那个真正的人，被中产阶级的虚假面目吓到了一样。

想象一座这样的花园，里面有百种树、千种花，又有百种蔬果。然后，想象一位这样的园丁，只知道哪些东西能吃，哪些东西不能吃，这样，这座花园中百分之九十的花草树木，在他眼中就都是无用的。他会拔掉最美的花，砍掉最尊贵的

树，甚至在弃掉它们时，眼中还会透出厌恶、妒忌。荒原狼就
是这样对待他灵魂中的千种花的。他根本看不到那些既不能归
为人又不能归为狼的东西。想想被他归为"人"的那些东西
吧！懦弱、愚蠢、卑鄙的东西都被他归到了人的一边——把强
壮、尊贵的东西都归到了狼的一边，他之所以会这么做，就是
因为没能让自己成为狼的主人。

现在，我们要和荒原狼道别了，让他一个人去走自己的
路吧。如果他已经加入不朽之人的行列——如果他已经抵达了
那条艰难的路的终点，那么，在回首当初自己走投无路的状态
时，在回首当初自己的犹豫不决和走过的无数弯路时，一定会
大为吃惊的。那时候，他会心怀激励与责备、怜悯与快乐，冲
着这匹荒原狼微笑。

论文读完了，我突然想到数周前的一个夜晚，我也写过
一首与荒原狼有关的很奇怪的诗。我在桌子上胡乱堆放着的纸
中翻了一通，找到了那首诗，读着：

狼来回小跑，
世界深埋在雪下，
白桦树上落着的乌鸦飞走了。
但处处看不到野兔，处处看不到狍子。
狍子——是那么可爱，那么甜美，
若能碰到这样的东西，我会吃惊，

我会把她抱在怀里，露出我的尖牙。

天底下还有什么？

那动物那么可爱，我十分珍爱她，

我会将我的尖牙插入她那幼嫩的大腿中，大口吃她的肉。

我会喝干她那鲜红的血液，

然后我会一直嚎叫到夜慢慢过去。

就算是野兔，我也不会瞧不起；

夜里吃她的肉已经够美的了。

让生活变得阳光一点的东西

都被抛弃了吗？

我身上的毛正在变灰白。

我的眼也快不行了。

数年前，我的爱人死掉了。

如今，我小跑着，梦想着可以抓到一只野兔。

我听着午夜的风的哀嚎。

我得把一些雪放在燃烧的下颚上，为它降温，

我怀着我那颗可怜的灵魂向魔鬼奔去。

这样，此刻我的面前就有了两幅我的自画像，一幅是用打油诗的形式描绘的，写得很凄惨，正好对应了我的形象；另一幅是用一种高高在上、很客观的态度描绘的，作者是一位旁观者，对我的了解比我对自己的了解少不了多少。我的这两幅自画像——我那首丧气的没有写完的打油诗，和那位无名的行

家写的那篇精彩的论文，同样让我感到痛苦。两幅自画像画得都没错。两幅自画像都很直白地描述出了我那得过且过的真实的存在状态。两幅自画像都很清楚地表明了我的生存状况是多么叫人不堪忍受、难以维持。这匹荒原狼已经被下达了死亡判决书。他必须亲手解决掉他那令人厌恶的存在——除非能够在重新认识自己的烈火中熔炼一番，浪子回头，改过自新，建立一个新的、真实的自我。哎呀！这种转变我并非不清楚。我经常经历这种转变，而且总是在极度绝望的情况下经历。每次经历这种恐怖、连根拔起的转变，我自己总会被撕成碎片。每次根深蒂固的力量都会将它摇撼、毁灭，每次转变之后，我生命中特别珍爱的那部分都会丧失掉，我的生命在我的眼中也会变得不再真实。有一次，我丧失了我的名誉和生计。我不得不失掉以前手碰帽檐对我表示敬意的那些人的尊敬。后来，我的家庭生活一夜之间就变成了废墟，当时我的妻子变得神经错乱，一怒之下将我逐出家门。爱和信任突然之间变为了愤恨和致死的敌意，我的邻居见了我，目光中总是透出怜悯的讥讽。也就是在那个时候，我孤寂的生活开始了。我过了几年痛苦而艰辛的日子。在知识界禁欲成风的刺激下，我为自己创造了一种新的生活的愿景。我潜心进行抽象思维训练，施行苦行式的冥想练习，又一次获得了内心的宁静，提升了生命的层次。但这种模式也破碎了，挨了一次打击，就失掉了高贵的意图。我像一阵旋风，重新在地球表面到处乱窜，却为我的生命堆积了新的痛苦、新的罪恶。每次虚伪的面具脱落，理想破灭之前，都会出现我现在不得不再次挨过的这种可恨的空虚和寂静，这种足以置人于死地的压迫、孤独、隔绝，这种充满了绝望与冷漠的荒凉、空荡的地狱。

不可否认，每次我的命运遭遇这样的毁灭，最后我都会获得一点东西、一点自由、一点智慧、一点深沉，却也让我孤独了些，冷漠了些，同别人的关系疏远了些。用中产阶级的眼光来看，我的生活一直在走下坡路，在不断地遭遇毁灭，每走一步，都会让我离一切正常、规范、健康的东西更远。过去的这些年夺去了我的事业、我的家庭，还有我的家。我远离了所有的社交圈子，孤独地活着，没人爱我，很多人不相信我，我永远在同大众的观点与道德苦战，我是生活在中产阶级的氛围内，却在思想和情感上完全是这个世界的外人。宗教、国家、家庭、政府都丧失了价值，在我的眼中已没有了任何的意义。虚夸的科学、社交、艺术让我恶心。我以前有天赋，很受欢迎，我的看法、品位、思想曾为我增光添彩，如今，这些东西都被人忽视了，别人就算是看，也是一脸的怀疑。就算我在痛苦的转变中获得了一些无形、莫名其妙的东西，为此付出的代价也是极高的，在我人生的每一个拐弯处，我的生活都变得更难、更苦、更孤独、更危险了。说真的，我没有太多的理由想着再这样走下去，这条路就像尼采秋之歌中升腾着的烟雾，越朝前走，空气只会越稀薄。

哦，是的，我经历的这些痛苦的转变都是命运母亲给她那调皮的、最敏感的孩子准备的。我太了解这些改变了。我对它们熟得很，就像一位有激情却不得志的运动员对射击规则那般熟悉，就像证券交易所的一个老投机者对投机的每个阶段、股市中的内幕消息、越发疲软的市场、暴跌、破产那般熟悉。我真的要再过一遍这样的生活吗？过这样的日子就是在受苦，就是在每天承受压力，就是总会瞥到自己的无能与卑微，就是生怕自己有一天会被压垮，就是生怕自己有一天会死掉。不受这么多苦了，不这么走了，这样岂不更好、更简单？这样当然更好、更简单了。荒原狼的那本关于"自杀者"小册子上不管说了哪些真理，如今，依然没有哪个人可以阻止我享受拔掉煤气炉的管子、拿起刀片或左轮手枪的快感，那么，就让我再体验一下这个过程吧，它的结局必定是苦涩的，可我必须经常品味这种苦涩。我当然要这么做，我要尝尽生命的痛苦滋味。不，说良心话，我怕再度遇见自己，怕面对生命的又一次重组，怕面对生命中开启的一个新阶段。世上没有哪种力量可以战胜我这种怕，就算走到生命的路的尽头，我也不会得到安宁——为了创建新的自我，我只能不断地毁灭自己。你可以说那些自杀者都是愚蠢、懦弱、可鄙的家伙，也可以说自杀是一种丢人可耻的逃避，怎么说都行，随你的便，可是，任何的对于这种苦役的逃避，哪怕是最丢人的逃避方式，也是令人向往的。这里没有给尊贵的人、英雄留下施展本领的舞台。留下的只有一个简单的选择：要么选择一种轻微却快速的剧痛，要么选择一种不可想象、强烈、无尽的痛苦。我过的是艰难而疯狂的生活，我在这样的生活中时常扮演堂吉诃德的角色，宁要荣誉，不要舒适，宁要英雄主义，不要理智，如今我演够了。够了，就让这一切结束吧！

日光射透了窗户，是下雨的冬日铅灰色的、地狱般的日光，我终于上床了。我带着决意上了床。可就要睡着了，就在还有点意识的最后时刻，荒原狼小册子里的那个写不朽之人的精彩段落划过了我的脑际。这个段落让我想起了好事，有那么几次——最近就有一次——我贴近了那些不朽的人，同他们分享一小节古典音乐中隐藏的冷酷、明亮、严肃却又微笑着的智慧。这个记忆打着旋，闪动了那么一下就消失了，然后，睡意如山般沉重，压在我的意识上。

中午时，我醒了，那个我刚刚摆脱掉的混乱的情景又同来了。床边的桌子上放着那个小册子，我写的那首诗也在。睡了一夜，它有了形状，从我最近混乱的生活中挣脱出来，安静友好地同我打招呼。欲速则不达。我决意去死并非一时的冲动。我寻死的心就像水果，如今已成熟，长完美了，命运的风轻轻地摇晃着它，再吹一下，它就要落在地上了。

我在药箱子里面备了些很棒的止痛片——阿片酊，劲儿不是一般的大。这种东西我不经常吸食，有时几个月都不来一口。只有在痛得无法忍受时，我才会吸一点。不幸的是，这种东西对结束我的性命一点用处也没有。这事我好多年前就证明了。有一回，绝望又一次紧紧地扼住我，我一下子吞下去很多——剂量杀死六个人也不在话下，可我并没死掉。我睡了，真的，迷迷糊糊地躺了几个小时。不过后来，让我既惊恐又失望的是，剧烈的反胃把我弄醒了，我把毒药都吐了出来，就又睡下了。我醒过来时，已是第二天了，我的头脑很清醒，真的，真是太丧气了。我的脑袋空空的，在燃烧，差点没了记忆。除了有段时间没睡着，胃痛得很，毒药的痕迹倒是一点也寻不到了。

这样看来，鸦片的效果不怎么样。可我就是铁了心，非要这样弄死自己不可：下一回，我觉得自己得吃点这东西时，索性来个大剂量，不要小剂量，也就是说，吃了这剂量必死无疑，就像挨了颗子弹或用剃刀割断动脉。这下肯定能死成了吧。我依照小册子上的药方，等着五十岁生日来——我怎么觉得要等很久呢，耽搁太久了吧。还有两年才到呢。不管了，就算一年后、一个月后，甚至一天后就到，那扇门也是始终为我打开着的。

我可不能说这个决意深深地改变了我的生活。它倒是让我对自己受的苦冷漠了些，让我吸食鸦片、喝红酒时随意了些，让我对一个人耐苦的极限多了那么一点好奇心，仅此而已。那天晚上别的体验后劲儿更大。我读着那篇《论荒原狼》，通读了好几遍，像是低声下气地频频对一个无形的魔术师表示感恩，就因为他掌控着我的命运。如今，我却笑话这论文没用，内容我也没怎么看懂，说明我真的也就这点理解力了，真的陷入了困境。写荒原狼和自杀者的那些段落真的很棒，写得也很巧妙，这是没有疑问的。对自杀者、荒原狼那样的人来说，这文章的确写得妙，可我有着独属于自己的灵魂，独特的、绝无仅有的命运，这文章就成了一张网，撒得太开，写得太宽泛了。

　　然而，我别的都不想，只想那面教堂的墙，想它给我的幻觉，说幻象也行。灯光下跳动的那些字——那条通告中隐隐透出的东西有很多都在论文中出现了，那个陌生的世界的声音极大地激起了我的好奇心。我思索着字面的意思，想得很深，一连想了好几个小时。这样的时候，字里行间透出的警告留给我的印象越来越深——"凡人不得入内！""专为疯子而设！"那些声音我若是听到了，那个世界若是跟我说话了，那我一定就是疯子了，远不是什么"凡人"。天啊，难道我以前过的那些日子不孤僻吗？我的存在不反常吗？我的思想不反常吗？难道很久以前我没有长久地沉浸在疯狂和孤寂中吗？可我在我的心灵的最深处依然懂得那种召唤。是的，我懂，它邀请我，要我去发疯，它要我把理智丢掉，逃脱世俗的束缚，向自由喷涌的灵魂与幻想缴械投降。

　　一天，我又在街上、广场上去找那个背着广告牌的人，集中注意力，好几次游荡过那面装着无形的门的墙，最后人没找到，却在郊外的圣马丁区碰到了一支送丧的队伍。那些人跟在棺材后面，走走停停，我注视着他们的脸，心想："在这个城市里，在这个世界上，那个人的死同我有什么关系呢？死就死了吧。我要是死了，会有人为我感到悲伤吗？"艾莉卡会吧，没错，她会的，可我们都分开很久了。每次见面不吵的时候几乎没有，就是在那个时候，我还不知道她的住址。她不时来看我，我不时去看她，我们都是孤独的人，都难与人相处，但我们的灵魂——病态的灵魂——彼此相连，我们之间始终有什么东西连接着。可是，她要是听说我死了，会不会呼吸得更畅快些呢？我不知道。我也不知道我对她的感情有多少是可靠的。要想了解这些事，一个人得生活在一个有现实可能性的世界里。

　　与此同时，我就遵从着幻想的指引，跟在了送葬的队伍后面，跟跟跄跄地一路跟到了墓地，时兴的做法是把人塞进火葬场的焚尸炉里一烧，弄个水泥棺材把骨灰一装，再一埋，就算完事了。可这个叫我存疑的死者没有被送到火葬场烧掉。地上随便挖了洞，他的棺材就停在跟前，我看到牧师和丧葬公司的工人都在忙活，拼命装出一副要大操大办、很伤心的模样，结果累得够呛，变成了纯粹的表演，连自己都觉得不对劲，可还是得硬着头皮演下去，真是让人可发一笑。我看到他们穿来做法事的黑袍子上都压出了褶子，垂了下去，他们在费劲地劝那些送葬者，非得叫人家跪下去，面对这庄重的死亡。结果费了半天劲，目的也没达到。一个哭的人也没看到。死的这个人好像白死了，活着、死了没什么分别。劝了半天，也没人表现出一点虔诚的样子，当牧师用"亲爱的基督徒们"不停称呼那些送葬的人时，这些沉默着的店老板、面包店主和他们的老婆就都不好意思地把脸扭了过去，冷着脸，盼着这个叫人不安的仪式赶紧结束。仪式总算做完了，两个"打头的基督徒"就去握牧师的手，然后后退一步，蹲下身子，刮鞋底上沾的埋死人的湿泥土，刮完了，犹豫也没犹豫，脸上就恢复了正常的表情。这时我才突然发现，其中的一个我好像见过。看着就像那个背着广告牌、把小册子塞到我手里的家伙。

　　就在我觉得我认出他的那一刻，他停住脚步，弯下腰，很小心地把黑裤子下边翻过来，胳膊底下夹着一把伞，迈着轻快的步子走了。我赶紧跟上他，等超过他，冲他点点头，他却似乎没有认出我。

　　"今晚还有演出吗？"我问道，想冲他挤下眼，就像两个密谋者相互间干的那样。可这种哑剧我都好久没演过了。说真的，尽管我还活着，却几乎不会说话了，觉得自己只是做了个可笑的鬼脸。

　　"今晚演出？"他看着我吼道，那眼神就像从未见过我似的，"去黑鹰吧，老弟，如果你想干那事的话。"

　　其实，我不敢说他就是我要找的那个人。我失望了，我咀嚼着失望，漫无目的地游荡在街上。我什么也不想干，就想这么无事一身轻地晃荡。生命的滋味真是太苦涩了。我觉得我一直在忍着恶心，如今就快忍不住了，生命把我一脚踢开，把我扔到了一旁。我心里烧着一团怒火，穿过那些灰色的街，所有的东西闻上去都有一股泥土和埋死人的味儿。我暗自发誓，绝不让那些狠毒、冷酷的家伙站在我的坟墓旁边，穿着法衣，唱些什么基督徒的歌谣。啊，想想到时候我会在什么地方，想想到时候我会变成什么东西，我就高兴不起来，觉得什么都没意思。没有什么东西可以吸引我、诱惑我。一切都是老的、萎

缩的、灰色的、瘸腿的、没有用的，一切都散发着一股馊味和
腐败的臭气。亲爱的上帝啊，怎么会这样？我乘着青春和诗歌
的翅膀飞翔，最后怎么会落到这步田地？艺术、旅行、闪光的
理想——然后又是这个！这种对自己、对别人的憎恨的瘫痪，
这种对于一切情感的阻碍，这个只有空虚的心和绝望的泥泞的
地狱，怎么就在我身上爬得那么轻柔、那么缓慢？！

　　过图书馆时，我遇见了一位年纪轻轻的教授，前些年，
我经常去看他。我最后暂居在这座城市时——那是在几年前，
去过他家几次，同他讨论东方神话学，那时候我还对门学问很
有兴趣。他朝着我这边来了，步子迈得很僵硬，不时轻轻叹
息，只是在就要错过我的那最后的一刻，才认出我。他冲我投
来友善、温暖的目光，我当时正痛苦，不由得有些感激他。他
见着我就高兴，他说他想起了过去我们的交谈，还信誓旦旦地
表示，正是那些交谈给了他很多的灵感，还说时常会想起我，
说着说着就变得十分活跃了。在那以后，他就很少和哪个同事
有过如此让人兴奋又富有成效的交谈。他问我在这个城市里住
多久了（我谎称"刚住几天"），还问我为什么不去找他。这
个知识渊博的人用友善的目光盯着我，虽然我真的觉得他这么
看我挺可笑的，可还是不由得感激他扔给我的那些饱含热情与
友爱的面包屑，于是就像条饥肠辘辘的狗那样舔了个精光。荒
原狼哈里受了感动，竟露出了笑容。唾液在干渴的喉咙里积
聚，让他不由得多愁善感起来。是的，谎言一个接一个地堆
着，堆得好带劲儿，我说我只是经过这里，在找一个人，当然

应该去看他，只是总觉得身体不大舒服。他又热情地邀请我与他共度这个晚上，我说了声谢谢，答应了，还对他妻子表示了问候，然后，因为我强作笑颜，又说了那么多话，我的脸颊就变得很痛。可是，就在我——哈里·哈勒尔——站在那街上，又惊又喜，故意装得很有礼貌，冲着这个好小伙儿那张友善却缺乏想象力的脸微笑时，就在我的身旁，也站着一个哈里，也在咧着嘴笑。他站在那儿，咧着嘴笑，觉得我可笑、疯狂又虚伪，一会儿气鼓鼓地龇着牙痛骂这个世界，一会儿又不遗余力地想对碰到的第一个心地善良的诚实小伙儿的友好问候做出回应，就像个还在吃奶的小猪崽，在微不足道的愉快感受和别人给的友好敬意中快活地打滚儿。就这样，这两个哈里就都不要脸面了，一起面对这位心肠好好的教授，嘲笑对方，朝对方啐唾沫。而在这样的困境中，那个总会冒出来的问题，此刻就自己出来了：这一切是否只是一种愚蠢的行为，人类性格中的一个弱点，一种常见的恶行；这种多愁善感的极端自我主义与任性，这种散漫，这种两面的感情，是否只是荒原狼们作为人的一种本性。如果这种卑劣的本性人人都有，我就重新焕发精神，从它的身上跳起来，猛地冲进全世界的仇恨中，不过，如果它只是人的一个弱点，那倒是提供了一个很棒的自我仇恨的狂欢场地。

　　我的两个自我就被禁锢在这样的冲突中，使我忘掉了那位教授，而在我突然意识到他那压迫性的存在时，赶紧摆脱了这种感觉。他走远了，沿着连一棵树也没有的大街去了，他的心中很快活，脸上还带着一点理想主义者、信徒的可笑气质，我看着他的背影，看了好久。在我的心中，那场战斗打得正激烈。我冷漠地弯下腰，放松一下僵硬的手指，就像要把一种神秘毒药造成的伤害打跑。与此同时，我也不得不意识到，自己已经很好地适应了当前的状态。他说要我八点半去他那里，真烦人，到时候我得装出有礼貌的样子，跟人家说说自己的事，再注视一下对方快乐的家庭生活。就这样，我气鼓鼓地回家了。一到家，我就给自己倒了些白兰地，加了些水，吃了些治痛风的药片，躺在沙发上，想看会儿书。书名叫《索非亚梅尔—萨克森游记》，是十八世纪出的，写得很有意思。刚看进去，忘记了自己，突然就想起来人家邀请我的事，这才意识到脸也没刮，衣服也没准备。哦，我的老天爷啊，我干吗给自己找事？唉，还是起来吧，我对自己说，在脸上涂些泡沫，狠命刮下巴，一直刮到流血，穿好衣裳，友好地面对你那位伙计。在脸上涂泡沫时，我想起了墓地里胡乱挖的那个肮脏的洞，那个死人，我也不知道叫什么名字，这时已经被埋进去了吧。我又想起了那群哭丧着脸、快被烦死的基督徒，却怎么也笑不出来。我在想，在那个肮脏的泥洞旁边，围着那群愚蠢、虚伪的神职人员，也围着那群同样愚蠢、虚伪的普通的哀悼者，那看了就让人觉得不舒服的金属十字架、大理石停尸桌，还有那用线和草编成的假花，毁灭的不只是那个不知道名字的人，也毁灭了我，也许明天，也许后天，我自己也会被埋在那泥土里，周围也站着一群假装很难受的人——是的，我一到了那地方，一切就都结束了，我们的挣扎、文化、信仰、生命中的快乐与悲伤，就都结束了——这些东西早就病了，很快也会被埋葬在那里。我们的文明就是一块墓地，耶稣、苏格拉底、莫扎特、海顿、但丁、歌德不过是腐朽的墓碑上的一些早已辨识不清的字迹，而那些围在旁边假装很难受的哀悼者，要么会花费一番力气让自己相信这些曾经神圣的字迹，要么至少会说一句悲伤、绝望的真心话，感叹这个世界已不再是原来的模样。这些人的墓碑旁什么也不会留下，只有围着坟墓的一群人，不好意思地做鬼脸。我气鼓鼓地这样想着，剃刀割破的还是下巴上原来的那个伤疤，只好在伤口上涂些腐蚀剂，可即便这样，还是把刚刚戴上的干净的领圈弄脏了，只得又摘下来，一通忙乱，然而，这样忙活着去赴约，我竟没有感到一丝一毫的快乐。我身体里有个部分又开始演戏，说那个教授是个值得同情的家伙，这让我渴望同他聊会儿天，交流一下彼此的思想，又让我想起了他那漂亮的妻子，使我相信同那和蔼可亲的男女主人共度一个晚上在现实中肯定是一件快乐的事。于是又在脸上涂了些药膏，穿好衣服，系好领带，轻轻地让自己远离了待在家中的真实渴望。我这样——别人也会这样。就像我穿好衣服，准备出门拜访那位教授，到他家以后会违心地吹捧对方几句，其实，大多数的人每天、每个小时都在做的就是这类事。他们不情愿地去别人家，同人家聊天，坐在桌子旁，坐在公家的椅子上一连数个小时地混日子，其实这都是强制性的、机械性的、违反意愿的，这些事做还是不做，完全可以由机器代替。

可就是这种永不停息的机械状态，才没能让他们去批评自己的生活（就像我一样），才没能让他们认清这生活的愚蠢与浅薄，才没能让他们认清正在过着的生活是一出绝望的悲剧，他们纯粹是在浪费生命，含糊得可怕的词语正在咧着嘴笑话这生活。他们是对的，说一千遍也是对的，他们过着这样的日子，玩着各自的游戏，追求着各自的事业，而不像我这个偏离轨迹的边缘人，去抵制这阴郁的机器，盯着虚空发呆。虽然我在这些文字中不时嘲笑别的人，可我想还是不要让他们觉得我怪他们吧，不要让他们觉得我过得这么苦是他们弄的。但我现在走得太远了，一如既往地站在生命的极度的边缘，眼前的地面正在坍塌，堕入无底的深渊。如果我假装让自己或别人相信，那台机器依然在为我旋转，我依然在屈从于那个迷人世界中永远存在着的那些琐碎的事物，那我就是在犯错，我就是在撒谎。

　　这样看来，摆在我面前的这个夜晚倒还蛮值得注意的。我停在这位教授家的门口，抬起头看了看窗户。我在想，他就在这栋房子里生活着，年复一年地不停工作，读书，给文本做注解，在西方的亚洲人与印度的神话学中找类比，这让他满足。因为他相信学问，他是学问的奴仆；他相信纯粹的知识的价值，相信获取知识是有用的，因为他相信进步，相信进化论。他没有经过那场战争，也不知道爱因斯坦已经毁灭了人类思想的根基。他恨犹太人，恨共产党。他是个心地善良、无忧无虑、快乐的孩子，他很把自己当回事，说真的，他的确叫人很羡慕。就这样，我抖擞精神，进了那栋房子。一位戴着帽子、系着围裙的女仆为我开了门。我受了某种预感的提醒，仔细盯着她，看她要把我的帽子和外套放到什么地方，然后她把我带进一间温暖、灯火明亮的屋子，叫我稍等片刻。我没有祷告，又没有打瞌睡，而是跟着一种执拗的冲动，拿起了眼睛看到的第一样东西。刚好是一张小照片，用镜框框着，倾斜支在圆桌上，后面用纸板支撑着。那是一幅版画，是诗人歌德，作者将他的模样塑造成了一位蛮有个性的老人，用凿子凿出了一张精致的脸，还有天才才会有的那种头发。他眼中那团人人皆知的烈火，高贵的皮肤增白剂下掩盖着的那种孤独、悲伤的表情，也都不缺。这位雕刻艺术家在这方面可谓用心良苦，很成功地将老人的那股原始的力量与某些对于自律、正派秉性的专业性的遮盖结合在了一起，却没有带进个人的偏见，损坏老人目光中透出的那种深邃；总之，他成功塑造了歌德，塑造出了一位充满魅力的老人的形象，这样的一幅画，无论放在谁家的客厅里都会惹人爱慕。这幅画像无疑不次于任何一幅别的同类的作品。它和精心的画匠刻画出的那些救世主、使徒、英雄、思想家、政治家的画像一样棒。这幅画像之所以使我烦恼，也许就是因为我觉得它有些矫揉造作与炫技。不管怎么说吧，这个内心空虚、自鸣得意的老歌德的形象，就像一种可以置人于死地的不和谐，立即就对我狂吼起来，我本来很生气，这下更恼了。这画像像是在对我说，我根本不该来。古代的大师和国宝级的伟大人物正在家里呢，你荒原狼来干吗？

　　男主人若这个时候进来，说不定我还会有幸找到一些可以让人接受的理由溜掉。如我预想的那样，进来的是女主人，虽然我嗅到了危险，可还是屈从了命运。我们相互握手，第一次不和谐之后，跟着冒出来的只是新的不和谐。我很清楚过去的这些年摧残了我的容颜，在我脸上刻下了忧伤的痕迹，可这位女士还是夸我长得年轻。她紧握着我疼痛的手指，早就让我想起了这一点。然后，她问我可爱的妻子怎样了，我只得说我的妻子已离开了我，我们离婚了。教授进屋时，我们都高兴了。他又热情地问候我，叫人不安的拙劣喜剧随即抵达了美妙的高潮。他手里拿着一份订购的报纸，是一个军国主义与沙文主义的党政部门办的，同我握过了手，就指着上面的一个与我同名同姓的人写的一个段落说开了——是一个叫哈勒尔的政论家写的，这家伙是个坏蛋，是个腐化的爱国主义者——拿恺撒大帝开涮，还说他的国家和敌国对战争的爆发负有同样的罪责。这他妈的还算人吗！编辑把他开了，又给他的脖子上、手上上了枷锁。可这位教授一见我对这事不感兴趣，就改换了话题，他和妻子从未想到那个写文章的可怕的家伙可能此刻就在他们跟前坐着。然而事实就是这样，我自己就是那个可怕的家伙。唉，还是算了吧，为什么要惹出乱子，让别人不痛快呢？我暗自发笑，却也不再希望这个夜晚会有多愉快。

　　我清楚地记得这位教授说哈勒尔是个叛徒的那一刻。就是在那一刻，自埋人的场景在我的心中聚集起来且变得越发强烈的那种可怕的悲伤感与绝望感，被压缩成了一种恐怖的沮

丧。它在我体内升腾，我的身体开始剧痛，让我预感到自己就
要窒息而死。我感到有某种东西正潜伏着等我，危险正悄悄地
跟着我。幸好传来了开饭的消息。我们进了餐厅，在我一次又
一次地绞尽脑汁想些不那么伤人的话与他们说时，吃得却比平
时多了些，每一刻都觉得自己越来越痛苦。我一直在想，哦，
我的老天爷啊，我们为什么非得让自己这么难受？我本能地感
觉到两位主人也不自在了，快乐的劲头都是装出来的，要么是
我那惊人的影响力让他们丧失了活动的能力，要么是由于别的
缘故——很可能是屋里的尴尬气氛。他们提的那些问题，我一
个都不能痛痛快快地答出来，并且很快就被自己编造的谎言束
缚住了手脚，每说一个字都要与我的厌恶情绪斗争。最后，因
为改换了话题，我就开始和他们讲今天早些时候遇见的那场葬
礼的事。我本想说得搞笑些，却失败了，最后搞得我们几个无
比尴尬。在我的心中，那匹荒原狼正在龇牙咧嘴地笑。吃甜点
的时候，我们几个就都不说话了。

　　我们回到原来的房间，喝些白兰地、咖啡提神。然而，
我的目光又一次落在了那个诗人的画像上面，尽管它已经被放
到屋子一边的一个带抽屉的柜子上了。我怎么都做不到不去看
他，只好又一次把画像拿在手里，心中的声音清晰地冒出来，
不要我说狠话，可我还是忍不住接着骂他。我觉得眼前的局面
让我无法忍受，自己似乎被这种感觉困住了，那个时刻已经来
到，要么让我的两位主人活跃、激动起来，认同我的观点，要
么来个最后的爆发。

　　"但愿，"我说，"歌德不是真的长这个样子。这种自傲的贵族气，这么伟大的一个人却冲着尊贵的客人抛媚眼，看着挺有男子气概，却有一颗多愁善感的心！当然了，他身上有很多地方我很不喜欢。我自己就很不喜欢他那种倚老卖老的劲头。可把他画成这个样子——哦，不，未免太过了吧。"

　　看样子女主人受到了很深的伤害，匆匆倒完咖啡就出了屋子，她丈夫很窘迫，用责备的口气向我解释，这幅歌德的画像是他妻子的，也是她最珍爱的一份财产。"客观地讲，就算你说得对——其实我并不同意你的看法——你也不该这么说话。"

　　"你说得没错，"我承认他说得对，"可不幸的是，这是我的一种习惯、一种恶习，总是直言不讳地说出内心的想法，就像歌德在心情好的时候常常做的那样。在这间非利士人的客厅中，歌德是绝不会允许自己说这么粗暴、真实、不留情面的话的。我真心请求你的妻子和你能够原谅我。请告诉她，我患有精神分裂症。现在，如果你同意的话，我就告辞了。"

　　听我这么说，他虽然很困惑，却没让我走。他甚至回到了我们从前谈论的那些话题上，又一次说那些交谈多么有趣，令他感到多么兴奋，我对密特拉神[①]、克利须那[②]的看

---

① 波斯神话中的光明之神。
② 印度教三大神之一。

法又给他留下了多么深的印象。他本以为今晚会是一个机
会，可以让我们继续讨论那些事。我感谢他这么说。不幸的
是，我对克利须那的兴趣已经消失了，那些学术性的讨论我
也不再感兴趣。而且，那天我数次向他撒谎。比如，我在这
个城里已住了好几个月，而不是之前说的几天。然而，我是
一个人在生活着，已经不再适应正派人的交际圈子。因为，
首先，我总是乱发脾气，痛风搞得我很难受。其次，我又经
常喝醉。最后，为了把责任推到对方身上，至少不会让人家
觉得我是作为一个骗子走掉的，就对他说，我有责任告诉
他，他今晚羞辱得我可不轻。他支持一份反动报纸对哈勒尔
的观点所持的立场，这本是一份愚蠢、粗俗的报纸，是专为
那些领半薪的军官看的，并不适合他这样的文化人。不过，
这个坏心肠的腐败爱国分子哈勒尔就是我，和我是同一个
人，如果少数的几个有脑子的人能够挺身而出为理智、为对
和平的珍爱发声，而不是疯狂而盲目地准备发动一场新的大
战，对我们的国家和全世界反倒更好些。因此，我要同他道
别了。

　　说完这话我站起身，离开了歌德，也离开了这位教授。
我从屋外的挂钩上取下帽子和外套，离开了这人的家。在我的
灵魂深处，那匹狼正在兴奋地嚎叫，在我的两个自我之间，一
场大战也打响了。因为我马上就明白了，相比这位教授，这个
不愉快的夜晚对我的意义更大些。对他而言，这个夜晚意味着
一种幻灭，一种微微的恼怒。对我而言，则是一种彻底的失

败与解脱。我走了，离开了这个体面、有道德、有学识的世
界，我体内的那匹荒原狼完全胜利了。在这场大战中，我一败
涂地，只好逃走，在我看来，自己是彻底完蛋了，人家不再
信我，连句安慰的话也没对我说，就把我赶出了家门。我就像
个肠胃虚弱的人，放弃了吃猪肉，离开了这个我曾找到家的
世界，离开了这个正统的、文明的世界。我疯了，在街灯下继
续走自己的路，我疯了，我觉得很不舒服，真想死掉。今天
这一整天，从早到晚，从墓地到与这位教授的会面，怎么这么
让人讨厌！我怎么过得这么屈辱！这么凄惨！这到底是为了
什么？为什么会这样？像今天这样沉重的日子再过下去，像今
天这样的晚饭再耐着性子吃下去，还有意义吗？没有。今晚，
我要结束这场喜剧了，回到家，割断自己的喉管，再也不会
耽搁。

　　痛苦驱使着我在街上不停乱走。他们都是好人，我不该
诋毁人家客厅里的装饰物，我真蠢，我的态度又那么恶劣，我
本不想这样，却控制不住自己，就是现在也控制不住。这样的
生活是驯化过的，充满了谎言，又那么文明，让我再也无法忍
受。既然似乎我已无法再忍受自己的孤独，既然我的同伴已是
那么可恨让我厌恶地说不出话来，既然我在这真空中挣扎着苟
延残喘，既然我在地狱中就要窒息而死了，那我还有什么出路
吗？没有。我想起我的父亲母亲，想起了如今早已逝去了青春
的神圣的火焰，想起了无数的欢乐、辛劳与生活的目标。如
今，这一切都没了，就连悔恨也没了，只留下了痛苦和厌恶。

只是活下去就这么痛苦，在我是从未有过的。

　　我在城郊的一家酒馆里歇了一会儿，喝了些加水的白兰地，然后又去了街上，由恐惧的鬼影紧跟着，上上下下地走过老城陡峭、蜿蜒的街道，穿过大街，穿过了车站广场。我想去某个地方，就进了车站。我扫了一遍墙上的列车时刻表，喝了些酒，试图让自己恢复理性。然后，我一直惧怕的那个鬼影离我越来越近，直到我看清了它。那恐惧停下了，面对着我的绝望，让我不敢回到自己家里。我在街上流浪了好几个小时，却依然无法逃离这一刻。迟早我都要回到自己的家门口，拿着书坐在桌子旁，躺在沙发上，抬头就能看到的艾莉卡的照片，掏出剃刀割断喉管的那一刻迟早都会到来。我的心狂跳，越来越清晰地看到了那个恐惧的鬼影，感觉到从未有过的恐惧朝我压过来，我知道那是死亡的恐惧。是的，我很怕死。尽管我看不到出路，尽管厌恶、痛苦、绝望就要把我淹没，尽管生活在我眼中已失去了吸引力，再也无法给予我快乐与希望，可一想到处决自己，一想到冰冷的肉体上切开的口子，我就有一种难言的恐惧，不由得浑身颤抖起来。

　　我看不到有别的什么办法可以让我逃离这可怕的恐惧。假定今天懦弱战胜了绝望，明天，接下来的每一天，我都要再次面对自我鄙视增强的绝望。这不过是一个不断拿起剃刀、不断放下、直到最后干掉自己的过程。既然如此，倒不如今天就把这事做成。我像个受到惊吓的孩子，不停和自己讲道理。可这个孩子不听话，他跑掉了，他想活下去。我又不停地穿行在这城市中了，绕了很多弯路，始终不愿回到那个一直萦绕在我的脑际、一直让我恐惧的家。我走走停停，晃荡着，不时喝一两杯酒，然后像被什么东西追赶着，不停绕着那个目标、绕着剃刀、绕着死亡转圈。有时我彻底累坏了，就坐在长椅上、喷泉的边上或路边的石头上休息一会儿，听自己的心跳。然后，我的心中就会充满死亡的强烈恐惧与烈火般的活下去的愿望，我就又站起来开始游荡。

就这样，夜深时，我发现自己来到了一个远离城市的陌生的地方，从一家酒馆里面传出来欢快的舞曲，我进去了。进门的时候，我看到旧招牌上写着"黑鹰"两个字。进去以后，我才发现这是一个狂放的夜晚——满是酒客、烟雾、酒的香味、吼叫声，后面的一间屋子里有人在跳舞，舞曲就是从那里传出来的。我待在近处的屋子里，里面都是些普通酒客，有的还穿着破旧的衣服，而在后面的舞厅里也可以看到一些衣着考究的人。我被众酒客推搡着，很快就发现自己被挤到了吧台附近的一张靠墙的酒桌上，一位皮肤苍白的漂亮姑娘正坐在那里。她穿着一条薄薄的超短舞裙，头上还别着一朵枯萎的花。见我过来，她用友好的目光注视了我一会儿，然后笑着朝旁边挪挪身子，为我腾出来一点地方。

"我能坐这儿吗？"说着我就挨着她坐下了。

"你当然能坐了，"她说，"可你是谁？"

"多谢，"我答道，"我回不了家了，回不去了，回不去了。如果您愿意，我想和您待在一起。回不去了，我回不了家了。"

她点点头，像是懂了我的心思，她点头时，我恰好瞧见她头上别的那朵花滑落在了她的太阳穴上，原来是朵山茶花。舞厅里疯狂的舞曲喷涌出来，女服务生急急地穿梭在吧台附近，大声喊着客人们点的菜名。

"既然这样，你就在这儿待着吧，"她安慰我道，"你干吗不回家？"

"我不能回去。有什么东西在家里等我。不，我不能回去——太可怕啦。"

"那你就在这儿等等再说吧。先把眼镜擦擦，否则你什么也看不到，快把你的手帕给我。我们喝什么？勃艮第怎样？"

她为我擦着眼镜，我这才第一次看清了她的模样，她脸色苍白，透着一股坚毅，耳朵前面垂着又短又密的卷发。她和善地笑笑，拉起了我的手。她点了酒，同我碰杯时，目光落在我的鞋子上。

"哦，我的天啊，你这是从哪里来？看样子你是从巴黎走路来的吧。这样子跳舞可不行。"

我含糊地答应着她，不时大笑，听她说话。我发现她是个很迷人的姑娘，这很让我意外，因为我总是不招惹这类姑娘，总觉得她们有些可疑。她对待我的态度在那一刻正是我所需要的，此后，她就一直用这种态度对我。她搂着我，保护着我，这是我需要的；她笑话我，这也是我需要的。她为我点了份三明治，让我吃。她为我倒满酒，让我小口喝，不要喝得太快。然后，她表扬我是个听话的孩子。

"这样就很好嘛，"她用话鼓励我，"你不难相处。我也不介意赌一把，你好久都没有听从过别人的话了。"

"您赌赢了。您是怎么知道的？"

"这也没什么。听话就像吃喝。好久不吃东西，一眼就能看出来。我说话你都愿意听，对吗？"

"很愿意。您什么都知道。"

"你不必烦恼。我的朋友，也许我还可以告诉你在家里正等着你的那个东西是什么，是什么东西让你怕成这个样子。不过，这个东西你是知道的。我们就不用说了吧，好吗？真可笑！一个人去上吊，然后真的把自己吊死了，这么做是有理由的，要么就继续活下去，只须操心怎么活着。简单得很。"

"哦，"我惊叫道，"要是真有这么简单就好啦。上帝明鉴，生活让我吃尽了苦头，对我来说也没什么用处。也许，吊死自己很难做到吧。我也不知道。可活着，要难得多，难得多，哦，上帝啊，活着好难！"

"你慢慢就会发现，其实活着很容易。我们已经开始活着了。你把眼镜擦干净了，吃了点东西，也喝了些酒。现在我们去把你的鞋子、裤子擦干净，然后你回来同我跳爵士舞。"

"这恰恰说明，"我红着脸嚷道，"我说的是对的！我若不听您的话，我会感到悲伤，可我不会跳爵士舞，华尔兹、波尔卡别的什么舞，我都不会跳。我这辈子就没跳过舞。现在您明白了吧，活着也没那么容易。"

她鲜红的嘴唇上露着笑意，坚决地晃着留着短卷发的头，我看着她，觉得她就像我小时候爱过的姑娘——罗莎·克莱斯勒。但她的皮肤深了些，头发也黑。不，我说不出来她让我想起了谁。我只知道她让我想起的是我小时候爱过的哪个姑娘。

"你稍等一会儿，"她叫道，"你真的不会跳？一点儿也不会？连一步舞也不会？你还想说生活的烦恼？你在说谎，我的孩子，你这个年纪，不该这样做的。你连舞都不跳，怎么能说活着很费劲呢？"

"可，如果我不能——我根本没学过跳舞嘛！"

她大笑起来。

"可我想你总该学过读书、识字、算数吧，法语、拉丁语你也学过，你还学过很多别的事，我说得对吗？我不介意再赌一次，你上过十年或十二年的学，别的事你也学过。也许你还拿到了博士学位，懂中文或西班牙文，我说得对吗？那就很好嘛。可你竟然没空、没钱去上几节跳舞课！哦，真的没有！"

"都是我父母教的，"我辩称，"他们让我学拉丁语、希腊语，还有别的什么东西，却从不让我学跳舞。我们家不懂跳舞这回事。我的父母就没跳过舞。"

她冷漠地看着我，目光中透出真正的鄙夷，她的脸上再次显露出的某种表情让我想起了我年轻的时候。

"这样看来责任就出在你父母身上。今天晚上你来黑鹰酒吧经过他们准许了吗？他们同意了吗？你是说他们早就死了？就是嘛。假定你小时候听惯了父母的话，连跳舞也没学（尽管我不相信你是乖孩子的典范），那这些年你都忙什么了？"

"这个嘛，"我坦白道，"我也不太清楚——学习、玩音乐、读书、写书、旅行——"

"你觉得生活还蛮美好的。你总做些困难、复杂的事，容易的事却没学。当然是没空学了。还有很多有趣的事值得做一做。哦，感谢上帝，我并不是你的母亲。这些事你都做过了，还说你探究到了生活的底部，却什么也没找到，你这么说岂不是太离谱了吗？"

"别怪我，"我恳求道，"事情并不是这个样子，就好像我不知道自己疯了一样。"

"哦，不要把你的痛苦当作歌来唱。你不是疯子，教授。在我眼中，你连个半疯的人都算不上。我觉得你只是太聪明了，聪明得都有些可笑了，教授都是这个德行。再吃块面包吧。等会儿再跟我说你的事。"

她又给我拿来一块面包，在上面撒了些盐和芥末，为自己切下一块，然后让我吃。她说什么我都会照做，只要不跳舞就行。身边有个人吩咐我做这做那，问东问西，笑话我，让我觉得很受用。如果那位教授和他妻子几个小时前也这么对我，肯定早已减轻了我的不少痛苦。不过现在也挺好。

"你叫什么名字？"她突然问我。

"哈里。"

"哈里？好孩子气的名字。你的头发虽有些花白，可你还是个孩子，哈里。你是个孩子，需要人照顾。我再也不说跳舞的事了。可是看看你的头发！你没妻子，没情人，对吗？"

"我不再有妻子了。我们离婚了。情人，倒是有一个，只是不在这边。我不常去看她。我们处得不好。"

她轻轻吹了个口哨。

"如果没人喜欢你，那就说明你这人不好相处。不过你现在告诉我这个晚上有什么特别不对劲的地方吗？你干吗要疯了似的到处乱窜？你跟谁打架了吗？你玩牌输钱了吗？"

这件事可不好说。

"这个嘛，"我开口说道，"您知道的，事情本不大，真的。我受邀去一位教授家吃晚饭——顺便说一下，我自己并不是什么教授——其实真的不该去。我早就不习惯与人相处、同人聊天了。我都忘了这些事怎么做了。我一进人家的房子就觉得有些不对劲，把帽子挂在衣钩上时，心想也许我很快就会戴上它的。然后，我在教授家的桌子上看到了一幅画，一幅很可笑的画。我马上就生气了——"

"是什么样的画？你生气了——干吗生气？"她打断了

我的话。

"这么说吧，是一幅歌德的画像，就是那个叫歌德的诗人，知道吧，却画得一点儿也不像他。当然了，没人清楚他到底长什么样。他早死了一百年了。然而，现在有些画家总按照自己想象出来的样子画他、美化他，这幅画就让我很气恼，让我恶心得不行。不知道您能否明白我的意思？"

"我明白得很。别担心。你接着说。"

"反正在此之前我就和这位教授的看法不一致。他几乎像所有的教授那样，也是个爱国主义者，当然了，在战争中也用最善意的谎言欺骗人们。然而我是反对战争的。不过，反正都一样。继续讲我的故事吧，我根本没必要去看那幅画。"

"当然没必要。"

"首先，由于我很喜欢歌德，他的那幅画像就让我很气恼，然后，还有，我想——唉，还是说我的想法或感受吧。我就在那里，作为他们中的一员和人家坐在一起，自认为他们对歌德的看法和我一样，心目中的歌德的形象也和我的一样，而那幅庸俗、虚伪、令人恶心的画就在那里放着，蕴含的精神和歌德的完全相悖。他们还以为画得很棒，随他们怎么想吧，我根本不在乎。可是在我看来，这幅画彻底终结了我对这些人的信任，我同他们的友谊，还有我们之间的一种惺惺相惜的感觉。不管怎么说，我和他们的友情也不算很深。因此，当我看到没人理解我时，我就很气愤，又很伤心。您能明白我的意思吗？"

"很容易就能明白。然后呢？你把那幅画摔到他们脸上
了？"

"没有，我觉得自己受了很大的侮辱，一气之下走了。
我想回家，可——"

"可你在那里不会找到母亲来安慰你这个可笑的孩子或
责备你。我必须说，哈里，你几乎让我为你难过了。我从未见
过你这样的孩子。"

好像我必须认同她说的。她递给我一杯酒让我喝。其
实，她在我眼中就像母亲，只是我偶尔瞥到她竟是那么年轻、
那么漂亮。

"这样说来，"她又开口说话了，"歌德已经死了一百
年了，你很喜欢他，你的心中有一幅他的逼真美妙的画像，我
想你是有权利这样做的。但那个同样喜欢歌德的画家，那个为
他作画的人，还有那个教授，或者别的人，都无权这样做——
因为你不喜欢那幅画。你觉得它叫你难以忍受。你必须恶语伤
人，然后离开那栋房子。如果你是个理智的人，肯定会笑话那
个画家、那个教授的——一笑就完事了。如果你发了疯，就会
当着他们的面砸烂那幅画。可你只是个孩子，你想跑回家吊死
自己。你的故事我很了解，哈里。这是个可笑的故事。你让我
发笑。但你不要喝这么猛。小口喝勃艮第才有意思。不然，
你一会儿就感觉热了。不过，你需要有个人把这一切都告诉
你——就像小孩子接受教诲那样。"

　　她轻轻地责备我，那样子就像个六十岁的严厉女保姆。

　　"哦，我知道，"我满足地说，"快说吧，快把一切都告诉我。"

　　"告诉你什么呢？"

　　"把您想告诉我的都告诉我。"

　　"那好吧。我就对你说件事。我都和你闲聊半个小时了，你倒好，总是'您''您'的。总用拉丁文、希腊文的文法，总把话说得那么复杂。一位姑娘用亲密的口气和你说话，你也不讨厌她，也该用同样的口气和她说话。现在你应该学到了些东西吧。还有——都半个小时了，我已经知道你叫哈里了。我知道，因为是我问你的。可你还不知道我叫什么，你不想知道。"

　　"哦，不过，这不是真的——我很想知道你叫什么。"

　　"太迟啦！如果我们还能见面，到时候你再问我吧。今天我不告诉你。现在我要去跳舞啦。"

　　她想站起来的那一刻，我的心却像铅一样重。我怕她走，怕她把我一个人丢下，这样的话，我的生活就又和以前一样了。顷刻间，刚刚才消失的恐惧和痛苦就像牙痛又一次紧紧地扼住了我，像火一样烧着。哦，上帝，我刚才忘记了有什么东西正在等着我吗？是有什么变化发生了吗？

　　"别，"我恳求道，"别走。你当然可以去跳舞，想跳多久都行，只是我求你不要跳得太久。你还要回来，你还要回来。"

　　她笑着起身了。我好像觉得她高了些。其实，她身材苗条，但个子并不高。她又让我想起了谁。谁呢？我说不出来。

　　"你会回来的，对吗？"

　　"我会回来的，不过得半个小时或一个小时以后了。我想告诉你一些事。闭上眼睛睡一会儿，你需要这个。"

　　我挪挪身子，让她过去。她的短裙滑过了我的膝盖，她走的时候掏出一面小镜子，朝里面挑挑眉头，又在脸颊上敷了些香粉，然后就消失在了舞池中。我朝周围看了看，都是陌生的脸，抽烟的男人，大理石酒桌上洒满了啤酒，处处可听到人的交谈声、吵闹声，激烈的舞曲撞击着我的耳膜。我要睡一会儿，她说过的。啊，我的好孩子，你倒是蛮懂我的睡眠的，我的睡眠比黄鼠狼还害羞。在这吵闹的环境中睡一觉，在这碰杯的嘈杂声中，坐在酒桌旁睡一觉！我品着红酒，掏出一支雪茄，朝周围看看，想借个火，可我根本不想抽，就把烟又放在了面前的桌子上。"闭上眼睛。"她这么说过。上帝知道那姑娘的声音是从哪里来的，那么深沉、悦耳，就像母亲在说话。我早就发现了，听从这样的声音让我觉得很舒服。我听话地闭上了眼睛，头歪靠着墙，听着周围数百种的噪声，想着要在这种烂地方睡觉，心里就觉得好笑。我想好了，要去舞厅门口那儿瞧一眼，瞧瞧那个跳舞的美丽的姑娘。我动动身子，想站起来，然后才发现自己游荡了好几小时，已是累瘫了，就坐着没动，然后，就像她吩咐我的那样，睡下了。感谢上帝，我睡得很沉，做着轻松、愉快的梦，这在我是很久都没有过的。

我梦到自己在一座旧式的接待室里等人。起初，我只知道我的听众正和某个大人物在一起。然后，我想到要接见我的人正是歌德。不幸的是，我并不是以私人身份去那里的。我是个记者，这让我很忧心，我也不知道自己为何陷入了这样的窘境中。还有，有个蝎子搞得我不得安宁，我刚刚才看到它要爬上我的大腿。我想抖掉这个爬来爬去的黑东西，却不知道下一刻它要爬向哪里，所以不敢伸手去抓它。

另外，我也不太确定他们是不是弄错了，本来想让我去采访马蒂松①，却来采访歌德了，而我在做梦的时候，又把他和伯格弄混了，我以为献给莫莉的那些诗是他写的。而且，我很想见莫莉。我想象她是一个美妙、温柔、声音悦耳的女人。我要不是受那间该死的报社的指使才来这里的该有多好。就是因为这个，我的坏脾气越来越大，都烧到了歌德身上。然后，我发现自己满腹怀疑和责备地到了他跟前。这注定是一次很快乐的采访。那只蝎子虽然危险，我也知道它就藏在附近，却也觉得这样或许并不算太糟糕。它甚至可能友好地向我透露了些什么事。我觉得它极有可能和莫莉有些关联。也许它是她派出来的信使——要么就是某种标志，是女人和罪恶的美妙化身。它有没有可能就是伍必乌丝②？可我刚想到这

① 马蒂松（1761—1831），德国抒情诗人。
② 克里斯蒂娜·伍必乌丝（1765—1815），歌德的妻子。

儿，就见一个擅长拍马屁的仆人猛地把门推开了。我起身进了屋。

老歌德正在屋里站着，个子不高，却很笔挺，古典美的胸脯上自然戴着那枚胖胖的星形勋章。他一刻都没有放松他那威严的气派，他那发号施令以及从他那座位于魏玛的博物馆中统治世界的派头。真的，他以前几乎没正眼看过我。他就像只老乌鸦，冲我点点头，然后猛地向前一跳，装腔作势地开口说道："我认为你们这些年轻人几乎不感谢我们以及我们做出的努力。"

"你说得很对。"他就像个大臣那样瞥了我一眼，让我的心沉了下去。"我们这些年轻人的确不感谢你们。对我们来说，你们这些人太神圣、太尊贵了，太自负，又爱装腔作势，不够真诚。那无疑是最根本的——不够真诚。"

这个小个子老汉朝前垂下他那挺拔的头颅，那张爬满官气皱纹的冷酷的嘴放松下来，微笑着，变得活跃了，我的心突然狂跳，因为我马上就想起了那首诗——《黄昏从天而降》——我想起来这首诗就是从这个人的嘴里念出来的。说真的，在那一刻，我完全放弃了抵抗，被他彻底征服，真想不惜一切代价跪倒在他跟前。但我挺直了身子，听到他笑着说："哦，这么说你怪我不够真诚了？你说的这叫什么话啊！你能说得再明白些吗？"

我真的很愿意这样做。

"同一切伟大的灵魂一样，你——冯·歌德先生——你已经清楚地认识到并感觉到了人类生活的困惑与绝望，偶尔的超越只会再次沉入痛苦的深渊，只有像奴隶那样，做多日的苦工，才能达到美好的感觉的顶峰；然后，对于不朽灵魂与致命战争的强烈渴望，以及同样热烈的对于丧失掉的纯真本性的神圣的爱，对于虚空与无常的令人恐惧的担忧，这种对于如泡影般转瞬即逝的生活中的美好瞬间的认同，这种对于生活的实验性的、肤浅的爱，这种对于人活着完全没有目的——对于生活的极度绝望的认同——你是都知道的。没错，这些事你都知道，你还一遍又一遍地说它们呢，可你将全部身心都投入宣传生活的反面上去了，你口口声声地说我们要对生活保持信念，要乐观，在你和别人跟前散布幻觉，说灵魂上的追求是有意义的，是持久的。你把一只聋耳朵借给了那些挖掘生命本质的人，压制住了那些诉说生命的绝望的声音，不只是压制住了你自己心里的声音，更压制住了克莱斯特[①]、贝多芬心里的声音。你年复一年地待在魏玛收集知识、收集各种东西、写信、收信，就好像老了老了却在瞬间中发现了揭示永恒、净化人的本性的真正的办法，尽管你只是让永恒变成了一具木乃伊，把它保存了起来，用一副漂亮的面具掩盖住了人的本性。我们说你不够真诚，就是因为这个。"

这个上了年纪的大人物还像刚才那样微笑着若有所思地盯着我。

[①] 威廉·克莱斯特（1777—1811），德国剧作家、小说家。

　　然后，令我吃惊的是，他竟然问："想必你很不喜欢莫扎特的《魔笛》了？"

　　还没容我分辨，他就又说：

　　"《魔笛》将生活描述成一首美妙的歌。它对我们那转瞬即逝的感情给予尊重，就像对待某种不朽、神圣的事物。它既不赞同克莱斯特说的，也不赞同贝多芬说的。它宣传的是乐观主义与信念。"

　　"我知道，我知道，"我气呼呼地叫道，"天知道你为何总拿我最珍爱的《魔笛》说事。可莫扎特没能活到八十二岁。他不像你，在生活中戴着假面追求永久、崇高的地位。他没觉得自己有多了不起！他唱自己谱写的神圣旋律，然后就死掉了。他年轻轻地就死了——死的时候很凄惨，又没人理解——"

　　我累得喘不过气来。想用十句话说出千百件事情。我的额头上开始冒汗。

　　然而，歌德很和善地对我说："我活了八十二岁，恐怕这是不能被原谅的。不过，在这件事上，我的满足感可能比你想的要少。你说得很对，我渴望长寿。我常常害怕自己死掉，于是不断与死亡抗争。我认为，与死亡抗争，无条件地、执意活下去的愿望，是每一个伟大的人生活、做事的动力。我活了八十二岁，这一点最终表明，我们都是要死的，就好像我死的时候还是个上学的孩子。如果下面这一点能为我辩护，那么我要说的是：我的天性中有很多孩子的东西——我有很强烈的好奇心，喜欢浪费时间玩耍。这么对你说吧，我就这么过了下去，直到发现自己迟早也会厌倦玩耍。"

他说这话的时候，我瞧见他笑得很狡猾——就像个十足的恶棍，冲我这边瞥着。他变高了，挺拔的气质和脸上强装出来的那种尊贵气也消失了。这会儿，我们周围的空气中响起了悠扬的旋律，歌曲都是唱歌德的。我很清晰地听到了莫扎特的《紫罗兰》，还有舒伯特的《春回丛林与山谷》。歌德的脸上泛着红润和青春的光辉，他在大笑；这一刻，他就像兄长，先变成了莫扎特，又变成了舒伯特，胸脯上佩戴着的那枚勋章也完全变成了野花编织的。勋章正中间，一朵报春花正在怒放。

这个老绅士不回答我的问题，避开了我的责备，却用这种轻描淡写的态度应付我，让我觉得很不自在，我便用责备的目光盯着他。他见我这样，向前俯下身子，把嘴凑过来（这时候他的嘴像小孩子的一样），贴近我的耳朵，轻轻地说："你太把老歌德当回事了，我亲爱的年轻朋友。你不该把早就死掉的老家伙太当回事。这会对他们不公平。我们这些不朽的人不喜欢被活着的人太当回事。我们喜欢开玩笑。严肃，只要偶尔来那么一下就行了，年轻人。我也不介意悄悄地告诉你，严肃就是把时间看得太重了。拿我来说，也曾经把时间看得太重。因为这个，我才想活一百岁。然而，在永恒中是没有时间概念的，知道吧。永恒是瞬间，只够开玩笑的。"

的确没必要和这个老家伙再说什么严肃的事了。他快活又猛烈地上蹿下跳，让别在星形勋章上的那朵花射了出来，就像射出了一枚火箭，然后让它枯萎、消失了。就在他迈着舞步摇头晃脑、上蹿下跳的时候，我忍不住想这个老家伙至少没有忘记学跳舞。这家伙跳得可真不赖。然后，我就想起了那只蝎子，要么就是莫莉，于是冲着歌德大声喊道："快告诉我，莫莉也在这儿吗？"

歌德哈哈大笑起来。他走到桌子跟前，拉开一个抽屉，掏出来一个很漂亮的要么是皮子的要么是丝绒的小盒子，拿到我的眼底下打开了。就见黑色的天鹅绒上躺着一条极小的女人的腿的模型，小巧、完美无瑕、散发着亮光，这是一条迷人的腿，膝盖稍稍弯曲，脚朝下伸着，直抵末端精致的脚趾。

我立即就爱上了这条美腿，想拥有它，不由得伸出了手。可就在我抓住它的那一瞬间，这个精巧的小玩具似乎开始微微地动了动，我这才猛然意识到，它可能就是那只蝎子。歌德似乎看出了我的心思，甚至还想弄得我很胆怯，让我在欲望与恐惧之间抗争。他拿起那只激动的蝎子，贴近我的脸，看我先是渴望地向前伸伸脖子，而后又害怕地朝后退，好像觉得这样很好玩。就在他用这个迷人又微笑的小东西折磨我时，我发现他又变得十分苍老了，变得非常、非常苍老，足足有一千岁那么老，头发已白得像雪，一张萎缩的老人脸哈哈笑着，却听不到一点声音。这种老人式的玩笑搞得他从头到脚浑身乱颤。

　　我醒过来时已经忘掉了这个梦，后来才又想起来。我睡了将近一个小时，从未想过自己竟能在这种地方睡着。这地方可是酒吧啊，音乐那么大声，周围又那么嘈杂。那位漂亮的姑娘已经站到我的跟前了，一只手还搭在了我的肩上。

　　"快给我两三个马克，"她说，"我在那边买了些东西。"

　　我把钱包递给她。她拿在手中，很快就回来了。

　　"哦，我现在只能陪你坐一会儿了，然后我就得走。我有个约会。"

　　我大惊失色。

　　"和谁？"我慌忙问道。

　　"和一个男人，我亲爱的哈里。他邀我去影院酒吧。"

　　"哦！我想你不会把我一个人抛下吧。"

　　"那你就该约我。已经有人赶在你前面了。不过这样也好，能为你省下不少钱。你知道影院酒吧吗？午夜过后没有别的，只卖香槟。扶手椅都是俱乐部里的那种，还有黑人乐队表演，反正挺热闹的。"

　　这些事我从未想过。

　　"那我现在就约你，"我求着她，"我们都是朋友了，我想这种事你能理解。你说吧，想去哪儿，我都愿意陪你去。快说吧，求你了。"

　　"你人真好。不过，你要明白，我已经答应人家了，不去不行，我得说话算话。别再想这事了，再喝口酒吧，杯子里还有呢。把酒喝光，然后回家，舒舒服服地睡上一觉。
听话。"

"不，你知道我回不去的——我不能回家。"

"哦——你——还在说你的故事呢！你没完了吗——就
不能把那个歌德忘了吗？（我又想起了那个与歌德有关的梦）
要是你真的不想回家，就留在这儿。这里有卧室。我给你找一
间吧，好吗？"

她这么说我很满意，又问可以在哪里找到她。她住哪
里呢？她不会告诉我的。如果我找的话，也许会在哪里找到
她的。

"我可以约你去什么地方吗？"

"去哪里？"

"你想去哪里，什么时候去，你说了算。"

"那好吧。星期二，老圣方济各餐厅，我们一起吃晚
饭。一楼。拜拜啦。"

她伸手让我握。我第一次注意到她的手和她的声音是那
么相配——手长得真美，握得又有力、又聪明、又心善。见我
吻她的手，她哈哈笑了。

然后，在最后的时刻，她又转过身来对我说："我再
跟你说些别的事——跟歌德有关。你说你对他是那样的一
种感觉，觉得他的画像让你受不了，可我常常把他当圣人
看待。"

"圣人？你这么神圣？"

"不，抱歉地说，我才不神圣呢。可我神圣过，也会再次变得神圣。如今没时间变神圣了。"

"没时间。神圣还要时间吗？"

"哦，要的。想神圣，得有时间，还得不受时间束缚。想神圣，不能心急，也不能太现实，比如时间、金钱、去影院酒吧，这些事都不能看得太重。"

"你说得对，这些我都懂。可你刚才说圣人是怎么回事？"

"这么说吧，有很多的圣人我都特别喜欢——圣司提反①、圣弗朗西斯②，还有别的人。我常看这些人的画像，耶稣和圣母玛利亚的，我也常看——都是些虚假、愚蠢至极的画像——你说你受不了歌德的那幅画像，我看到这些人的画像一样受不了。我看到耶稣或圣弗朗西斯的那幅甜美、可笑的画像时，看到人们觉得它们又美、又有教化作用时，总觉得是对真实的耶稣的一种侮辱，心中总会这样想：如果人们发现那么可笑的一幅画都会让他们很满足，那他干吗还要活得那么苦！可即便这样，我也很清楚自己心中的那幅耶稣的画像不过是人像，和耶稣的真实形象比还差得远。耶稣若见了我心中的他的那个形象，也会像我看到那些令人恶心的复制品一样，觉

---

① 圣司提反（？—35），耶路撒冷基督教会执事，在犹太教公会辩述原始基督教义时，被乱石砸死，为基督教第一位殉教者。
② 圣弗朗西斯（1567—1622），法兰西天主教士，著有《虔修入门》，力言世人不必遁世也可达到心灵的完美。

得十分荒唐可笑。我说这些不是为了证明你冲歌德的画像发脾气就是对的。我根本没这个意思。我只是想告诉你，我懂你的心思。你们这些博学的人、艺术家的脑子里无疑装着各种各样的优秀的想法，可你们跟我们一样，也是人，我们也有自己的梦想和幻想。比如，我就发现，我的博学的先生，你一跟我说歌德的事就觉得有点不好意思。你觉得得费好大的劲才能让我这样的姑娘听懂你说的话。实话告诉你吧，你根本不用费这么大劲的，你说的我都懂。现在我说完了，你也该睡觉去了。"

她走了，一位上岁数的看门人领着我上了两段楼梯。他先问我行李在什么地方，听到我没行李，就伸手跟我要"过夜费"。然后，他又带我上了一段又旧又黑的楼梯，把我领到楼上的一间屋子里，转身走了。屋里有张光秃秃的木头床，墙上挂着一把剑和一幅加里波第①的彩画，还有一个花环，早就枯了，是哪家俱乐部举办活动的时候用来做装饰的，也在墙上挂着。要是有套睡衣裤才好呢。毕竟屋里有热水，还有一条小毛巾，我可以洗个澡。然后，我就和衣躺在了床上，灯也没关，让自己尽情地想事情。我和歌德的那件事算是完结了。真棒，他竟然出现在了我的睡梦中。还有那个美妙的姑娘——我要是知道她叫什么名字就好啦！突然就出现了一个人，一个活生生的人，击碎了像水晶棺材一样罩着我的死亡，还向我伸过来一

---

① 加里波第（1807—1882），意大利民族解放运动领袖。

只手，一只温良、漂亮、温暖的手。突然就又有些与我有关的事情出现了，我想到它们，心里充满了喜悦和渴望。突然一扇门打开了，生活涌了进来。也许我还可以再活一次，像个人那样再活一次。我那原本在冰冷的世界中沉睡、就要被冻僵的灵魂又开始呼吸了，并且睡眼惺忪地伸展开了它那柔弱的小翅膀。歌德一直与我在一起。一位姑娘让我吃东西，喝酒，让我睡觉，友善地对待我，笑话我，还说我是个可笑的小孩子。这个美妙的朋友对我说了圣人的事，还告诉我，就算在我把生活过得无比荒唐可笑时，也不只有我一个人这样。我不是什么例外，我可以被人理解，我也没有生病。还有人和我很像。我是可以被人理解的。我会再见到她吗？当然会的。她是可以依赖的。"我得说话算话。"

不知怎的，我就又睡着了，连睡了四五个小时。我醒过来时已是第二天上午十点了。我的衣服上都起了褶子。我觉得累死了。我的脑袋里依然残留着昨天没有忘记的恐惧，但我有了活力、希望，也有了快乐的念头。我回到家，全然没有感到昨天一想要回家心中就涌出的那种恐惧。在南洋杉上面的那段楼梯上，我遇到了那位"姑妈"，我的女房东。我很少见到她，可她那颗和善的心总让我感到快乐。在外面混了一夜，我现在的模样依然狼狈，脸也没刮，故此这次会面不怎么好。我向她打了声招呼，本想过去就算了。她一如既往地对我的独居、隐士般的生活表示出了尊重。然而，今天，似乎我和外界之间原有的那层纱被扯掉了，一种障碍倒塌了。她笑得很开心，停住了脚步。

"您又出去买醉了，哈勒尔先生。昨天晚上您就没在家睡。您一定累坏了！"

"是的，"我强作欢颜，"昨天晚上我玩痛快了，不想打扰您，就在一家旅馆睡了。我十分尊敬您房子里的安静和尊贵。我在这里住着有时觉得自己是个外人。"

"您开玩笑了，哈勒尔先生。"

"我只是在对自己开玩笑。"

"您可千万不要这样。您在我这里住着，千万不要觉得自己是个外人。您想怎么住就怎么住，想做什么就做什么。我以前有过不少十分正派的租客，高贵得就像珠宝，可像您这么安静的，一点也不给我们添麻烦的，还没见过。现在——您想喝点茶吗？"

我没拒绝。她在她的客厅里递给我一杯茶，客厅里挂着些旧式的画，摆着些旧式的家具，我们小聊着。其实她没问我什么，就知道了我的生活、思想的方方面面，用心听我讲述自己的事，倒也不大放在心上，就像聪明、富有母性的女人，听男人说自己的小缺点。我们也聊了她的侄子，她就把我领到隔壁的房间，让我看他最近的爱好——鼓捣收音机。这个小伙子人很聪明，动手能力也强，耗费数个夜晚在屋里将各种零件组合到一起，甘愿做奴隶，拜倒在收音机的魅力之下，又带着满腹的虔诚，跪倒在应用科学之神面前。而在数千年以后，科学凭借着自己的能力，也许会发现一个事实，但这个事实每一位思想家早就知道了，并且同这台时兴的、很不完美的机器相比，已经更好地把它运用了起来。这位姑妈有点信神，宗教类的话题并不反感，所以我们就说这类事。我告诉她，现有的这些无时无处不在的力量与事实，古印度人早就很清楚了，技术不过是为声波的传送设计出了接收机与发射机，将这个事实的一小部分投入普遍的应用中，其实这些东西的应用还处于初级阶段，还存在很多的问题。我对她说，古印度人掌握的一个基本事实就是时间并不是真实存在的。当然了，世人最终会"发现"这一点，到时候就有发明家忙了。下面这个事实肯定会被世人发现——也许发现得还会很早——那就是飘浮在我们周围的不只有稍纵即逝的画面和事件，就像从巴黎或柏林传出来的音乐，此刻也能在法兰克福或苏黎世听到一样，还有过去发生的一切也可以被记录下来，为现在听到或者看到。也许会有那么一天，用电线也行，不用也可，也许有别的声音干扰，也许没有，我们可以听到以色列王所罗门或瓦尔特·冯·福格维德①的声音。我说，这些东西就跟现在人们刚开始用无线电一样，不过是对自己、对自己真正追求的目标的一种逃避，想用更加密实的网一样的娱乐活动和无用的行为把自己包裹起来。可是，我在开始说这些事的时候并没有像刚才说时间、科学那样，摆出一副挖苦、责备的姿态，而是拿它们开玩笑，姑妈也笑了，我们坐了将近一个小时，喝着茶，感觉很

---

① 瓦尔特·冯·福格维德（1170—1230），奥地利诗人。

满足。

我和我在黑鹰酒吧遇见的那位迷人、不一般的姑娘约定的时间是在下个星期二的晚上，不知怎的，我有一种惘然若失的感觉，不知该怎么打发这段时间；当星期二总算能到来的时候，我才突然意识到我和这位我还不知道姓名的姑娘之间的关系是那么重要。我什么都不想，只想她。她是我的一切期待。我愿把一切放在她的脚下。我一点都不爱她。我只想着她也许会失约，也许会把这事忘了，到时候我就知道自己会是什么样子了。然后，这个世界就又变成了荒漠，日子就又像以前那样让我恐慌，没有意义，死一般的沉寂和悲痛会又紧紧地包裹住我，逃离这死寂的地狱，除了拿起剃刀，再也没有别的出路。这仅剩的几天使我不再那么狂热地想用剃刀解决掉自己了。我害怕这个令我厌恶的事实：我害怕在一种压得我喘不过气来的恐惧的指示下用剃刀割断自己的喉管。我的恐惧荒诞而执拗，仿佛我是一个最健康的人，我的生活美得像天堂。我鲁莽地意识到了自己的处境，心中再没有一丁点儿的幻想。我活不下去，也死不成，我意识到正是我心中的这种不耐久的紧张状态，让那位我还不知道姓名的姑娘，让那位在黑鹰酒吧舞厅中跳舞的漂亮姑娘，在我的生命中变得如此重要了。她是一扇窗，是一道光，射进了我寄居的恐怖的黑洞中。她必须用她那双有力又温柔的手触碰我那颗早已死掉的心，在生命的触摸下，它要么会再次跳动，燃烧起烈火，要么会慢慢地熄灭，直到变成一堆灰烬。我不知道她是从哪里得来的这些力量，不知道她的魔力是从哪里得来的，也不知道她对我的这种深深的意义是从什么样的土壤中生长起来的。如今，这些事都不重要了，我也不想知道。我知道什么，或能感觉到什么，早就一点也不重要了。说真的，我早就受够了这些东西，因为让我受尽了痛苦的耻辱正是源于这个事实：我很清楚地认识到了自己的处境，很清晰地意识到了它。我把这个凄惨的家伙，这匹荒原狼，看作了被蜘蛛网罩住的一个飞虫，也看到了即将临近的对这只飞虫的命运做出的判决。它被困在这网中，丧失了一切的抵抗能力。蜘蛛就要把它活活吞进自己的肚子里去了，那只可以救助它的手却还在远处。我可能对我的痛苦、对我的病态的灵魂、对折磨我的神经症的后果与根源做出了最聪明、最透彻的评判。我很清楚这种心理机制。可我需要的并不是知识和理解。我在绝望中渴望的是生活与决心，行动与反应，冲动与动力。

虽然在等待的那几天中，我从未失去希望，觉得我的朋友肯定会信守诺言，然而，在那一天真的到来时，我的心中还是产生了怀疑。一天从早等到晚，让我等得很不耐烦，我这辈子还没有经历过这种事。而这种怀疑和不耐烦在让我觉得再也无法忍受的同时也让我受益颇多。那种美和新鲜对我这样的人来说是不可想象的。很久以来，我一直在混日子，从未等待过什么，也没有在任何东西中发现过快乐——没错，这种感觉是很美妙的：整天激动不安又充满强烈渴望地跑来跑去，盼着约会、聊天和那个夜晚早已储备好的那个美妙结果的到来，又特别精心地刮胡子、选衣服（选新衬衣、新领带、新鞋带）。至于这位聪明、神秘的姑娘到头来会是谁，她和我的这种关系到头来又会变成什么样，早已统统不重要了。她在那儿呢。奇迹已经发生了。我又觉得自己是个人了，又对生活有了兴趣。重要的是，奇迹会继续下去，我会拜倒在这种魔力的脚下，去追随这颗星。

我再次见到她的那一刻真令我难忘！我在一间老式却很舒适的餐馆选了张小桌子坐下了。这张小桌子是我提前打电话定下的，其实根本没这个必要，我研究着菜单。玻璃杯中插着的是我为这位新结识的朋友买来的两枝兰花。我等了好久，觉得她一定会来，心里也就不再那么激动。然后，她就真的来了。她在衣帽间停留了一会儿，清澈的灰眼睛只是朝我这边投来专注却很好奇的一瞥，就算是和我打过了招呼。我起了疑心，就仔细看侍者怎么对待她。没有，他俩没有多亲密，也始终保持着距离。可他们是互相认识的。她叫他埃米尔。

我把兰花递给她，她快活地笑了。

"你真好，哈里。你想送我礼物，对不对，却又不知道送什么好。你不敢说你送我的礼物是对的。若送得不对，我就会生气，于是你选了兰花，虽然只是花，却漂亮得很。多谢你送我这么好的礼物。对了，我想对你说，我是不会收你送的礼物的。我是靠男人养活着，可我不能靠你。哦，你真是大变样了！如今，没人能认出你。那天你还像刚刚从绞刑架上下来的，如今却又变得这么整洁了。对了——我说的话你听了吗？"

"什么话？"

"你怎么能忘了呢！我说你没学狐舞步吗？你说你什么都不想，就想听我的话，你说再没有比听我的话让你觉得更可亲的事。还记得吗？"

"我当然记得，我会听的。我是认真的。"

"可你还没学跳舞吧？"

"这么快就学会———一两天就能学会吗？"

"当然能学会啦。狐舞步一个小时就能学会。波士顿舞要用两个小时。探戈用的时间更久，不过你也不用学。"

"现在你真的得要告诉我你叫什么名字了。"

她看了我一会儿，没有吭声。

"你猜吧。我乐意看你猜。打起精神来，好好看看我。你有没有想过，我的脸就像小男孩的。现在你就说一下这件事吧。"

此刻，我就在仔细地看她的脸，我不得不承认她说的是对的。那是一张男孩子的脸。过了一会儿，她脸上的某种东西让我想起了我的小时候，还有小时候的那个朋友。他叫赫尔曼。有那么一会儿，我觉得她好像就变成了这个赫尔曼。

"你要真是个男孩子，"我吃惊地说，"我就该叫你赫尔曼。"

"谁知道呢，也许我就是个男孩子，只是穿着女孩的衣裳。"她开玩笑地说。

"你是叫赫尔米娜吗？"

她点了点头，看我这么猜她，她高兴得脸上泛起了光。就在那时，服务生端来了吃的，我们就开始吃东西。她那股快乐的劲头儿，俨然就像个孩子。她身上最让我着迷的，最让我快活的，也是她最漂亮、最有个性的一点就是：这会儿还在很严肃地说话，转眼间就变得精灵古怪，快乐了起来，她就像个有天赋的孩子，这么做的时候没有费一丝一毫的力气。此时，有那么一会儿，她快活地笑话我学狐步舞的事，还不安分地在桌子底下偷偷踩我的脚，又兴奋地说这顿饭真棒，我打扮得很用心，尽管针对我的长相提出了很多的批评意见。

说话的间隙我问她："你怎么装出男孩子的模样让我猜你叫什么呢？"

"哦，是你愿意猜的。你懂得那么多，就没想到我让你那么快乐，对你那么重要，只是因为我在你眼中就像一面镜子，我心中有种东西可以回答你的问题，理解你吗？哦，我们也真的应该做彼此的镜子，回应对方的需要，可你这种人的确有些怪。受了一丁点儿的刺激，就冒出来奇怪的念头，就觉得看不清对方了，就觉得什么都不对劲了，你就是这种人。然后，你找啊找啊，终于找到了一张脸，可以让你看清自己的模样，你就冲它投去会意、亲近的一瞥——然后，呃，你自然就高兴了。"

"就没有你不知道的事，赫尔米娜，"我惊呼道，"事情真的就像你说的那样。可是，你和我又是那么不同。哦，你简直就是我的反面。我身上缺的东西，你那里都有。"

"你只是这么想，"她简短地说，"你觉得舒服，就这么想吧。"

此刻，一朵阴郁的黑云蒙上了她的脸。在我眼中，她真的成了一面魔镜。突然，她的脸上露出了严肃和痛苦的表情，看着就像面具上的空洞的眼那样深不可测。慢慢地，一个个的词就像从她身上拽出来的，她这样说道：

"记住啦，别忘了你对我说过的话。你说你想听我的话，听我的话让你快乐。不要忘了这一点。你还要知道，我的小哈里——就像我心里有某个东西可以回应你的需要，可以给你信心，你对我也一样。那天我看到你走进黑鹰酒吧，孤零零的一个人，又那么疲惫，几乎和这个世界再无任何的瓜葛，我就突然想到：这个人会听我的话。他想要的就是听我的话。而我也要这么做。所以我才跟你说话，我们才做了朋友。"

她从灵魂的最深处说这些话，说得那么严肃，让我不敢再刺激她。我想让她安静些，她却皱起眉头，摇了摇头，强迫自己用冰冷的声音继续说了下去："我告诉你，你要说话算话，我的小男孩。你要是不听话，会后悔的。我会吩咐你做好多的事，你都要照做。我让你做的都是好事，都是让你痛快的，你听我的话，乖乖去做，会感到愉快。最后，我要你做一件事，你可不能不听话，哈里。"

"我听话，"我有些屈服了，说道，"那你最后让我做的是什么？"

我早就猜出来了——天知道为什么。

她浑身抖着，似乎感到了入骨的寒意，又像从恍惚中回过神来。她的目光始终没有离开我的身体。突然，她的面色变得更加阴郁了。

"我要是够聪明，就不会对你说。可我不聪明，至少这次不聪明，哈里。我刚好是你的反面。因此，我现在说的话你要听清！你会听，却又会把它忘了。你会笑它，你会哭它。因此，你要当心！我要陪你生，陪你死，我的小弟弟，但玩这个游戏前，我要把我的牌先亮在桌子上。"

她说这番话的时候看起来好美、好圣洁！她的眼睛冰冷、清澈，透出一种会意的悲伤。她的这双眼似乎承受过一切可以想见的悲伤，而且愿意承受它们。那些话从她的唇边艰难地说出，似乎被什么东西束住了手脚，冰霜似乎冻僵了她的脸，但在她的唇齿之间，在嘴角，她的舌尖不时露出来，透露出顽皮甜蜜的肉感与对肉体上的快乐的强烈渴望，这跟她脸上的表情和她那严肃的语调刚好相反。一小缕头发垂挂在她那光滑的额头上，从额头的这个角望过去，她的男孩子气质，就像生命的呼吸，在不断积聚，放出了雌雄同体的妖术。我热切又焦虑地听她说话，却感到了迷惑，听了个一知半解。

"你喜欢我，"她继续说道，"因为我上面说过的那些事，因为我打破了你孤寂的生活。我从地狱的门口把你拽了回来，唤醒了你，让你面对新的生活。可我想从你身上得到更多的东西——多得多的东西。我想让你爱上我。不，别打断我的话，让我说下去。你很喜欢我，我能看出来。你感谢我，可你并不爱我。我想让你爱上我，这是我的使命的一部分。我活着，就是为了让男人爱上我。我需要你，正如你需要我。你现在就需要我，此时此刻就需要我，因为你绝望了。你正在死去，因为你缺个人推你那么一把，将你推到水中，让你再活过来。你需要我教你跳舞，教你笑，教你生活。但我需要你，并不是今天——而是以后，我需要你，也是为了非常重要、非常美妙的事。当你爱上我，我就给你下达我的最后一道命令，你也要遵守，这对你我都好。"

她把插在杯中的一枝有着褐紫色叶脉的兰花稍稍拔高，俯下身子，盯了那花一会儿。

"这不容易，可你还是要做。你服从我的命令，然后——杀死我。然后——什么也不要问了。"

她的话说完了，可她的眼睛依然在盯着那兰花，她的脸放松了，刚才的紧张消失了，就像一朵含苞待放的花，终于绽开了花瓣。在她的眼睛一时着魔似的盯着那朵兰花的时候，她的唇上立即露出了迷人的微笑。然后，她摇摇她那有着男孩子般的刘海儿的头，喝了一小口水，猛然意识到我们是在吃饭，就又胃口大开、快活地吃了起来。

我听她说这些奇怪的话，一个字一个字地听，听得很清楚。她最后要下达的那道命令还没说出口我就猜着了，也就不害怕了。我觉得她说的这些事十分可信，她就像在说天命。我没有反驳，接受了。她说话的态度虽然严肃又可怕，我却没太当真，没太当回事。我的一部分的灵魂听了她的话，并且信了，然而另一部分点点头安慰我说，尽管赫尔米娜是个健康、聪明、自信的姑娘，却也爱幻想，也有头脑不清楚的时候。她最后的话刚说完就为这一幕蒙上了一层虚幻、徒劳无功的色彩。

　　然而，我并不能像赫尔米娜那样轻松地回到现实与可能性中。

　　"这么说，有一天我会杀死你？"我问她，依然沉浸在半睡半醒的状态中，她却在大笑，心满意足地拿我开心。

　　"当然啦，"她轻松地点点头，"不说这事了。吃饭吧。哈里，发发善心，再给我要点儿沙拉。你没胃口吗？在别人那里很自然的事，你好像样样都要学，就连吃饭的快乐也一样。喂，听着，我的孩子，这就是一次鸭宴，你从鸭骨头上挑起一大块嫩肉，想必很想把它吞到肚里去，你的心也是快活的，就像第一次帮着自己的女朋友脱外套那般快活。你不懂吗？哦，你真是个呆子！你准备好了吗？我刚从骨头上撕下一块肉，给你吃吧。因此，你得把嘴张开。哦，看把你吓得！朝屋里乱瞟，生怕叫别人看到你吃我叉子上的肉。别怕，你这个败家子。我不会搞什么绯闻的。不过，不经过别人的允许自己就不敢取乐，你还真是个可怜的家伙。"

　　过去的这一幕越来越不真实。我越来越不敢相信这就是刚才还陷在可怕的幻梦中的那双眼睛。但在这一刻，赫尔米娜分明活泼了起来，她可以很轻松地从这一刻转入下一刻，然而下一刻究竟怎样，谁也无法预见。她现在就在吃东西，又吃鸭肉，又吃沙拉，又吃蛋糕，又喝酒的，似乎吃是很重要的事，而且每换一盘菜，她都会换一个新话题来说。尽管她看上去像个孩子，却早已洞悉了我的一切，尽管她口口声声地教我要为每一个瞬间而活，却似乎比最智慧的人还懂得生活。也许这就是最高贵的智慧或者仅仅是最简单的生活状态吧。不管怎么说，完完全全地活在当下，珍惜在路旁碰到的每一朵小花，珍惜滑过每一个瞬间的阳光，总是最有理的，这样活也最轻松。我可以相信这个快乐、有着美食家气派的胃口大开的孩子，同时也是某种歇斯底里的幻觉的牺牲品，也想解决掉自己的生命吗？还是她只是一个工于心计的女人，自己并没有真的动心，只想让我成为她的情人和奴隶？我不信。不会是这样，她很容易就屈从了这一刻，完完全全地沉浸在了这一刻中，转瞬即逝的阴影和灵魂深处的悸动，对她来说不过是每一次的快乐的冲动，她要让每一刻尽量过得充实。

　　那天只是我第二次见赫尔米娜，可我的事她都知道了，而且似乎很有可能自己对她再也无法保有什么秘密。也许我的精神生活她不是每个方面都懂，也许不懂我与音乐、歌德、诺瓦利斯、波德莱尔的关系。不过，这一点也有疑问，很有可能就像别的事，她不用费什么力气也能把这些搞懂。可话说回来，我的精神生活还剩下什么呢？不是早就变成废墟失去意义了吗？至于别的方面，我的个人问题与私事，我毫不怀疑她也都知道了。我很快就会和她谈到荒原狼、那篇论文，以及其余的那些事，尽管直到现在这一切只埋在我的心里，从未对别人提起过。说真的，我已经抗拒不了诱惑了，想马上对她说。

"赫尔米娜，"我说，"那天我碰到了一件怪事。一个陌生人送给我一本小书，就是在集市上可以买到的那种，我在里面发现了我的整个故事以及我的一切。很怪，对不对？"

"那故事叫什么名字？"她轻描淡写地随便一问。

"《论荒原狼》！"

"哦，荒原狼，蛮不错的嘛！你是荒原狼吗？荒原狼是你吗？"

"是我。我一半是狼，一半是人，或者觉得自己是这样。"

她没说话。她用搜寻的目光盯着我的眼睛，然后看看我的手，脸上一时露出刚才的那种深深的严肃与阴郁的热情。我猜着她的心思，觉得她在怀疑是否有足够多的狼性执行她那道最后的命令。

"当然了，这只是你的幻想，"她比刚才沉静了些，说道，"或者是一个诗化的念头，如果你喜欢我这么说的话。不过这里面倒有些意义。今天你不是狼，但那天，你进酒吧的时候，似乎刚刚从月亮上下来，你的身上的确有兽性的东西。那个时候，就是这一点使我震惊了。"

　　她突然住了口，就好像被突然冒出来的哪个念头惊着了。

　　"这些词语可真可笑，什么野兽啊，猎食性动物啊。人们不该这么说动物的。它们有时是很可怕，可比人真实多了。"

　　"你说'真实'是什么意思？"

　　"这么说吧，你看那些动物，比如猫啊，狗啊，鸟啊，或者动物园里那些漂亮动物，比如美洲狮或长颈鹿。你忍不住看它们，觉得它们都是真实的。它们从不害羞。它们永远知道该做什么，如何表现自己。它们根本不想给你留下什么印象，不会演戏。它们就是它们，就像石头、花或天上的星。你同意我说的吗？"

　　我同意。

　　"一般来说，动物也会伤心，"她继续说，"人伤心时——我说的不是因为患牙痛或丢了钱伤心，而是因为偶尔看穿了生活的本来面目，看透了一切，是真的伤心了——那样子就有点儿像动物。然后，他看起来不但伤心，而且比平日里更真实、更美。就是这样，我第一次看到你这匹荒原狼时，你就是这个样子。"

　　"嗯，赫尔米娜，那你觉得这个描写我的小册子怎么样？"

　　"哦，我不能总想事。我们换个时间再谈这个。你找一天把它借给我看看。或者，不，等我开始读书时，你给我一本你自己写的书。"

她要了杯咖啡，一时似乎心不在焉起来，露出了极度困惑的表情。然后，她的脸上突然绽放出神采，似乎找到了思想的线索。

"喂，"她快活地喊道，"有啦！"

"有什么了？"

"狐步舞啊。整个晚上我都在想这事。你现在告诉我，你有房间吗，两个人有时可以跳舞的那种？小些也没关系，但底下不能有人住，房顶稍稍摇晃的时候，不能让人家找上来，跟我们大吵大闹。哦，这样就很好，你就可以在家里学跳舞了。"

"有的，"我担心地说，"那样更好。不过我想总得需要一点音乐吧。"

"当然需要啦，你得去买些音乐唱片。这比上舞蹈课便宜。你把钱省了，是因为我帮你省的。这样我们想什么时候放音乐就什么时候放，最后，我们还要买一台便宜些的唱机。"

"唱机？"

"当然啦。买个小的吧，再买些舞曲唱片。"

"棒极了，"我大声叫道，"你要是把这事做成了，还能教我跳舞，唱机就归你了，算是给你的奖赏。同意吗？"

这些话我随口就说了出来，却不是真心的。我不敢想把那件讨厌的东西放在我书房的书堆里面，我也绝不会去跳什么舞。我想也许我会试一下，可我也心知肚明，自己太老了，关节都僵硬了，永远也学不会。像她说的那样，使出全部的力气搞这种事，在我看来未免太唐突、太没有回旋余地了。我是个又老又刻薄的音乐鉴赏家，能感觉到自己是那么恨唱机、爵士乐、现代舞曲。别人让我放美国时下最流行的舞曲，我正在书房里，在诺瓦利斯和让·保尔那里寻找慰藉，搞得我不得安生，还要我随着舞曲跳舞，我受不了这个。但要我这么做的并不是随便的一个人。要我这么做的是赫尔米娜，她下的令，我来服从。我当然会服从啦。

第二天下午我们在一家小餐馆碰面。她比我先到，喝着茶，脸上露出微笑，指着在一份报纸上发现的我的名字。这是一份崇尚大国沙文主义的反动报纸，总骂我，不时在我的那个区发售。战时，我反对它，战后，我不时在上面写些文章，呼吁当权者别再惹是生非，要有耐心，要讲人道主义，注意国内涌起的批评的声音；我反对每天都在变得更加明显、疯狂、无节制的大国沙文主义。然后，这篇文章又是攻击我的，写得很差劲，一半是编辑的"功劳"，一半是从别的同他有相同政治倾向的报纸上的文章中偷来的。人人皆知，再没有谁比这些为腐朽的观点辩护的人写得更差劲了，再没有谁做起事来比他更缺德、更不讲良心了。赫尔米娜读了这篇文章，从中得知哈里·哈勒尔是个令人讨厌的大坏蛋，是个大臭虫，是条丧家狗，只要人们还能容忍这些人、这些观点，年轻人个个都变得多愁善感、讲人性，而不是拿起武器对那些与我们世代为仇的敌人进行报复，我们这个国家就永远好不了。

"这人是你吗？"赫尔米娜指着我的名字问，"哦，你让自己成了众人眼中的敌人。你担心这事吗？"

我读了几行。都是陈词滥调，每一行还是原来骂我的那些话，这些话我都听了好多年了，都听烦了，听腻了。

"不，"我说，"我不担心。我早就习惯了。我不时发表自己的看法，认为每一个国家、每一个人，最好还是多问问自己，自己的错误、玩忽职守、邪恶的倾向对战争的爆发以及这个世界上的其他恶行负有多大的罪责，而不是整天用反战的政治口号摇晃着自己睡觉，因为只有这样才能避免下一次大战的发生。他们自然不原谅我了，因为他们是无罪的，我指的是那些将军、商业巨头、政客、报纸。这些人一点儿也不觉得自己有罪。谁都是清白无辜的。他们会觉得事情做得都很圆满，完全不去管地底下埋着几百万人的尸体。对了，我要提醒你，赫尔米娜，就算这些文章已经不再让我担心，却常常使我难过。三分之二的国民都会读这种报纸，每天早晚读用这种语调写的东西，每天都受到这种东西的怂恿与刺激，搅扰得他们不得安宁，也剥夺了他们美好的感情，最后只能是再来一次大战，下次大战正在逼近，而且还会比上一次恐怖得多。这一切已是再明了不过了。不管是谁，只须稍稍想那么一会儿，就能明白这个道理，就能得出同我一样的结论。但没人愿意这么做。没人想避免下一次大战，就算付出打仗的代价，也没有人愿意让自己、让孩子免受灾难的蹂躏。只须好好想那么一会儿，审视自己一会儿，问问自己在这个充满混乱与邪恶的世界中都扮演了什么角色——显而易见，没人愿意这样做。因此，这事就停不了了，有上千上万的人每天心急火燎地推动着，战争不来都不行。我了解了这种情况以后整个人都瘫了，陷入了绝望中。我的国家和理想都没了，这一切不过是为那些开启下一次大屠杀的绅士做装饰罢了。想人性、说人性、写人性，都丧失了意义，想美好的事干吗，只会让自己烦忧——因为倘若有两三个人这么做，上千上万的报纸、杂志、演讲、公开或私下的大会，就会不断地攻击这些异见分子，而且还会赢得最后的胜利。"

赫尔米娜听得很认真。

"没错，"她这会儿说，"你说得很对。下一场大战自然会来。就是不读报纸也知道。一个人自然会为这事伤心，但伤心也没什么用。这就像一个人，尽管付出了极大的努力，不想让自己死掉，每天却依然在悲伤地想自己终有一天会死去。为了阻止死亡而进行的战争，我亲爱的哈里，总是美好的、高贵的、美妙的、光荣的，就因为这一点，战争总是一场接一场地来。不过，战争总让人绝望，又让人产生不切实际的幻想。"

"你说的很可能是对的，"我激动起来，大声叫道，"可像那样的事实——我们不久就会死掉，事情还是原来的样子，什么都没有变——未免让人的整个生命太无聊，也太愚蠢了吧。然后，我们就要在喝着啤酒、等着下次动员的时候，抛弃一切，放弃整个的灵魂、所有的努力以及关乎人性的一切东西，让欲望和金钱永远统治一切吗？"

此时，赫尔米娜看我的眼神很特别，充满了兴味，充满了讽刺与调皮，又充满了理解与友爱，同时又是那么无畏、智慧，透着深不可测的严肃。

"你不用这样的，"她的声音里透着十足的母性，"就算你知道你永远也不会得胜，你的生活也不会无聊、沉闷。哈里，为美好的、理想化的事物抗争，同时又知道肯定会得到这些东西，这样的生活才更无聊呢。理想可以得到吗？我们活着是为了终结死亡吗？不是——我们活着，是因为我们惧怕死亡，然后又会爱上活着，只是因为死亡，我们的生命才要不时绽放出闪亮的瞬间。你还是个孩子，哈里。现在照我说的去做吧。我们今天还有好多的事要做。今天我可不要再想什么战争、报纸了，你呢？"

哦，是的，我也不愿想。

我们就一起走了——这是我们第一次在城中散步——去了一家唱片店，看看唱机。我们试了好几台，一会儿打开，一会儿又关上，听着唱片，然后发现了一台十分中意的，很漂亮，价钱也便宜，我当即就要买下来。赫尔米娜却不想这么着急地付款。她把我拽回来，我只好同她去转下一家唱片店，到了那里，我们还是又看又听各种式样的唱机，最贵的听了，最便宜的也听了，最后她才同意回第一家店去，把那台我们第一眼就看上的唱机买下来。

　　"瞧见了吧，"我说，"转来转去还不是买的这台，刚才要是一下买了不就省事多了。"

　　"你真的这样想？也许明天我们会在另外一家店的橱窗里看到一模一样的机器，价钱要便宜二十法郎呢。还有，买东西图的就是开心，为何不让开心持续得久一些呢。你要学的东西还真不少呢。"

　　我们雇了个看门人，把东西搬回了我的住处。

　　赫尔米娜仔细打量着我的房间。她先说我的炉子、沙发很棒，又在椅子上坐了坐，感受了一下，然后拿起几本书来看了看，又在艾莉卡的照片跟前站了好一会儿。我们已经把唱机放到了一个柜子上的书堆中间。教舞正式开始啦。赫尔米娜先来跳了段狐步舞，最初的几步展示过以后，就开始拉起我的手。我听话地跟着她小跑着跳，转圈，总撞着椅子，听她指导，却听不懂，不时踩着她的脚趾头，良心上很过意不去，真是笨死了。第二圈过后，她一下子瘫倒在沙发上，像个孩子那样大笑起来。

　　"哦！你的动作怎么那么僵！就像走路那样，大胆朝前走就是了。根本不用费一点儿力气的。哦，你肯定跳热了吧，对吗？那我们就先歇五分钟吧！看明白没，跳舞就跟想事情一样，只要用心，学起来就容易多了。你现在应该懂了人们为什么不愿思考，宁愿把哈勒尔先生叫叛徒，安静地等着下一次大战来了吧？"

　　一个小时后，她就走了，走前还给我打气，说下次就能跳好。我一直在想这事，对自己的愚蠢与笨拙极度失望。我似乎觉得自己再也学不会什么事，下次也不一定能好到哪里。跳舞哪有那么简单，跳舞需要投入，比如快乐、纯真、轻浮、爽朗什么的，可这些东西我一样也没有。唉，我总是这么想的。

可第二次明显好了很多，我甚至从中得到了些快乐。课上完的时候，赫尔米娜就宣布，我已经把狐步舞的精髓学到手了。不过，当她说明天要我同她在一家餐馆跳舞时，我马上就慌了，死活不同意。她便冷静地提醒我立下的誓言，说她说什么我都会听，而且她早就定好了，明天同我在巴郎塞饭店碰面，一起喝茶、跳舞。

当天晚上，我坐在屋内，想看会儿书，却怎么也看不进去。我害怕明天到来。我是个奇怪的家伙，人又老，脸皮又薄，性子又敏感，去那种时髦的地方，去参加什么茶舞会，一想我就害怕得不行。但更怕的是，我还要以舞者的形象出现，我可是一点儿也不懂跳舞。说真的，在我打开唱机，袜子穿在脚上，一个人在安静的书房里悄悄地学舞步时，真忍不住笑话自己，觉得自己丢人得很。

巴郎塞饭店每隔一天就会有一支小型爵士乐队演出，有茶，也有威士忌。我想贿赂赫尔米娜一下，就把一些小蛋糕放到她跟前，又提议喝瓶好酒祝贺一下，可她丝毫不为所动，非让我和她跳舞不行。

"你今天可不是来玩的。我这是正儿八经地教你学跳舞。"

没办法，只好和她跳了两三次，休息的时候，她把我引见给萨克斯乐手，人岁数不大，黑黑的眼睛，长得倒很帅气，要么是西班牙裔，要么是北美裔。她告诉我，这小伙儿什么乐器都玩得来，世界上的每一种语言也都会说。小伙子好像和赫尔米娜很熟络，俩人关系处得不错。他胸前挂着两只萨克斯，轮换着吹，同时用一双又黑又亮的眼睛盯着那些跳舞的人，脸上泛着快活的光。我好吃惊，觉得自己都有点嫉妒这个迷人、讨人喜欢的年轻音乐家了。这可不是因为争夺女人而生的那种嫉妒，我和赫尔米娜之间根本就没有爱，而是看他俩的关系处得那么好，我不由得暗暗嫉妒他。因为在我眼中，他根本就不配她对他那么感兴趣，甚至都不配得到她的尊重。我不怀好意地想，显然自己遇到的都是些奇怪的人。然后又有人叫赫尔米娜去跳舞，我就一个人喝茶、听音乐，音乐是我以前从未听过的，真是叫人受不了。哦，我的老天爷，我心里这样想，这下完了吧，就要被迫进入这个世界了吧，就要强迫自己产生家的感觉了吧，这个世界里都是游手好闲、寻欢作乐的人，这个世界在我眼中怪得很，让我觉得讨厌得很。而在此以前，我始终在小心翼翼地避开，始终在极度地鄙视着这个充满了大理石酒桌、爵士乐、荡妇与旅行推销员的顺滑、刻板的世界！我好伤心，大口喝茶，盯着眼前这群二流的人。就在这时，两个漂亮的姑娘吸引了我的注意。俩人跳得都很棒。我的目光中透着欣赏与嫉妒追随着她们的每一个动作。她们的舞跳得可真有弹性、真美、真快乐、真自信！

　　赫尔米娜很快就又出现了。她对我的表现不甚满意。她责备我，说我到这种地方来不该总板着脸悠闲地坐在桌子旁喝茶。我应该让自己振作起来同她一起跳舞。什么？谁也不认识？那又有什么关系？根本不用认识谁。那边不是就有两个我很喜欢的姑娘吗？

　　她指了指其中的一个，就是更迷人的那个，此刻就在我们旁边。她穿着一条漂亮的天鹅绒裙子，留着一头浓密的金色的短发，浑圆的胳膊散发着女人的气息，看起来十分迷人。赫尔米娜非让我过去约她跳舞。我感到了绝望，不敢上前。

　　"真的，我真的不敢过去，"我痛苦地说，"当然了，如果我年轻几岁，长得再帅些，肯定会过去的。可你看看，我分明是个身手不灵活的老傻瓜嘛，这辈子就没跳过舞——不知她会怎么笑话我呢！"

　　赫尔米娜眼中透出了鄙视，看着我。

　　"那我笑话你，你就不在乎啦。你胆子可真小！谁约姑娘，不是冒着被拒绝的风险啊。做这种事总要冒风险的。你要冒这个险，哈里，如果结果真的不能再糟，那就让她尽情笑话你好啦。你前两天不是说过吗，我说什么你都听……"

　　她的心肠硬了。当音乐再次响起来时，我只好机械地站起身，靠近了那个年轻又漂亮的姑娘。

　　"其实，我本来没工夫跟你跳的，"她用她那双清澈的大眼睛上下打量着我，说道，"不过我的舞伴好像在酒吧那边被什么事耽搁住了，那就来吧。"

　　我抓住她的手，先跳了几步，心里还在惊讶她竟没让我走开。她很快就估量出了我的能力，掌控了我。她跳得棒极了，我只好跟随她的节奏跳。我一时忘了这两天用心学的那些步骤，只是胡乱地转来转去。我感觉到了我的舞伴那紧绷的屁股，又快又柔韧的膝盖，看着她那张年轻、神采奕奕的脸，我不由得向她老实交代，这是我这辈子第一次像模像样地跳舞。她就笑了，鼓励我，用美妙的顺从回应我那着了魔的注视与奉承，并不是用语言回应，而是用让我们贴得更紧密、更快乐、散发着柔柔魔力的动作回应。我的右手紧紧搂着她的腰，快活又心急地追随着她的脚、胳膊、肩膀的每一个动作。让我吃惊的是，我竟一次也没有踩着她的脚。音乐停止之时，我俩就站在原地鼓掌。等着舞曲再起，然后，我满腹情人的热情，又一次十分虔诚地举行起这个仪式来。

　　这支舞很快结束的时候，我那位身着天鹅绒裙子的美丽舞伴已是不见了踪影，我突然发现赫尔米娜正在我旁边站着。她一直在注视我们。

　　"现在你看到了吧？"她满足地笑道，"你发现没，女人的脚和桌子腿是不一样的？哦，真棒！谢天谢地，你现在会跳狐步舞啦。明天我们接着练波士顿舞，三个星期后，就在环球大厅举办一场假面舞会。"

　　我们坐在椅子上休息的时候，那个年轻迷人的巴伯罗先生冲我们友好地点点头，就挨着赫尔米娜坐了下来。他似乎和她很熟络。至于我，我必须说，跟这位先生的初次相识让我心里很不痛快。他是长得很帅气，脸盘和身段长得都美，这一点我不否认，可除了这个，我在他身上再也看不到别的优点。就连他说自己懂每一种语言这事，在他身上表露出的也很轻浮——轻浮得很，说真的，我除了听他会说"请""谢谢""当然""的确"和"你好"外，再也没听他说其他的。这些当然可以说明他会好几国的语言了。不，这位巴伯罗先生什么也不会说，这位迷人的先生甚至看着都没什么思想。他的事就是在爵士乐队吹萨克斯，似乎将全部的爱和热情都投到了这项事业上面。玩音乐的时候，他会突然拍手，或者让自己做出很热烈的表情，比如大声唱几声"哦，哦，哦，哈，哈，嘿"。然而，除了这个，他能干的就是表现得美些，吸引女人的目光，穿戴最时髦的硬领、领带，再在手指上戴好几枚戒指。他坐在我们身旁，冲我们微笑，偶尔看一眼手表，卷支烟抽，他就用这些办法取悦我们——在这些方面，他可以说是专家。他那双克里奥耳人般的漂亮的黑眼睛，还有他那一绺黑黑的头发下面看不到有浪漫、问题和思想存在。仔细打量他，就会发现这个漂亮又性感的男神一般的先生，不过是一个举止优雅被惯坏了的小伙子。我跟他聊到了他玩的乐器，聊到了爵士乐的音色，他定是看出了眼前这个老家伙竟是一位知识渊博的音乐鉴赏家。可他没说话，而我，为了取悦他，或者更确切地说，是为了取悦赫尔米娜，开始像个品位不凡的音乐家那样为爵士乐辩护，他冲我、冲我的努力友好地笑笑。我断定这个人除了爵士乐，别的音乐一概不知，或者在爵士乐出现以前，不知道还有别的形式的音乐存在。他很快活，当然很快活了，又很有礼貌，他那双空洞的大眼睛露着迷人的笑意。然而，在我与他之间，似乎不存在任何共同的地方。也许可以这样说，被他视为重要、神圣的东西，在我眼中却一文不值。我们就像是从世界上完全相反的地方来的，说的语言没有两个字是相同的。然而，赫尔米娜后来对我说了一些不寻常的事。她告诉我，巴伯罗和我聊过之后，曾对她说，我看起来很不快乐，要她一定好好对我。而当她问他为什么会这样想时，他说："那家伙好可怜，真是太可怜了。瞧瞧他那双眼睛，都不会大笑。"

黑眼睛的小伙儿走了，音乐又起来了，赫尔米娜站了起来："再跟我跳支舞吧。你是不想跳了吗？"

跟她跳我就轻松多了，虽说不像和别人跳那么快活，那么扭捏，却放得更开，跳得更起劲儿。赫尔米娜让我领她跳，她就像花的叶子，轻柔地追随着我的节奏。如今，我体验到了跳舞的一切快乐，而且这快乐在逐渐变得强烈，仿佛长了翅膀，飞了起来。她的身上这会儿也散发出了女人迷人的体香和爱的气息，她的舞步中也透露出亲密的温柔，随着迷人的充满诱惑的歌曲舞动着。可是，我仍然无法热烈、放纵地回应她。我无法完全忘掉自己，彻底挣脱开束缚我的心的牢笼。赫尔米娜和我的关系未免太亲近了些。她是亲密的伙计，是我的妹妹——几乎是这两者的结合，她不但像我，更像我儿时的玩伴，那个曾与我热烈地分享我的一切才华，同我一起挥霍我的才华的叫赫尔曼的空想者、诗人。

"我懂，"在我跟她说起这件事时她这样说，"我心里一清二楚。可我还是想让你爱上我，但也不用急。首先，我们是好伙伴，是渴望做朋友的两个人，因为我们认同对方身上的一切。就目前来讲，我们都要从对方身上学东西，我们要一同快乐。我把我的小舞台展示给你看了，也教你跳舞，给你了一点欢乐，也让你有了一点傻气；你把你的思想给我看，也把你知道的某些东西给我看。"

"恐怕我没什么给你看的，赫尔米娜。你太了解我了，比我对我自己还要了解。你是个很不一般的人——是个很不一般的女人。我在你眼中有分量吗？我没让你烦吗？"

她面带愁容，盯着地板。

"我不想听你这么说话。想想你去黑鹰酒吧的那个晚上，你绝望透顶，又是孤零零的一个人，你进入了我的生活，成了我的伙伴。我懂你，理解你，你觉得这是因为什么？"

"因为什么，赫尔米娜？快告诉我！"

"因为我和你一样，我也像你一样孤独，我也不喜欢生活，不喜欢别人，不喜欢自己，也不能容忍别人。世上总有少数的那么几个人，想从生活中得到所有的东西，却始终无法接受生活的愚蠢与粗暴。"

"你，你啊！"我惊呆了，大声叫道，"我懂你，我的好伙伴。没人比我更懂你。可你在我眼中依然是个谜。你懂生活。你热爱生活中的小细节，热爱生活给你的快乐。你在生活中是个艺术家。你怎么也会觉得自己过得苦呢？你怎么也会绝望呢？"

"我不绝望。至于受苦——哦，是的，我对受苦有切身体会！你看到我快活地跳舞，在这浮华、虚伪的生活中保持着自信，会惊讶于我也会痛苦。而我，我的朋友，也会惊讶于看到你在自己家里，在那些最深、最美好的事物，在精神、艺术和思想的陪伴下，竟会不再对生活抱有任何的幻想！我们就是因为这个才相互吸引，就是因为这个才成为兄弟姐妹。我教你跳舞、玩耍、微笑，可我依然不快乐。你教我思考、认知，可你也依然不快乐。我们都是魔鬼的孩子，你知道吗？"

"知道，我们就是这样的人。魔鬼潜藏在我们的灵魂中，我们就是他那些不快乐的孩子。我们从大自然的怀抱中掉落，被悬在了虚空中。这让我想起来一件事。我跟你说过的那篇写荒原狼的论文，对此有所论述，说这是一个人觉得自己有一个或两个灵魂，觉得自己由一种或两种个性构成的幻想的结果。上面还说，每一个人都由十种、百种，甚至千种灵魂构成。"

"我很喜欢你说的这一点，"赫尔米娜喊道，"就拿你来说，灵魂的部分已经很发达了，然而在生活的小小艺术方面发育得很迟缓。哈里，你作为理想家，已是一百岁，但作为舞者，几乎还不到半日。我们要促成的就是'他'的快快生长，还有'他'那些同'他'一样小、一样愚蠢、一样发育不良的小兄弟。"

她笑着看我，然后换种语调，用轻柔的声音问道：

"那你说，你喜欢玛丽亚吗？"

"玛丽亚？玛丽亚是谁？"

"就是跟你跳舞的那个姑娘。她是个很好的姑娘，非常非常好。我能看出来，你有点喜欢她。"

"这么说你认识她了？"

"哦，当然认识了，我们很熟。你很喜欢她吗？"

"我是很喜欢她，她陪我跳舞放得很开，我很快活。"

"哦，好像你俩之间真的只有这些一样！你应该跟她做爱，哈里。她长得美，舞也跳得好，我心里很清楚，你已经爱上她了。我相信你会得到她的。"

"相信我，我真的没朝这上面想。"

"你在撒谎。当然了，我知道你心上有人。在哪个地方有个姑娘，你一年去看她一两次，就为了和她吵架。你想对这位好姑娘保持忠诚，这让人很感动，可你也不能太把爱当回事。我怀疑你把爱看得太严肃了。这就是你的问题所在。要我说，你想怎么爱就怎么爱。我只担心一点：你应该学些生活的小艺术，多看看生活光明的一面。在这方面我是你的老师，我会比你的那个情人做得更好，你要相信我！你早就应该再和一个漂亮姑娘睡觉啦，我的荒原狼！"

"赫尔米娜，"我痛苦地哀号道，"可你看看我，我都成老头子啦！"

"你还是个小孩子。你只是太懒，非要等到快来不及的时候才学跳舞，同样的道理，你也是因为太懒才没学会去爱。说到谈一场理想化的、悲剧性的恋爱，我毫不怀疑你会做得很棒——你完全有这个能力。现在你只须像普通人那样学会去爱那么一点点。我们已经有了一个不错的开始。你很快就可以去舞厅跳舞，不过你先得学会波士顿舞才行，我们明天就开始。我三点去你那里。对了，你觉得那些音乐怎么样？"

"真的很棒。"

"嗯，还有，你还得朝前迈一步，明白吗？迄今为止，我看你还是受不了这类舞曲和爵士乐。你觉得它们太肤浅、太无聊。现在你应该明白了，其实根本没必要把这事看得太重，这类音乐也可以很讨好人，也可以让人觉得很愉快。对了，还有件事要跟你说一下，整支爵士乐队没有巴伯罗万万不成。他是乐队领袖，给乐队注入了火一般的热情。"

在唱机污染我书房中透出的审美与知识气氛，美国音乐如陌生人、扰乱者，也如破坏者，闯入我精心料理的音乐花园时，对于迄今为止我那极其明显地与世人隔绝、高度退隐的生活的新的、可怕的、破坏性的影响也在从四面八方闯进来。那篇写荒原狼的论文中说的，以及赫尔米娜说的，人有数千种灵魂是对的。每天都有新的灵魂从旧的灵魂的腐朽处生长出来，大嚷大叫地提出新的需求，制造出新的混乱；如今，我就像在看一幅画，已经清楚地认识到我从前的个性是多么可笑的一种幻觉。不多的几种能力，不多的几种追求，碰巧是我具备的，是我有能力做的，却占据了我的全部的注意力，我为自己描画了一幅人的形象。其实，我不过举止很高雅，还有些文化，是诗歌、音乐和哲学方面的专家罢了；我就这样活着，却让身上的其余的方面变成了一团混合了潜力、本能与冲动的乱麻，而这种混乱的状态成了我成长的一种障碍，也给我贴上了"荒原狼"的标签。

　　与此同时，尽管这种对于个性的破坏毁灭了我的幻觉，我却发现这绝不是一段快乐、有趣的冒险。刚好相反，它让我时时感到痛苦，时时觉得不堪忍受。在我看来一切都极大地改变了原样的环境，唱机中放出的声音在我听来的确十分邪恶。很多次，我在一家时髦的餐厅，在寻欢作乐的食客与衣着考究、生性放荡的男女中间跳狐步舞时，总感觉自己背叛了迄今为止被我视为最神圣的那些东西。若赫尔米娜让我单独待上一个星期，我会马上从这个充斥着无聊与龌龊勾当的享乐世界中逃脱。然而，赫尔米娜无时无刻不在我身旁。虽然我并不是每天都可以看到她，却依然时时在她的注目之下，受她指引，被她监管，听她劝告——而且，她能读懂我脸上露出的一切疯狂的反叛念头与逃避，还冲着它们笑。

　　在越来越深地毁灭掉我所谓的个性的同时，我也开始明白，虽然我曾如此绝望地生活着，却为何还是那么畏惧死亡。我慢慢懂得，这种面对死亡时表现出的可鄙的恐惧，其实是我旧有的、虚假存在的一部分。后来的这个哈勒尔先生，这个颇有天赋的作家，这个莫扎特、歌德的学生，这个写艺术原理，写天才、悲剧与人性的论说家，这个蜗居在胡乱堆满了书的小屋里的忧郁的隐士，正在一点一点地抛弃原有的习惯，掉转笔锋，开始拿自己开刀，而且完全地乐此不疲。这个有天赋又有趣的哈勒尔先生想必宣扬过理智、人性，也反抗过残酷的战争，可他并没有让自己贴靠在墙上，被子弹射杀。而像他这种思想的人，被子弹干掉应该是最恰当不过的结局。他找到了一些与自己和谐共处的办法，其中的一个当然是让自己变得很有名气、很尊贵，可这仍是一种妥协，仅此而已。他还反对资本的力量，自己却在银行买了工业股票，踏踏实实地吃着利息，良心上却根本不会有一丁点儿的疼痛。他干得可真棒。这个哈里·哈勒尔自然好好装扮了一番，转而以理想主义者、愤世嫉俗者、忧郁的隐士、乱吼乱叫的预言者的形象示人。然而在内心深处，他就是中产阶级中的一员，看不上赫尔米娜过的那种日子。他自己呢，却心安理得地在时髦的饭店虚度良夜，大把花钱。他其实并不想释放自己，让自己变得完整，恰恰相反，他最想回到过去，还去过以前那种依靠学术上的成就带给他名声的快乐日子。这些报纸的读者也一样——他鄙视、谴责的那帮人——也渴望回到战前的美好时光，因为过那样的日子比从那些经历过战争的人身上吸取教训要舒服得多。哦，魔鬼让一个人生了病，这个生病的人就是这位哈勒尔先生！然而，我还是要紧紧地抓住他，或者抓住他那已经脱掉的面具，抓住他与他的灵魂打情骂俏的情景，抓住他对混乱与意外的那种中产阶级式的恐惧（这些也是他对死亡的恐惧的一部分），然后心怀谴责与嫉妒，将这个新的哈里——这个在舞厅里有点腼腆，还有点可笑的半吊子的艺术爱好者——与过去的那个在自己理想化的、虚假的画像中别具特点的哈里相比，而正是这些致命的特点，让他那天晚上在那位教授家看到歌德的那幅画像时心中充满了无尽的悲愤。这个老哈里本人只是歌德带有中产阶级气质的理想化身，又是精神的推崇者，太高贵的注视就像圣油，散发着思考与人性的光辉，直到差点被自己的高贵的灵魂征服！快去他妈的吧！如今，这幅美丽的自画像真的要好好修一下啦！这个哈勒尔先生已经被惨烈地肢解啦！他看起来就像个落入贼窝的贵人——裤子都被扯烂了——他要是真有脑子，这会儿就该好好琢磨琢磨自己这身破衣服能让他扮演个什么角色，而不是穿着这身破衣服，硬装出一副高贵的派头，虚伪地不停尖叫着去维护早就毁掉的名声。

　　我总发现那个叫巴伯罗的音乐家不时伴在我的左右，即使仅仅因为赫尔米娜很喜欢他，很想让他陪她，我对他的看法也得变变了。我总觉得这个叫巴伯罗的小伙儿是个花瓶，长得很漂亮，肚子里却没什么东西，让他快乐的事不过是吹吹小喇叭，人家说两句表扬他的话，给他两块巧克力，就能让他乖乖待着。然而，巴伯罗对我的看法并没有兴趣。这些东西在他眼中就像乐理一样没意思。他一脸友善地听我唠叨，一如既往地微笑着，却从不正儿八经地回答我的问题。然而，从另一方面来讲，我说的这些东西倒也激起了他的兴趣。我能看得出来，他挺费劲地讨好我，对我释放善意。有一回，我恼了，甚至发起了脾气，因为不管我说什么都好像在对牛弹琴，他就一脸茫然地注视着我的脸，显出悲伤的模样，拉过我的左手抚摸着，又从他那个金色的小鼻烟盒里倒出来一点鼻烟让我吸，说这东西对我有好处。我一脸好奇地看赫尔米娜。她点点头，我就吸了一鼻子。吸完以后，我的脑袋几乎马上就清醒了，人也快活起来。这东西里面无疑掺了些可卡因。赫尔米娜告诉我，这种毒品巴伯罗有不少，都是从秘密渠道弄来的。他不时分给他的朋友一些，在调配、运用剂量方面堪称大师。他嗑药为自己止痛，让自己睡觉，做美丽的梦，刺激精神，让自己对爱怀有美好的欲望。

一天，我在码头附近的一条街上碰到了他，他马上转身又跟我走到了一起。这次，我终于让他开口说话了。

"巴伯罗先生，"在他摆弄他那根镶银的乌木细手杖时，我对他说，"你是赫尔米娜的朋友，故此我才对你有兴趣。不过，我得说，你这个人不是太好相处。有好几次我试着跟你聊音乐，很想知道你的想法和看法，无论你说的与我的观点相同还是相异，可你一点也瞧不起我，根本不屑和我说话。"

他冲我很友善地笑笑，这次我终于等来了回答。

　　"这个嘛，"他用一种很平静的语气对我说，"我觉得聊音乐一点意义也没有。我从不跟人聊音乐的。你说得非常好、非常对，我又能说什么呢？你说的话都很有道理。但你也应该明白，我是玩音乐的，不是什么教授，说到音乐，我个人觉得没什么对错之分。音乐靠的不是对错，也不是好的品位、练习这些东西。"

　　"你说得很对。那音乐靠的是什么？"

　　"靠的是做音乐，哈勒尔先生，凭借个人的热情尽量多做音乐，做好音乐。我想说的就是这一点，先生。尽管我的脑袋里装着巴赫、海顿的全部作品，也能说得头头是道，可这对任何人都没好处。然而，当我拿起我的号，吹上一段爵士舞曲时，不管这段舞曲是好是坏，人们都会很高兴。音乐进入了他们的腿脚里，也进入了他们的血液里。唯一有意义的就是这个。看看舞厅里，长久的停顿过后，当强劲的音乐再次奏起时，人们的那一张张脸，他们的眼睛里闪着亮光，腿不由自主地抽搐着，开始放声大笑。这才是做音乐的理由。"

　　"你说得非常好，巴伯罗先生。可世间不只有感官上的音乐，还有灵魂上的音乐。除了此时此刻真的在演奏的音乐，还有一类永远不死的音乐，就算不演奏，也永远会在人的心中流传下去。一个人独自躺在床上会想起《魔笛》或《马太受难曲》中的一段旋律，这种音乐就没有人吹长笛或把琴弓放在小提琴上。"

"这是肯定的，哈勒尔先生，很多孤独的人夜里做梦时也会想起《渴望》或《巴伦西亚舞曲》。就连办公室中最可怜的打字员也会想起时下最流行的狐步舞曲，还能跟着它的节奏打字。你说的是对的。那些孤独的人想起无声的音乐，不管是《渴望》，还是《魔笛》，还是《巴伦西亚舞曲》，我都不会怨恨他们。可他们那些孤独、无声的音乐是从哪里来的？还不是我们这些音乐家做出来的。作品最先出来时肯定会演奏，会有人听到，肯定进入了人的血液里，然后才会有人坐在自己的房间里听到它，梦到它。"

"我同意你说的，"我冷冷地说，"可把莫扎特的音乐与时下最流行的狐步舞相提并论并不妥当。你为人们演奏高贵、永恒的音乐，与你为人们演奏那些时下最流行的、明天就会被人们忘记的廉价的东西是不一样的。"

巴伯罗从我的语调中感觉出我激动了，就马上露出他那最友善的表情，关爱地抚摸着我的胳膊，用一种令人难以置信的温柔的语气对我说：

"啊，我亲爱的先生，你文化水平高，你说的可能非常正确。你把莫扎特、海顿的音乐同《巴伦西亚舞曲》放在一个什么样的水平上比较，我是没什么话说的。对我来说，这些音乐都一样，都是音乐。至于哪种层次高，哪种层次低，我说了并不算。比如莫扎特，一百年后还会有人演奏他的音乐，而两年后也许就没人弹《巴伦西亚舞曲》了——我觉得我们就把这事交给上帝去判断吧。上帝是良善的，我们的寿数都被上帝掌控着，每一支华尔兹舞曲与每一支狐步舞曲也被上帝掌控着。上帝肯定会做出公正的评判的。但我们这些搞音乐的，只是依照各自的责任与天赋演奏自己的那个部分。我们演奏的都是人们很需要的，我们只能尽量演奏好，尽量演奏得美，尽量演奏得有感觉。"

我轻叹一声放弃了努力，说服这个家伙是不可能了。

很多时候，新的东西与旧的东西，痛苦与快乐，恐惧与欣喜总是很难奇怪地混在一起。我时而觉得自己进入了天堂，时而又觉得自己堕入了地狱，一般来说，这两种感觉总是同时出现。过去的那个哈里与如今的这个哈里此刻就在苦战，而在下一刻，他俩又会很平和地相处。很多时候，过去的那个哈里似乎就要死掉了，就要完蛋了，死后被埋了起来，然后突然间，他就又活了过来，又在发号施令，蛮横地统治，更深地了解着情况，直到那个小的新生的哈里因为感到了莫大的羞愧沉默下来，让别人把自己推到了墙根那里。而在别的时候，这个年轻的哈里又会紧紧抓住老哈里的喉咙，用尽全力想掐死他。这时候就会冒出来很多的呻吟声，出现很多殊死的搏斗，还会多次想到那把剃刀的刃。

然而，痛苦与快乐往往像波浪一样同时涌进我的心里。就是在这样的一个时候，在我第一次当着众人的面跳舞后的几天，我在夜里走进我的卧室，但让我感到不可言说地惊讶、沮丧、恐惧与狂喜的是，竟然发现那个叫玛丽亚的漂亮姑娘正躺在我的床上。

　　在赫尔米娜为我预备的所有的惊喜中，这一个算是最热烈的了。因为我丝毫不怀疑就是她把这只"极乐鸟"送到了我的屋里。我那天依旧没有跟赫尔米娜在一起。我去大教堂看一场古圣乐的独唱会，这是一场美丽却忧郁的心的旅程，进入了我过去的生活中，来到了我年轻时的那片领地上，也进入了我那个理想化的自我的疆域中。在高高的哥特式的教堂底下，在稀疏的灯光摇曳中，它的拱顶如幽灵般来回晃悠，我在这样的氛围中听着布克斯泰胡德、帕赫贝尔、巴赫、海顿的作品。我又走在了那条亲爱的老路上。我听到了一个专门演唱巴赫作品的歌手那美妙的声音，我和这个人过去是朋友，我们曾在一起享受过很多美妙的音乐时光。透着不朽的高尚与圣洁的古老音乐的音符，唤醒了年轻生命中一切醉人的魔力与激情。我坐在神圣的唱诗班中间，面露悲伤，心不在焉。在这个神圣的世界中，在这个曾是我的家的世界中，我仅仅是作为一名客人短暂地停留一个小时。我听着海顿的一首二重唱，泪水突然涌上眼眶。我没等到演唱会结束。我丢掉了再次遇到那位歌手的想法（这样的演唱会过后，我曾与那些艺术家共度过多少美妙的夜晚！），从大教堂里溜了出来，拖着疲惫的步子走在黑暗而狭窄的街上，一家家的餐馆后面随处可见一支支的爵士乐队演奏此刻我正在过着的那种生活的乐曲。哦，我把我的生活过成了一团乱麻！

　　今夜我浪荡在街上，很长久地想着我同音乐的关系，并非第一次认识到了这种如整个德国精神的命运惊人、致命的关系。德国精神被女权制、贫瘠的思想与本性上的喜好，以霸道的音乐的形式统治着，都恶劣到了其他民族不了解的地步。我们这些知识分子，不去像真正的男人那样，与这种恶劣的倾向抗争，不服从于灵魂、哲理、福音，听取灵魂的声音，反倒梦想着一场无声的演讲，说出那些不可言说的东西，赋予那些没有形式的东西以形式。德国的知识分子不去尽最大努力真实、诚恳地扮演好各自的角色，反倒不时反抗福音、理智，向音乐献殷勤。因此，痛饮着音乐，痛饮着制造出的各种美妙声响，痛饮着永远都不会转化为现实的美好情感与感觉的德国精神，就丢掉了自己身上原本很实用的那一大部分，让它腐烂了。我们这些知识分子都不是现实的。我们对现实感到陌生，又痛恨现实。因此，德国的知识分子在本国的现实中、在本国历史中、在本国的政治与公共观点中，所扮演的角色始终都让人感到悲哀。唉，我总在想这些事，有时也很想去做一些现实的事，让自己变得严肃起来，肩负起些责任，而不是永远让自己浸淫在对审美、知识和艺术事业的追求上。然而，我的这种努力到头来也只是向命运低了头，没了结果。工业中的那些大人物说得很对。我们这些知识分子屁都不是。我们只是一群多余的、不负责任的家伙，整天就知道瞎唠叨，现实在我们眼中没有一点意义。我痛骂着自己，让自己的心思又回到了剃刀的刀刃上面。

就这样，我的脑袋里装着很多的思想，耳边回荡着音乐的声音，沉重的心里充满了悲哀，以及对生活、感觉和一切消失了再也不能回来的美好事物的绝望，终于回到了自己的家。我爬上楼梯，打开客厅的灯，想看会儿书，却根本看不进去，我想到了下次的约会，明天晚上就要去塞西尔酒吧了，到时候人家又要逼迫我喝酒、跳舞。我这样想着，不但痛恨自己，更痛恨赫尔米娜。她也许是一片好心，也许有着最好的善意，也许可以成为一个非常好的人，本该让我寂寞地死掉，却把我硬拽进那个令我晕头转向的轻浮的世界里面，我在那里永远像个局外人，在那里，我身上最好的部分腐化了，堕落了。

于是，我伤心地熄灭了灯，去了卧室，开始伤心地脱衣服，可就在那时，我闻到了一股从未闻到过的气味。那是一种淡淡的香味，我朝四下看着，就发现那个叫玛丽亚的漂亮姑娘正躺在我的床上，蓝色的大眼睛中略微透着些吃惊，微笑着看我。

"玛丽亚！"我惊叫道。我的脑袋里冒出的一个想法就是女房东若知道了这件事肯定会提醒我的。

"我来你家了，"她温柔地说，"你生气吗？"

"不，不。我明白了，赫尔米娜把我这儿的钥匙给你了。对不对？"

"没错，你要是生气了，我现在就走。"

"我没生气，亲爱的玛丽亚，快留下吧，不要走！也许明天我就好了。"

我俯下身体看着她，她用一双有力的大手抱住了我的脑袋，朝下拉，给了我一个长长的吻。然后，我在床边挨着她坐下，抓住她的一双手，求她说话小声些，免得叫别人听见，然后又看着她那张漂亮的圆圆的脸，那么奇怪、那么美妙地躺在我的枕头上，看起来就像一大朵花。她拉过我的手，轻轻放在她的唇上，又把它拉到她的衣服底下，放在了她那温热、均匀起伏的胸脯上。

"你用不着高兴，"她说，"赫尔米娜对我说你有烦心事。谁都能看出来。那你告诉我，你现在还喜欢我吗？那天，我们跳舞的时候，你可是很爱我的。"

我吻着她的眼睛，她的嘴，她的脖子，她的乳房。就在刚刚，我想起赫尔米娜时还是一肚子的气，如今我抱着她送我的这份礼物，心里不由得萌生出对她的感激。玛丽亚怜爱的抚摸没有伤害到我那天晚上听到的那些圣乐。她的抚摸配得上那些圣乐，配得上它的成就。我慢慢地脱掉遮盖着她那美丽胴体的衣服，吻着她的整个身体，向下，向下，再向下，一直吻到了她的脚。当我躺在她的身旁，她那张花一样的脸就冲着我笑，目光中透出了会意与满足。

那天晚上，我躺在玛丽亚身旁，没睡多少觉，却睡得很沉，很安静，像个孩子。不睡的时候，我就尽情地吮吸她那美丽温热的肉体，我俩小声说着话，从她嘴中了解了几件关于她、关于赫尔米娜的很有趣的事。她们的生活的这一面是我从未了解过的。只是在那个戏剧性的世界里面，尤其是在年轻的时候，我才碰到过类似的事——女人和男人一样，活着，也是一半为了艺术，一半为了享乐。此时此刻，我第一次朝这种生活里面窥视，这种生活因为不一样的单纯和不一样的堕落而显得十分特别。这些姑娘多数都是穷苦出身，却太聪明，太漂亮，不愿这辈子为了活着就拿着低薪，在无趣中过日子，而是有时会临时找些事做，有时又会靠自身的魅力和放荡的性情赚钱享乐。她们有时会找份蹲办公室的工作，在打字机旁坐上一两个月，有时又去做那些有钱人的情妇，从人家那里要些零花钱和礼物；她们有时穿毛皮大衣，坐豪华轿车，住豪华大酒店，有时又会在阁楼上安身。尽管在某些情况下，有人会向她们求婚，使她们萌生出结婚嫁人的念头，但她们根本不想这样。她们当中有很多人几乎没有爱的意愿，只是为了钱，只是因为男人开出了最高的价钱，才会交出自己的身体。别的人（玛丽亚就是这种姑娘），在爱情上有特殊的天赋，没有爱就活不下去，多数的爱情都是在和人（既有男人，也有女人）做爱的时候产生的。她们活着，只为了爱，除了正式的、富贵的朋友，也常和别的人做这种事。这些姑娘就像美丽的蝴蝶，终日忙忙碌碌，勤奋得很，被爱驱赶着四处跑，心儿又轻盈，人又聪明，无忧无虑地活着，有时单纯得像个孩子，有时又奢靡无度；她们人格独立，不会被随便哪个人收买，在好运气和好天气中吸取好处，热爱着生活，却又不像中产阶级那样死死抓着生活不放，总是乐意追随哪个童话中的王子去他的城堡，却又总是确信有一个悲哀艰难的结局早就给她们准备好了，尽管她们几乎意识不到。

　　在第一个美妙的夜晚以及接下来的那些天，玛丽亚教会了我不少的事。她教我各种迷人的做爱的花样，教我如何享受肉体上的快乐，还让我有了新的认识、新的见解，对于爱的新的看法。那个充满了跳舞与享乐的世界，在我这个隐士、唯美主义者看来总是低俗龌龊又下流，但在玛丽亚、赫尔米娜和她们的那些朋友眼中既单纯又简单。那个世界说不上好，也说不上坏，说不上爱它，也说不上恨它。在这个世界里，她们那短暂却热烈的生命像花一样开了又枯萎了。她们待在这个世界里，如同待在自己家里一般闲适自在，了解它的方方面面。她们就像我们这些诗人、作曲家，也会在一家饭店点瓶香槟喝或者点一道很特别的菜来尝尝，也像我们对尼采或汉姆生那样，对时下最流行的舞或哪位爵士歌手的哪首滥情的歌曲表现出极大的热情、狂喜与爱恋。玛丽亚跟我说到了那位吹萨克斯的叫巴伯罗的帅小伙儿，还说到了他有时会对她们唱的一首美国歌曲。她说起这事时，完全沉浸在了钦佩与爱恋中，她的这种迷醉与某个很有文化的人在艺术上所取得的最罕有、最杰出的成就带给我的那种狂喜相比，给我的感动要深得多，留给我的印象也深得多。我愿深深地表现出我们之间的那种共同的情感，成为她嘴里的那首歌，不管那是一首什么样的歌。玛丽亚如火般热烈的话语和她那张透着无限热望的脸，在我的审美世界中撕出了一个大口子。在我眼中，那一定是仅次于莫扎特的一种美，是一种不可分割的统一的美，是一种小巧而精练的美，是一种超脱所有纷争与怀疑的美，但这种美的界限又在哪里？我们这些鉴赏家、批评家年轻时难道没有对那些如今被我们怀疑、让我们感到沮丧的艺术品和艺术家倾注那么深的爱恋吗？我们当中的很多人在评述李斯特、瓦格纳，甚至是贝多芬的作品时不就是这样吗？玛丽亚听到这首美国歌曲时绽放出的那种如花般幼稚的情感，不是就跟那些学院派的大人物听瓦格纳的《特里斯坦与伊苏尔德》时所感受到的那种狂喜，或者听贝多芬的《第九交响曲》时所感受到的那种极度的兴奋一样吗？不都是一种毫无疑问的单纯、美好与高贵的艺术体验吗？这不刚好同巴伯罗先生的看法出奇地一致，证明他是对的吗？

玛丽亚好像也极其喜欢这个叫巴伯罗的帅小伙儿。

"他当然长得很美，"我说，"我也很喜欢他。不过你要告诉我，玛丽亚，你怎么也会喜欢我呢？我长得又老又丑，又让人讨厌，头发也花白了，又不会吹萨克斯，又不会唱什么英语情歌。"

"别说这种丧气话，"她责备我道，"爱不就是一件很自然的事吗？我也喜欢你，就是这样。你身上有些东西让我感觉很美好，让你显得很可爱，让你与众不同。我觉得你和别人没什么两样。爱就是一种感觉，是说不出来的。听着，在你吻我的脖子和耳朵的时候，我就觉得我喜欢你，你也喜欢我。你吻我的时候，我觉得你有些害羞，你吻我，我仿佛听到了这样的话：'他喜欢你。他感谢你长得这么美。'这让我觉得非常非常快乐。然后，我跟别的男人在一起时，就是一种完全不同的快感了，他吻我的时候，似乎完全不在乎我的感受，只是想干我。"

我们又睡着了，然后我又醒了过来，发现我还在搂着
她，搂着我这朵无比美丽的花。

说来奇怪，这朵美丽的花始终都是赫尔米娜送给我的礼
物。赫尔米娜还像以前那样站在她的身前，用一副面具遮盖住
她的脸。然后，我突然想起了艾莉卡，这扰乱了我的心——艾
莉卡，我那遥远的、愤怒的情人，我那可怜的朋友。她长得几
乎不比玛丽亚差，只是不像玛丽亚绽放得那么开，那么有活
力，她更内敛，也不精于做爱的小艺术。她似乎在我的跟前站
了一会儿，她的形象清晰而痛苦，两眼满含着爱恋深深地编织
进了我的命运里，然后就又隐退了，消失在了我的睡梦中，消
失在了令我感到有些惆怅的远方。

在那个温柔而美好的夜晚，我的生活的很多画面浮现在
我的眼前，而我，长久以来一直生活在没有色彩的贫瘠的荒漠
中。如今，有了爱神的触摸，这些画面的根源都敞开了，情欲
开始如水般流淌。总的来说，当看到我的生活如画廊般美妙多
彩，看到我体内的那匹可怜的荒原狼在高高的永恒星辰的照耀
下背负着拥挤混乱的灵魂前行时，我的心仍处在悲伤与欢喜的
夹攻下。我的童年，我的母亲，微微地变了形，出现在我的眼
前，就像站在高高的山顶上朝着远处蓝色的大海瞥了那么一
眼；我的友谊的祈祷文，从赫尔米娜的灵魂上的同胞兄弟、那
个富有传奇色彩的赫尔曼开始，如小号声清亮地唱了出来；很
多的女人的形象从我的身旁飘然而过，每个人的身上都散发着

只有水面上湿润的海葵才会有的那种高贵的香味，这些都是我爱过、渴望过、歌唱过的女人，我很少赢得她们的爱，也很少去争取赢得她们的爱。我的妻子的形象也出现了。我曾和她生活多年，是她教我懂得了友谊、争吵与顺从。我们的婚姻生活纵然有那么多的缺点，但我对她的信任，直到她对我破口大骂、突然弃掉我的那天都没有变，我当时感到一阵恶心，也觉得身体很不舒服。如今回头看这一切，我终于明白，我对她的那种深深的爱与信任，或许就是她当初背叛我、在我的整个生命中割下那么深的一个口子的原因。

这些画面——有数百幅吧，有的有名字，有的没有——统统回到了我的脑海里。它们从这个爱的夜晚喷涌而出，被赋予了新鲜的意义。我又一次懂得，在我孤苦无依、无比凄惨的时候，我竟然忘了它们正是我的财富，正是因为有了它们，我的生命才有了意义。这些如天上的星一般永远不变的体验，尽管被我忘记了，却永远不会磨灭。正是它们组成了我的生命，正是它们放射出的繁星般的光为我的存在赋予了价值。我活着，心累得很。我活着，在悲伤的迷宫中游荡，最后除了放弃与虚空，我什么也没得到。我活着，生活中充满心酸与苦涩。然而，生活还是值得一过，生活也可以过得丰富得令人感到骄傲。正是因为有了苦涩，生活才变得尊贵。就让寻死的那条小路自生自灭吧，就让它迷失在悔恨中吧，反正我过的这种生活是高贵的。我的生活有目的、有特色，我活着，吸引我的不是鸡毛蒜皮的小事，而是天上的繁星。

时间过去了，很多的事情发生了，很多的东西也变了，过去的那个夜晚的情景，我们在深深的温柔的爱恋中说过的话，做过的事，我只能想起来一点，只能想起从做爱后的疲倦所致的沉睡中清醒过来的那几个时刻。然而，那个夜晚，在沉沦以后，第一次让我又感觉到了我的生命散发出的坚定的光辉，让我又一次认识到了运气就是命运，并且将我的存在的废墟视为了神圣的碎片。我的灵魂又能呼吸了。我的眼睛睁开了。有几个时刻，我火热地感觉到，只须将我化为碎片的形象再捡起来，将我作为哈里·哈勒尔过的日子与作为荒原狼过的日子抬高，重新结合在一起，组合成一个整体，就能让自己进入那个充满想象力的世界中，就能让自己成为不朽的人。那这样看来，这不就是为每一个人的生命的进程所设定的目标吗？

早上，我们一起吃过了饭，我只得偷偷地把玛丽亚带出了我的房子。那天晚些时候，我在附近的一个区租下了一套小房子，作为我们幽会的地点。

我的舞伴赫尔米娜说话算话，现了身，我就只好跟她学跳波士顿舞。她这个人脾气执拗，意志坚定，绝不会让我耽误一堂课，因为都已经定好了，我要作为她的舞伴去参加那个化装舞会。她问我要钱买了些服装，却死活不对我说她的事。她还是不让我去看，甚至连她住哪里也不告诉我。

这次的体验（大概距离化装舞会开始还有三周吧）出奇

地棒。我似乎觉得玛丽亚是我第一个真正爱过的女人。我总想在我爱的女人身上发现什么灵魂啊、文化啊之类的东西，可即便是在最有文化、受教育程度最深（相对来讲）的女人那里，我也找不到与我合拍的理念，女人只是排斥这种东西。同女人在一起时，我的脑袋里总装着这些问题、思想，在我看来，我对于那些几乎没读过书，几乎不知道读书是怎么回事，连柴可夫斯基和贝多芬也分辨不出来的姑娘的爱绝不会超过一个小时。女人根本不需要这些间接的替代品。女人的问题都是直接源于感觉。女人所从事的行业以及为自己设定的整个任务只源于各种感官上的快乐，只源于她的特殊的体形、她的肤色、她的头发、她的声音、她的皮肤，她的脾气；只源于动用身体的每一种官能，身体的每一个曲线、线条和最温柔的姿态，在爱人那里发现一种回应的感觉，在她们心中立即激起一种回应性的快乐。在我羞怯地同玛丽亚跳过那次舞以后，我就知晓了这一切。我闻到了一种极棒的、精心培育的感觉散发出的香味，品尝到了这种感觉散发出的魅力，并且为其深深迷醉。当然了，无所不知的赫尔米娜把这位叫玛丽亚的姑娘引见给我并不是平白无故的。玛丽亚浑身飘香，又有着夏日和玫瑰的一切好处。

　　不幸的是，我并不是玛丽亚唯一的情人，也不是她最爱的一个。我只是她的很多情人中的一个。她总是没时间陪我，往往每天中午只陪我一个小时，晚上很少去我那里。她从不张口问我要钱。赫尔米娜注意到了这一点。但她喜欢礼物，比如，我送她一个新的红色的漆皮小钱包时，总会在里面偷偷地放上两三块金币。其实，她总笑话我送她红色的钱包。钱包很漂亮，只是很便宜，样式也早过时了。在此之前，在这些事上，我的经验少得可怜，就像我几乎不懂爱斯基摩语。我从玛丽亚身上学到了不少东西。我最先学到的是，这些小玩意儿不只是厂家和商家出于贪图利益的目的造出的无用的小东西。恰恰相反，它们是一个小的——或者说得更确切些——是一个很大的世界，这个世界富有权威，又美，又多面，有很多讲究，但总的目的只有一个，就是一切为爱服务，让感觉变得更加精妙，赋予我们周围的这个死的世界以生命，用新的工具——比如从香水、香粉到舞鞋，从戒指到烟盒，再从腰带到手提包——赋予其魔力。于是，手提包就不再是手提包，钱包不再是钱包。花也不再是花，扇子也不再是扇子。这些东西都是富含爱意、魔力与快乐的塑料物质。每一样东西都是信使、走私犯、武器、喊杀声。

我时常在想玛丽亚真爱着的人是谁。我想她爱的一定是那个吹萨克斯的叫巴伯罗的小伙子，那小伙儿有一双忧郁的黑眼睛，手修长而白，与众不同，也是忧郁的。我总觉得巴伯罗是个有些困倦的情人，被惯坏了，抱着消极的看法活着，可玛丽亚信誓旦旦地对我说，得用很久的时间才能唤醒他，然后他就会比任何一个职业拳击手或骑术教练都更有活力、更有冲劲儿、更邪恶。

就这样我知道了这个人或那个人（其中有爵士音乐家、

演员、很多的女人以及我们这个圈子里的诸多男女）的很多的秘密。我慢慢看清了我被引入的这个世界表面之下的很多的结盟与仇恨，尽管对我来说，在这个世界里我还是完全陌生的人，但别人跟我说话都不防我。我也知道了赫尔米娜的很多事。然而，我看得最清的，就是玛丽亚真正爱的是巴伯罗先生。她有时也会让自己吸食他偷偷弄来的毒品，也会为我弄些，让我乐一乐，而巴伯罗总是很愿意为我着想。有一回，他直接对我说："你过得很不快乐。这样太糟糕了。人不能这样活着。看你这样，我很伤心。来点鸦片吧。"我对这个快乐、聪明、孩子气又深不可测的小伙子的看法就此慢慢变了。我们成了朋友，我常从他那里拿些药来吃。他觉得我同玛丽亚的关系很有意思。有一回，他在郊区一家酒店的顶楼他的住处为我们表演。他那里只有一把椅子，因此我和玛丽亚就只好都坐在他的床上。他从三只小瓶子里为我们每人倒了一杯东西，这东西神秘又奇妙。然后，在我心情好起来以后，他两眼放着光，提议我们三个人好好地搞一场性交。我断然拒绝了。这种污秽的勾当在我是不可想象的。然而，我还是偷偷地瞥了一眼玛丽亚，竟发现她的眼睛也闪着光，还说不搞这事让她觉得好遗憾。巴伯罗看我没同意显得很失望，却没受到伤害。"真可惜，"他说，"哈里太正派了。什么都不敢做。不过，这事做起来十分美妙，真的十分美妙！但我有了别的主意。"他分给我们每人一支鸦片烟让我们抽，我们几个就睁大眼睛一动不动地坐着，感受着他说的即将出现的奇妙情景。玛丽亚兴奋得浑身颤抖。我吸了这东西，觉得有些不大舒服，巴伯罗就把我搀扶到床上，给了我一点喝的，让我躺下了。然而，就在我闭着眼睛躺着的时候，感觉到每个眼皮上有气息流过，是谁在吻我。我没有拒绝，假装是玛丽亚在吻我，其实我心里清楚得很，吻我的人正是巴伯罗。

然后，一天晚上，他又让我吃惊了一次。他去了我的房间，对我说需要二十法郎，问我愿不愿意借给他。作为回报，那天晚上他把玛丽亚让给我睡。

"巴伯罗，"我震惊了，说道，"你都不知道自己在说什么。用女人做交换在我们之间是最龌龊、最卑鄙的勾当。就当我没听到你刚才说的话，巴伯罗。"

他一脸遗憾地看着我："你不想这样，你不想，哈里先生。很好。你总是给自己找罪受。如果你真的不愿意，今晚也可以不跟玛丽亚睡。不过那二十法郎你还是要借给我。我会还给你的。我急用。"

"干吗用？"

"给阿格斯蒂诺用，就是我们乐队的第二小提琴手，你知道的。他都病了一个星期了，没人照顾他。他连一个子都没有，这会儿我也没有。"

一半是出于好奇，一半也是为了责罚自己，我就跟他一同去看阿格斯蒂诺。这个小伙子住着一间阁楼，破烂得很，巴伯罗为他买了牛奶，还有药。他为他朋友铺床，开窗户透气，又做了一个很专业的敷布放在了生病小伙儿发烧的脑袋上，他的动作又敏捷，又轻柔，又有效率，就像一个专门看护病人的护士。也是在这天晚上，我看到他在城市酒吧一直吹奏到了第二天黎明时分。

我常跟赫尔米娜详细地聊玛丽亚的事，聊她的手，她的肩膀，她的屁股，还有她大笑、接吻、跳舞的样子。

"她没让你见识过这个吗？"有一回，赫尔米娜向我描述了一种很奇怪的接吻方式。我让她做给我看，可她死活不肯："对你做这个太过了。我还不是你的情人呢。"

我接着问她怎么知道玛丽亚是那么接吻的，还问她怎么知道她的那么多的秘密，要知道，那些秘密只有情人之间才会知道。

"哦，"她叫道，"我们毕竟是朋友啊。你觉得我们之间会有秘密吗？我得说你弄到了一个好姑娘。她比哪个姑娘都好。"

"可是，赫尔米娜，我确信你们之间是有秘密的，我的事你也都跟她说了吗？"

"没，这是两码事。这些事她就是听了也不懂。玛丽亚妙极了，你还真走运，但你我之间有些事她根本不知道。我自然跟她说过你的不少的事，比你此刻想让我说的要多得多。我为了你必须把她给弄到手，明白吗？但不管是玛丽亚还是谁，都不如我更懂你。而且，我从她那里知道了你的一些事，因为她把她知道的关于你的事都对我说了。我对你的了解就跟我们常在一起睡觉差不多。"

　　但我和玛丽亚又在一起时，我才知道她也像搂我那样搂赫尔米娜，也像对我那样，感觉她，吻她，品尝她，查看她的四肢、头发与皮肤，这在我看来真是又奇怪，又神秘。新的、间接的、复杂的关系在我的眼前出现了，爱和生活中的新的可能性也在我的眼前出现了，于是我想到了那篇写荒原狼的论文中说到的人有千种灵魂那件事。

　　在我慢慢熟悉玛丽亚与等着化装舞会到来的那段很短的时间里，我真的过得很愉快，却从未觉得自己就此就自由了，就永远快活了。我本能地觉得这只是个序曲，只是一种准备，一切都在奋力朝前推动，整件事的本质就要浮出水面了。

　　经过这段日子的操练，我的舞技已是十分高超，暗暗觉得在人人都在传说的这次舞会上演好自己的角色还是没问题的。赫尔米娜心里有个秘密。她加着十二分的小心总不告诉我她的服装是什么样的。她说我很快就会认出她的，如果到时候我不能，她就帮我，然而在此之前，她什么都不会告诉我。她根本不想知道我要穿什么去赴那场化装舞会，我呢，就想干脆不要穿太离谱的衣服，正常些就行了。我让玛丽亚做我的舞伴陪我一起去，她却说早就被一位向她大献殷勤的男子约下了，而且还买了票，我很失望，看来只能自己一个人去了。这是这个城市的主要的化装舞会，每年由艺术家协会在环球大厅举办一次。

　　在等待的那段日子里，我很少见到赫尔米娜，但舞会开始的前一天，她到我这儿来了，待的时间并不长。她来取我为她买下的票，陪我在屋里安静地坐了一会儿。我们谈得很深，给我留下了深刻印象。

"你已经做得很棒了，"她说，"真是块跳舞的料儿。不管是谁，只要最近这四周没见过你，再次见到你时，肯定都要认不出了。"

"没错，"我赞叹道，"最近这些年我还没这么快乐过。这都是你的功劳，赫尔米娜。"

"哦，照你这么说，不是玛丽亚的功劳了？"

"不是，她是你送给我的礼物，就像你送出的别的礼物一样。她真的很带劲。"

"你需要的就是这样的姑娘，荒原狼——年轻又漂亮，活得又轻松，又是性爱方面的专家，却又不是每天都在你身旁。如果你没有同别人分享她，如果她不只是个过客，事情就完全不一样了。"

是的，我必须承认她说得很对。

"这么说你想要的东西都得到了？"

"没有，赫尔米娜。事情并不是这样的。我得到了美和快乐，极大的满足，还有极大的安慰。我现在真的很快乐——"

"那你还想要什么？"

"我想要更多的东西。只是快乐还不够。我不是为快乐而生的。追求快乐并不是我的命运。我的命运刚好相反。"

"那就是追求痛苦了？你已经够苦的了，那次你不敢回家，害怕那把剃刀……"

"不是，赫尔米娜，我指的不是这事。我实话对你说，那次我是真的痛苦。可那是一种很愚蠢的痛苦，不会让我得到任何的东西。"

"为什么这么说？"

"因为我想死的时候本不该怕死的。但我需要、渴求的痛苦是不一样的东西。我渴望那种痛苦，它会让我最终在欲海中死掉。我正在等待着的就是这种痛苦或者快乐。"

"这我懂。我们是兄弟姐妹嘛。可你拿什么来抵抗你同玛丽亚在一起时所获得的那种快乐呢？你为什么不满足？"

"我没有可以抵抗的东西。哦，没有，我爱那种快乐。我感激那种快乐。它在我心中就像湿漉漉的夏日中的一个晴天。但我怀疑它不会持久。这种快乐到头来也只会让我得到虚无。它的确可以让我感到满足，但满足于我并不是粮食。它引诱荒原狼，让他昏昏欲睡，满足他的欲望。但它并不是一种可以为之去死的快乐。"

"那照你这么说，死亡就不可避免了，对吗，荒原狼？"

"我想是这样，真的。我的快乐让我得到了满足，我会心怀满足活很久。然而，有些时候，当快乐抽开身，得到片刻的休息朝四下张望，渴望别的东西时，我心中涌出的渴望就不是永远地保持这种快乐，而是再一次地受苦，受比以前更美、更高尚的苦。我渴望的是那种可以让我愿意去死的痛苦。"

赫尔米娜突然显出一脸的忧伤，用温柔的目光注视着我。那是一双多么美丽、恐惧的眼睛！她把她要说的话一个字一个字地捡起来，拼贴到一起，用一种缓慢、极其低沉的声音对我说，声音低得让我费了好大的劲才听清她说的是什么。她说：

"我今天要对你说一件事，这件事我埋在心里很久了，你也知道我要说的是什么，不过，可能你从未对自己说起过它。我要对你说的是我对你的理解，对我的理解，还有对我们的命运的理解。你，哈里，一直是个艺术家、思想者，是一个充满快乐与信仰的男人，总是在通往伟大与永恒的路上走着，永不满足于微不足道的事情。但生活越多地唤醒你，让你从幻想中清醒过来，你的需求就越大，笼罩着你的痛苦、恐惧、绝望就会变得越深重，直到你快被它们淹没。你曾经熟知、热爱的，被你视为美丽、被你尊为神圣的东西，你曾经对于人类以及我们的高贵命运所怀有的一切信念顿时没了用处，没了价值，变成了一堆碎片。你的信念再也找不到可以呼吸的空气，最后只能落个窒息而死的下场。我说得对不对，哈里？这是不是就是你的命运？"

我又点了点头。

"你的心中有一幅生命的画面，有一种信念、一种挑战，你愿意做些成绩出来，愿意受苦，愿意牺牲。然后，你慢

慢地认识到，这个世界并不需要你做什么，也不需要你牺牲什
么，生活并不是一首英雄的诗篇，英雄可以在里面扮演各自的
角色等。并不是这样，生活只是一间舒适的屋子，人们住在里
面，只是吃吃喝喝，喝杯咖啡，打件毛衣，玩玩牌，听听收音
机就很满足。无论是谁，只要想从生活那里得到更多的东西，
并且心怀这些东西——比如对于英雄和美的渴望，对于伟大诗
人或圣徒的尊重——都是一个大傻瓜，都是堂吉诃德式的人
物。没错，就是这样。对你来说也是一样，我的朋友。我的确
是一个很有天赋的姑娘。我想过一种更高级的生活，想对自己
渴望更多，想做伟大的事。我在生活这出戏中本可以扮演更重
要的角色。我本可以成为哪个国王的妻子，成为哪个革命家的
情人，成为哪个天才的姐妹，成为哪个殉道者的母亲。然而生
活只是允许我变成我现在的这个样子，做一个有着不凡品位的
妓女，可就是这样我也很难做。这就是我的命运。有段时间，
我的心无法得到安宁，就责怪自己。我想，生活最终会好起来
的，如果生活嘲笑我的美梦，那就说明我的梦是愚蠢的，走错
了方向。可这一点儿也没帮到我。我眼睛尖，耳朵灵，又喜欢
打听事，就好好看了看这所谓的生活，看看我的邻居和我认识
的那些人都是怎么过的，我观察了差不多五十个人的生活与命
运，然后就看到了你。我曾想，我的生活的路走对过一千次，
就像你一样。是生活与现实本身错了，错的并不是我。像我这
样的女人，除了在贫困中孤独终老，拿着赚大钱的人发给的薪
水在打字机前毫无意义地混日子，为了钱嫁给一个男人，或者

变成一个苦力，就像你在孤独与绝望中被迫拿起剃刀了却这一生，再没有别的路可以走，这几乎不可能是对的。也许我的问题更现实、更道德，你的问题更多的是精神上的——但我们走的路是一样的。你难道真的以为我不懂你为什么那么害怕跳狐步舞吗？你难道真的以为我不懂你为什么那么不喜欢酒吧、舞厅吗？你难道真的以为我不知道你为什么那么讨厌爵士乐和其余的东西吗？我清楚得很，我知道你同样不喜欢政治，对党派分子和媒体上说的那些闲言碎语、不负责任的玩笑话感到绝望，你也对战争感到绝望，对过去的那场大战和即将到来的大战，对如今人们想的、读的、建立的一切东西，对人们演奏的音乐，对人们搞的各类庆祝活动，对人们所受的教育感到绝望。你是对的，荒原狼，说一千遍也是对的，然而你还是要被毁灭。你对如今这个简单、不慌不忙、容易满足的世界要求得太多了，渴望得也太多了。你的胃口太大了。不管是谁，只要想在这个世界上活下去，享受生活，一定不可以像你我这样。不管是谁，只要他想要的是音乐，不是噪声，是快乐，不是满足，是灵魂，不是金子，是创造性的成就，不是生意，是激情，不是愚蠢的行为，就都不会在我们生活的这个没有意义的世界上找到家——"

说完，她目光向下，陷入了深思。

"赫尔米娜，"我温柔地叫道，"我的妹妹，你看得真透！可你还是要教我学跳狐步舞！可你说像我们这样的要求太多的人就无法在这个世界上生活，这究竟是怎么回事？你怎么会这么想？只是现在这样，还是一直如此？"

"我不知道。为了对我们现在生活着的这个世界以示敬意，我想是现在才这样吧——这是一种病，一种暂时的不幸。我们的领导人竭尽全力盼着下一次大战的到来，并且他们的愿望就要成真了，而我们这些人，却还在跳狐步舞、挣钱、吃干果糖——在这样的一个年代，这个世界是注定要出丑的。就让我们希望别的时候会更好吧，会变得更好、更富足、更宽广、更深。但这么想对我们现在没有一点用处。也许事情总是一样的——"

"总像今天一样？总是一个充斥着政客、奸商、侍者和寻欢作乐的人这样的世界？连口活气儿就不给人留？"

"我不知道。谁也不知道。反正这个世界一直都是这样的。但我此刻正在想你曾对我说的、你曾给我读过他的信的你最喜欢的那个人——莫扎特。他在他的那个时候是怎么生活着的？在他生活的那个年代又是谁掌控着一切、充当主宰者、赋予某些事物以特点并且又依赖于哪些事呢？是莫扎特，还是生意人？是莫扎特，还是凡人？他又是怎么死的？怎么被埋葬的呢？也许我想说的意思就是，这个世界过去是这样，以后也永远会是这样，我们上学的时候学的所谓的历史，我们用心记住的那些天才、英雄、伟大的事迹与美好的情感，不过是学校的老师为了让学生们在接下来规定好的几年内有事可做胡编乱造出来的。其实事情一直都是这样的，并且永远会是这样。时间和这个世界，金钱和权力，只属于小部分的人，只属于浅陋的人。至于其余的人，真正的人，几乎一无所有。除了死亡，什么也没给留下。"

"就没有别的了吗？"

"有的，不朽。"

"你指的是世代流传的一个名字，一个名声？"

"不是，荒原狼，不是名声。名声有价值吗？你以为所有伟大、真实的人都有名吗？都会被世代的人记住吗？"

"不，当然不是。"

"那我说的就不是名声。名声只在教育这层意义上才有，名声都是那些教书的老师弄出来的。不，我说的不是名声。我说的是不朽与永恒。换个神圣的说法，就是上帝的国。我对自己这样说：如果在这个世界的空气之外没有另外的一种空气存在，如果在时间的背后没有永恒存在，我们这些人要求太多就不能呼吸，就不能活，这就是真理的王国。莫扎特的音乐就属于这个范畴，你读的那些伟大诗人的诗篇也属于这个范畴。制造奇迹、以身殉难、为世人做出好榜样的圣徒也属于这个范畴。但每一种真正的行为的形象，每一种真实的情感的力量，同样属于永恒的范畴，尽管没人知道过它，看到过它，记录过它，或者曾将它传给后世。永恒中是没有后世一说的。"

"圣人们，"她若有所思地继续说，"毕竟知晓这一切。因此他们才组织了圣徒，创建了所谓的圣教。圣徒也就是真正的人，救世主耶稣最年幼的兄弟。在我们这一生中做的每一个善行、每一个勇敢的思想、每一个爱的行为，都在靠近他们。圣教在最早的时候是由金色天堂中的画匠画出来的，那里有万丈的金光，美妙又安静，圣教不是别的，就是我刚才说的所谓的永恒。时间和形象的另外一面就是天国。我们属于天国。我们心向天国。就是因为这个，荒原狼，我们才渴望死亡。在那里，你会再次见到你的歌德、诺瓦利斯，还有莫扎特，而我，会再次遇见我的圣徒，如圣·克里斯多夫、内里等。到那时，甚至连罪恶、邪恶也能变得圣洁。你也许会笑我，但我常常想甚至连我的好朋友巴伯罗也是一个戴着面具的圣徒。啊，哈里，我们必须在污秽与谎言中摸爬滚打才能回到各自的家。没有人指引我们。我们唯一的向导就是我们对家的思念。"

说完最后一句话，她的声音就又低沉了下去，这会儿屋里出奇地安静。太阳正在落下去，暮光照亮了我那些书背后的烫金的字。我搂着赫尔米娜的头，吻着她的额头，让我的脸紧贴着她的脸，就好像她是我的妹妹，我们就这样待了一会儿。我哪儿都不想去，就想在屋里这样待着，再也不出门。可玛丽亚早就跟我约好了，让我今天晚上去找她，这是盛大化装舞会开幕前的最后一个晚上了。

在我去找玛丽亚的路上，我想的不是她，而是赫尔米娜刚才对我说的那番话。我好像觉得说这番话的人不是她，而是我。她说它们的时候仿佛是个神视者，把它们吸进自己体内，赋予了它们形式，又以新的面貌返回给了我。我特别感谢她刚好在这个时候说出了自己内心的想法。我需要它，因为没有它，我就不能活，却也不能死。这种超越一切，超越无限，超越拥有无限价值与神圣物质的世界的神圣感觉，在今天由这位教我跳舞的朋友还给了我。

我被迫想起了我做的那个与歌德有关的梦，想起了这个自认为无所不知的老头儿，摆出一副不朽者的派头，那么无情地大笑，那么冲我开玩笑。我第一次懂了歌德为何要那么大笑，也懂了那些不朽的人为何那样大笑，那是一种毫无缘由的大笑，是一种轻盈的、理智的大笑。一个真正的人经历了所有的苦难、罪恶、错误、激情、人类的误解，穿越了永恒，进入了宇宙中，留下的就只有这种大笑。永恒不是别的，只是救赎时间，回归纯真，也就是再次变形，进入宇宙中。

我去我和玛丽亚常去的那家餐馆与她会面。可她还没到，我就在这家安静、隐蔽的餐馆找了个座位等她，这期间，我还在想我和赫尔米娜刚才的那次交谈。我和她之间涌现出的那些想法在我看来是那么亲切、那么熟悉，就像从某个神话中出来的，又像是某个完全由我制造出来的意象。那些不朽的人，在永恒的时空中生活着，沉浸在如苍穹般晶莹的永恒与地球之外这个冰冷、布满繁星、璀璨的世界中，改变着它们，却又为它们迷醉——究竟是为什么，这一切在我看来竟是那么亲切、那么熟悉？在我思考这一切时，莫扎特《室外嬉游曲》与巴赫《十二平均律》中的某个片段涌现在我的脑海里，我好像透过这些音乐看到了布满繁星的宇宙散发出的那冰冷而璀

璨的光，看到了宇宙那清澈透亮的颤动。是的，这些东西都在
那里。在这种音乐中，我感到时间被冻在了宇宙中，而在它之
上，有一种永恒的、超人的宁静，一种永恒的、神圣的大笑在
颤抖。哦，是的，我做的那个与老歌德有关的梦与这种情景也
是那么相贴合！然后，我突然听到这深不可测的大笑就在我身
旁。我听到了那些不朽的人正在大笑。我迷醉了，呆呆地坐在
那里。我的确迷醉了，不由得从兜里掏出一支铅笔，四下里找
纸的时候，刚好看到酒单在桌子上放着。我把它翻过来，在背
面写着字。我写的是一首诗，写完就忘了，直到后来有一天掏
兜时才又发现了它。这首诗是这么写的：

> 生命的激动的波涛，
> 过多的财富，过少的愤怒，
> 绞刑架边缘上死肉的烟雾，
> 从地球上的溪谷中冒出，
> 缓缓升高，抵达了我们的高度；
> 无度的贪婪，痉挛的欲望；
> 杀人犯的手，高利贷者的手，祈祷者的手；
> 一群一群的人被恐惧、欲望、干净的血、温热的血抽打
> 着，嘴里喷出臭气，
> 大口吸着幸福与野蛮的热气，
> 大口吃着自己，又吐出了吃的东西，
> 孵化出战争和美妙的艺术，

像个大傻瓜那样用一股疯狂的劲头儿，

把淫秽的房子装饰得金光闪闪，

穿过天真又好玩的市场，

在自我的腐朽中，

在快乐的怒视下打滚，

为每一个新生的浮起来，

却又为每一个化为尘土的沉下去。

但我们在你们上面，

永远活在冰冷的闪光的苍穹中，

不知道白天黑夜，也不知道时间的划分，

我们没有年龄，也不做爱。

你们的一切罪恶，一切痛苦的自我惊吓，

你们杀人，你们淫荡的快乐，

在我们眼中不过是一场表演，

就像绕着圈走的太阳，

让最长的那天变成日夜；

我们偷窥你们那狂热的生活，

然后在有序流动的繁星中，

让自己焕发了精神；

在我们眼中，我们的呼吸就是寒冬，

讨好着天空中的龙；

我们永恒的存在冰冷，永不改变，

我们永恒的大笑冰冷，如星般明亮。

　　然后，玛丽亚就来了，我们快快乐乐地吃完了饭，我就陪她一起去了我们的小屋。那天夜里她比往日更加迷人可爱，给了我从未有过的温柔与亲密。她给我的爱无比温柔，我觉得那是彻底的放纵。"玛丽亚，"我说，"你今天就像女神给了我那么多。可不要把我俩搞得没了命。毕竟明天就是化装舞会了。明天那个向你大献殷勤的男子会是谁？我很担心会有哪个王子把你带走，我就再也见不到你了。你今晚给我的爱就像即将分别的恋人最后时刻的欢愉。"

　　她把嘴唇凑近我的耳畔，低声对我说：

　　"别这么说，哈里。每一次都有可能是最后一次。如果赫尔米娜带你去，你就不会再来找我。也许她明天会带你去。"

　　我在那段日子有过的那种奇怪的感觉，那种奇怪的悲喜交加的感情的转换，从未比舞会前的那个夜晚来得更为强烈。那是我体验到的一种幸福的感觉。那里有玛丽亚对我的深深的爱，还有她的屈服。那里有吸取的甜蜜而精妙的肉欲上的快乐，还有我直到老年才开始知道、品尝到的百种感官上的欢愉。我就像个泛着波澜的池塘沐浴在甜蜜的欢乐中。而那仅仅是个外壳。里面，一切由于命运的缘由变得有意义而紧张，一切却又那么温柔，迷失在爱中，那些甜蜜而迷人渗透着爱的小玩意儿让我的手脚忙个不停，我显然毫不在意地沉浸在了幸福的抚弄下。我在心底又始终清醒地意识到我的命运，就像一匹受惊的马，正以极快的速度向前狂奔，在恐惧的刺激下，在对死亡最终实现的渴望的驱使下，径直朝着陡峭的深渊飞去、赶去。正如我刚才在恐惧与羞怯中反抗纯粹的肉体上的放荡的欢愉，并感觉到了玛丽亚那大笑着拱手献出的美的恐惧，此刻，我同样感到了死亡的恐惧，但这种恐惧已经意识到自己正在慢慢地转变为屈从与释放。

即使是在我们迷失在静静的深深的爱的迷醉中，我们从未如此亲密地彼此相属时，我也在同玛丽亚道别，将她对我意味着的一切丢在了身后。在一切结束前，我又从她身上学会了让自己像个小孩子那样，停留在生活的表面游戏上，追求转瞬即逝的快乐，在纯真的性爱中既像孩子又像野兽——一种我在早年几乎不知道的、被我视为例外的状态。感官生活与性爱生活在我眼中几乎总是一种伴随着痛苦的负罪感，几乎总是让神圣的人时刻保持警惕的禁果那甜蜜却可怕的味道。如今，赫尔米娜和玛丽亚见识了这个纯真的乐园，我在那里是客人，我要对她们表示感谢。但不久后，我就要继续朝前走了。这个乐园太美好、太温暖了。在为生命的无尽的罪恶承受惩罚时，我要再次努力得到生命的那顶王冠，这就是我的命运。轻松地活着，轻松地爱着，轻松地死掉——这些都不是为我准备的。

从两位姑娘对我说的话中我推断出，在明天的舞会上，或者与其相关的事情上，会有不同寻常的快乐与放荡的行为出现。也许是当时的气氛，也许玛丽亚的怀疑是对的。也许这

是我们在一起睡的最后一个晚上，也许明天早上就会有一种
新的命运出现。我心中充满了烈火一般的渴望，恐惧压迫得
我喘不过气来，我疯了似的紧紧抓住玛丽亚，然后，最后的
一点欲望像一道火光从我的体内喷出来，使我在她的美妙乐
园中四处狂奔，我又一次咬了一口伊甸园中那棵树上的甜蜜
果实。

　　我夜里没睡好，打算白天补觉。洗了个澡，回家后，累
得就像个死人。我拉上卧室的窗帘，脱衣服的时候在兜里摸到
了我写的那首诗，但我又一次忘记了它，在床上躺下了。我
忘记了玛丽亚、赫尔米娜，还有明天的化装舞会，足足睡了
二十四小时。直到夜里我从床上起来刮胡子时，才想到再过一
个小时舞会就要开始了，我必须找一件礼服穿上。我很快活地
将一切收拾停当，出门去吃饭。

　　这是我第一次参加这类化装舞会。年轻时，我的确不时
参加此类活动，有时甚至还会觉得很有趣，却从未跳过舞。我
只是坐在一旁观察别人。我听人家热烈地交谈，快活地玩闹，
总觉得这样很有意思。如今，这一天终于来到，我的心中也充
满了愉快、痛苦的疑虑。由于我没有舞伴，就打算晚些时候再
进去。赫尔米娜也是建议我这么做的。

　　最近这段日子，我很少去钢盔酒吧，先前那里是我的避
难地，失意的人会坐整整一个晚上，让自己沉浸在酒精中，像
个单身汉那样活着。那里已不再适合我如今过的这种生活。然
而今天晚上，我好像被什么东西牵引着不由自主地来到了它的

跟前。在命运和离别强加给我的又惊又喜的情绪中，我那朝圣
者般的生命旅程中的默念的驿站与神龛，又一次捕捉到了那道
源于过往生活的痛苦却美丽的光；这家烟雾缭绕的小酒馆也是
这样，也只是在最近这段时间，老板才认出我是常客，那种朴
素的、可以让我的心踏实下来的乡下酿造的酒，也只是最近才
给了我振作起来的力气，让我可以一个人在床上再度过一个孤
寂的夜晚，再忍受一天生活的折磨。自那个时候起，我品尝过
其他的味道更为浓烈的酒，也呷过滋味更加甜美的毒药。我脸
上带着笑容又进了这家老酒馆。女店主冲我点了点头，算是打
过了招呼，别的安静的酒客也像她一样。我点了份烧鸡，很快
就端到了我的面前。清澈透亮的阿尔萨斯在厚厚的酒杯中闪着
亮光，看着煞是可爱。木头桌子又白又干净，墙板黄黄的，看
着都很友好。我吃肉喝酒的时候，那种凋零、离别的感觉，那
种告别仪式的感觉，那种活在尚未被撕裂的过往生活中的甜蜜
却痛苦的感觉，又回到了我的脑海中。然而，跟这种生活道别
的时刻就要到了。现代人把这种感觉叫作多愁善感。他已经不
再去看那些没有生命的东西了。他甚至都不再爱他最神圣的物
件——他的摩托车了，不过他的心中始终怀有渴念，期待着有
朝一日可以换个新的型号。这种现代人精力充沛，也有能力。
他健康，冷静，冲劲儿十足——很棒的一类人，在下次的大战
中将会成为做事效率极高的人物。但这些我都不在乎了。我不
是现代人，也不是老派分子。我逃脱了时间的追捕，去走自己
的路了，死亡就在我的身旁，死亡就是我的目的地。我不讨厌

多愁善感。在我那被烧成灰烬的心中尚能发现感情的遗迹，让我欣喜，使我感激。因此，就让我对这家老酒馆的记忆，对这家老酒馆中那些结实的木椅子、烟味、酒味的爱慕，对那种洋溢着渴望、温暖、温馨气息的依恋把我带走吧。告别中蕴含着美，告别的语调是温柔的。我爱那硬硬的椅子，我爱那漂亮的酒杯和阿尔萨斯那凛冽纯正的味道，我爱对这间屋子里的一切很熟悉的那种感觉，我爱那一张张低垂着的脸和做梦的酒客。要知道，有很久的一段日子，我都是这些理想破灭的人的兄弟。这些都是中产阶级式的多愁善感，轻轻地加入了一些对于酒馆的旧式浪漫的情感，这种浪漫源于酒馆、美酒、香烟尚属禁物的我的孩提时代——这些东西在我看来奇怪又美妙。但此刻我体内的那匹荒原狼并没有来到我的面前，龇牙咧嘴地要把我的多愁善感撕成碎片。我在过往的生活散发出的强烈的光中安安静静地坐着，然而就在这一刻，它的背景上依然呈现出了一片微弱的晚霞。

　　一位街头小贩进了酒馆，我从他那里买了一包烤栗子。一个卖花的老女人也进来了，我从她那里买下一束紫罗兰，作为礼物送给了女店主。要付账单了，我就摸我经常穿的那件外套的兜，却什么也没摸到，我这才又一次意识到自己身上正穿着晚礼服。我这是要去参加那场化装舞会。我很快就能见到赫尔米娜了！

　　然而时间还早。我无法说服自己立即动身赶赴环球大厅。另外，我觉得——正如我对自己最近碰到的这类享乐活动的态度——我是从心底抗拒这一切的。我不想去那个又大人又多的喧闹大厅。我就像个小孩子，不愿进入那种陌生的氛围与那个歌舞升平的享乐世界当中。

我一路溜达着朝前走，刚好路过一家电影院，灯光让人目炫，墙壁上贴着巨幅彩色海报。我朝前走了几步，然后转身进去了。我可以在那里找个黑暗的地方，安静又舒服地坐到十一点。服务生手里拿着个小手电筒，在前面为我引路，我跟跟跄跄地掀开布帘，进到了黑漆漆的大厅里面，找了个座位坐下了，突然就发现影片《旧约》已演了一半。这类片子名义上都是不收钱的。很多的费用及修改工作早就以一种更加神圣、更加高贵的理由大肆花在它们身上了。每天中午，甚至学童们都由他们那虔诚的老师领着来看。这部片子讲的是摩西和困于埃及的以色列人的故事，有很多的人、马、骆驼、宫殿、气度不凡的法老以及流浪在沙漠中的受苦受难的犹太人。我看到了摩西，他的头发让我想起了惠特曼的画像，那是一个极富戏剧性的摩西，黑色的眼睛炯炯有神，手里拿着一根长棍子，像北欧神话中的主神奥丁，迈着大步，率领着一群犹太人游荡在沙漠中。我看到他在红海边上向耶和华祷告，我看到红海从中间分开，留出一条自由的通路，那是一条很深的路，夹在堆积起来的山那么高的洪水中（被牧师率领着进影院看这部宗教片的孩子们很可能会争论个没完，拍电影的那些人到底是怎么搞出这种特效的）。我看到先知和他手下那些惊骇的人跑到了红海对岸，在他们身后，我看到了法老的战车，埃及人来到海边停下了，脸上露出吃惊的表情。当他们最后鼓起勇气继续追赶时，我又看到如山的海水合在一起淹没了法老戴着金冠的脑袋，他那辆战车以及身后的那些人也都被淹没了。这一幕让我想起了亨德尔的那首为两位低音歌手写的美妙的二重唱歌曲，歌手唱得也真好，歌里描述的就是这回事。然后，我看到摩西登上了西奈山，在处处都是石头的阴郁的旷野中，他成了一个阴郁的英雄，耶和华在电闪雷鸣中向他传授十诫，而他带领的那些凡人在山脚下架起一头金黄色的小牛犊，热热闹闹地尽情庆祝这一幕。我看着这一切，看着圣书摆放在一群心怀感恩的人的面前，让此刻正安安静静地吃着从家里带来的食物的人们掏钱买，觉得好怪，好不可信。圣书中记载着很多的英雄、很多的奇迹，我们小时候看到它时，已经模模糊糊地怀疑到了在我们生活的这个世界之外还有另外的一个世界存在。那不过是一场大规模的清仓大甩卖中偶尔捡起来的一幅漂亮的小画！天啊，与其是这样的一个结果，倒不如当初索性就来个痛快的，让犹太人，其他种族的人，更不要提什么埃及人，统统死掉算了，可不要像我们今天这样，在沮丧中一寸一寸地追求虚假的死亡。真的不要！

我面对即将到来的化装舞会时所感受到的那种隐秘的压抑与未坦白的恐惧，并没有因为影片在我心中激起的感觉而减损一分。恰恰相反，它们抵达了让我深为不安的程度，我得先镇静自己，让自己想想赫尔米娜，才能鼓起勇气去环球大厅，进那道门。天色已晚，舞会早就开始很久了。我很害羞，头脑也是清醒的，还没容我脱掉衣服，就被卷进了戴着面具的人流的旋涡中。人们很亲密地与我搭讪。姑娘们招呼我去有香槟酒的房间。小丑们拍打着我的肩膀，前后左右都有人同我打招呼，仿佛我是他们的一位老朋友。我谁都不搭理，直接挤过人潮涌动的房间，到了衣帽间，衣帽间的票子拿到手以后，我很小心地装进口袋，想着很快我就会厌烦这闹哄哄的场面，到时候还得用。

　　大楼的每个部分都腾出来为这次舞会使用。每个房间里都有人在跳舞，每间地下室里也是一样。过道和楼梯上涌动着无数的面具、跳舞的人、音乐、大笑、喧闹。我觉得压抑，从人群中溜出去，从黑人爵士乐队跟前跑到农民乐队跟前，从灯火通明的大房间里跑到过道上，又跑到了楼梯上、酒吧里、橱柜旁边和放香槟酒的客厅。墙上几乎挂满了当代最新潮的画家画的狂野、色彩明快的画。整个世界都在那里呢，画家、记者、教授、生意人，当然了，还有城里的信奉享乐的人，都在那里呢。我在其中的一支爵士管弦乐队中发现了巴伯罗，他正在激情四射地吹奏弯口萨克斯。他一看到我就大声叫着同我打招呼。我被人们推着，不停朝里走，发现自己在一间又一间的屋子里乱窜，一会儿被挤到楼上，一会儿又被挤到楼下。通往地下室的过道里早就被艺术家们当作了展示才艺的舞台，上面有一支魔鬼般邪恶的乐队正在疯了似的表演。过了一会儿，我开始找赫尔米娜或玛丽亚，一次又一次地想去大厅那里，可不是迷了路，就是跟人流撞个正着。

　　都到半夜了，我还是一个人也没有找到，我没跳舞，却热得很，头也晕。我一屁股坐在最近的一把椅子上，跟一帮完全不认识人混在了一起，要了点酒喝，让脑子清醒了一下，想着我这么老的人来参加这么喧闹的活动真是不合适。我一边喝酒，一边注视着女人们那赤裸的手臂，光溜溜的后背，注视着戴着各种奇怪面具的人从身边飘过，无声地拒绝了几位要么想坐在我的大腿上，要么想约我跳舞的姑娘的靠近。"真是个爱吼叫的老东西。"一位姑娘在我身后说道，她说得很对。我想喝点酒让自己兴奋起来，可是就连酒也跟我对着干，我连第二杯也快喝不下了。然后，我不由得感觉到荒原狼正站在背后吐着舌头盯着我。什么都无法让我快乐起来。我来错地方了。说真的，我是怀着最美好的愿望来这里的，但这里无法给予我快乐，在我看来，这里的所有的欢腾、大笑、愚蠢的举动都是强迫性的，无聊透顶的。

　　就这样，将近凌晨一点的时候，我的理想彻底破灭了，索性带着一肚子气去了衣帽间，打算穿好外套就朝回走。这是我对自己的狼性的屈从，我恢复了狼的面目，赫尔米娜几乎不会原谅我。但我没有别的选择。就算在挤过人群去衣帽间的路上，我还在仔细地朝周围看着，心想也许会碰到我的哪位朋友，结果一个也没碰到。此刻我正站在前台旁边。服务生已经很礼貌地伸出手问我要号牌。我在马甲兜里摸了摸——号牌不见了！他妈的，我现在需要的就是这个东西！在我伤心地游荡在各个房间，坐着喝没有滋味的酒时，常把手伸进衣兜里摸那个又圆又平的号牌，每次都能摸到它，一次又一次地忍住了一走了之的念头。现在号牌没了。事事都在跟我作对。

"号牌丢了？"身边一个脸色又红又黄的小个子尖声尖气地问道，"喂，伙计，用我的吧。"说完就把自己的号牌递给了我。就在我机械性地接过号牌，在手里翻转的时候，那个小个子瞬间就不见了踪影。

我仔细看那个硬币大小的号牌，想看看是多少号，却发现上面根本没号码，反倒有几行小字。我让服务生先等一会儿，我凑近最近的灯下再仔细看，就见上面七扭八歪地写着一些小字，不仔细看还真的不知道写的是什么：

今晚魔力剧院
只有疯子可以进
票价随意
凡人勿进　赫尔米娜在地狱里

我就像个牵线木偶，摆弄的人刚刚松开了系在我身上的线，我瞬间瘫痪死掉了，没了意识，可牵线人又拽起了线，我就又醒了过来，又活泼地扮演起了自己的角色，此刻我的状态就是这样，那条有魔力的线一抖，我顿时弹了起来，浑身来了劲儿，就像个棒小伙儿，非要闯回到我这个老家伙刚刚没精打采、一脸疲惫地出来的那个哄闹场面中去。就是罪人赶着去地狱也没我这般着急。刚才，我的漆皮鞋还在磨我的脚，浓香的气氛还让我恶心，热气还让我丧气得不行，可现在，我仿佛已是肋生双翅，轻快地跳着一步舞，穿过了每一间屋子，直奔地狱而去。原来的气氛此刻也有了魅力。温暖的空气紧紧将我包裹住，让我轻快地在空中滑行，那些狂暴的音乐，令人迷醉的色彩，女人们肩膀上冒出来的香水味，几百张嘴里说出来的乱糟糟的话语，人们的大笑声，舞曲的节奏，以及每一双炙热的眼睛的注视，都让我受用得很。一位西班牙姑娘一路跳着舞飘到我的身旁，闯进我的怀里，说道："快跟我跳舞吧！""不行，"我说，"我要去地狱。不过我倒是愿意亲你一下。"面具下的鲜红的嘴唇就贴上我的嘴唇，这一吻使我立即认出这姑娘正是玛丽亚。我把她紧紧地抱在怀中，她的嘴唇就像一朵六月的玫瑰那样饱满。我们跳舞的时候彼此的嘴唇还紧紧地贴着，都没舍得分开。我们一路跳着从巴伯罗身旁过去了，这小伙儿现在就像个情人，正低着头轻柔地吹他的萨克斯。那些漂亮的动物一样的眼睛放射出半抽象的亮光将我们包围。可我们跳了还不到二十步，舞曲突然就停了，我只好很遗憾地放开了玛丽亚。

"我想再跟你跳，"她的柔情已让我迷醉，我这样说道，"快来吧，玛丽亚，再跟我跳一两步。我已爱上了你的美臂。可你看，赫尔米娜在召唤我呢。她在地狱里。"

"我想是这样的。那就再见吧，哈里。我不会忘记你的。"说完她离开了我——真的离开了我。没错，是秋天，是命运，让这朵夏日的玫瑰开得如此饱满，散发出了成熟的香气。

　　我继续顺着过道朝前走，人们都温柔地拥抱我，我下了楼梯，直奔地狱。地狱黑漆漆的墙面上闪烁着耀眼的灯光，魔鬼管弦乐队正在疯狂地演奏。酒吧里一个高高的凳子上，坐着一位漂亮的小伙子，身着晚礼服，没戴面具，目光中露着嘲讽，匆匆地瞥了我一眼。众舞者犹如旋风，将我紧紧压在墙上——这么窄的一个地方有二十对舞伴在跳舞——我脸上带着怀疑与热望注视着所有的女人。多数都戴着面具，冲着我微笑，但哪个都不是赫尔米娜。高脚凳上坐着的那个帅小伙儿此时正目露嘲讽瞥我。我想，音乐停止时，她就会过来叫我的。舞曲结束了，却没人过来。

　　我去了酒吧，酒吧在一间又小又矮的屋里，此时已被挤入了一个角落，我挨着那个帅小伙儿坐下，要了一杯威士忌。我一边喝，一边看小伙子的长相。我在这小伙儿脸上发现了一种熟悉的魅力，就像很久前我看到的一张照片，因为上面落了岁月的灰尘，所以显得弥足珍贵。哦，然后我突然就想起来了。原来他正是我年轻时的那位朋友赫尔曼。

　　"赫尔曼！"我结结巴巴地喊了一句。

　　她一笑："哈里？你找到我了吗？"

　　是赫尔米娜，她弄了头发，脸上也涂了些油彩，我几乎没认出她。时髦的硬领让她那张苍白智慧的脸显得有些陌生，燕尾服宽大的黑袖子和白色的袖口让她的手看上去出奇地小，长长的黑裤子又赋予了她那双穿着黑白丝袜的脚一种奇怪的优雅。

"当初你说你穿上一身衣服就会让我爱上你,你说的就是这身衣服吗,赫尔米娜?"

"就目前来说是的,"她说,"我穿着这身衣服,女士们都转过头来看我,我已经很满足了。但现在该轮到你转头看我了。我们先喝杯香槟吧。"

我们就坐在高脚凳上喝香槟,人们依然在围着我们跳舞,气氛欢快、热烈,抵达了高潮。似乎赫尔米娜还没使出什么手段,我就很快地爱上了她。她穿得像个男孩子,没有她,我就跳不了舞,也不能让自己轻柔地迈步,而她戴着那副男性的面具,似乎显得很中性,且与我很疏远,她的相貌、语言、动作散发着女性的一切魅力,包围着我。我甚至连碰都没碰她一下,就已经被她的魅力俘获了,而这种魅力始终在她扮演的角色的范围内。这是一种雌雄同体的魅力。因为她跟我谈到了赫尔曼和童年时代,我的童年时代,她的童年时代,谈到了年轻的时候,爱的最初的能力包括的不只是两性,还有一切肉欲上、精神上的东西,并赋予万物一种爱的魅力,一种随心所欲的仙人般的变幻,而这种变幻只有在以后的少数的几个人和诗人身上才会重现。她始终在扮演小伙子的角色,抽着香烟,用一种兴奋、自然却又微微透着些嘲讽的语气说话;然而,这种语气里面散发着彩虹般的欲望的光芒,在触碰到我的感官时又变为了一种迷人的诱惑力。

　　我还以为我对赫尔米娜了解得多深、多透彻，可那天晚上她向我展出了一个完全不同的自己！她撒开那张我渴望的网，动作轻柔，一点也不显眼，就把我网住了。她又那么淘气地把美味的毒酒给我喝，那模样俨然就是个小仙女！

　　我们坐着，聊着，喝着香槟。我们游荡在各个屋子里，朝四下看着。我们又像探险家四处探索，看到做爱的舞伴那好笑的样子，就忍不住偷窥一番，瞧个不亦乐乎。她又指着几个女人，让我跟她们跳舞，还告诉我对付哪个女人要用哪种手段。我俩就像死对头在舞池中跳舞，有那么一会儿，还朝同一位姑娘大献殷勤，我们轮换着同她跳舞，都想赢得她的芳心。可这不过是场狂欢罢了，不过是一个可以让我们在激情中变更为亲密的游戏。这就是个童话故事。每样东西都有了新的特点，更深的意义。每样东西都是稀奇古怪的，都是象征性的。有一位姑娘，美艳至极，看上去却很忧伤，很凄惨。赫尔米娜同她跳舞，让她像鲜花那样盛开。她们不见了踪影，一起去喝香槟了。事后她告诉我，在莱斯博斯①魔咒的驱使下，她是以女人的形象，而非男人的形象，征服那姑娘的。在我看来，整座大楼处处都有人在疯狂地跳舞，处处都在充斥着回响，处处都是尽情狂欢的戴着面具的人，正在慢慢地变成一个梦中的狂野的伊甸园。鲜花一朵挨一朵，散发着浓烈的香气，在向我大

---

① 本为小亚细亚北部的一座岛屿，由于女诗人萨福的缘故，后来被同性恋者视为观光旅游胜地。

献殷勤。我就像在玩玩具，玩弄着一个又一个的果实。几条大蛇藏在树叶繁茂的暗影里用迷人的眼睛注视着我。睡莲在黑色的泥潭里竞相怒放。令人着迷的鸟儿在树上唱起诱惑人的歌谣。然而，这一切不过是个过程，都是为了那个渴望已久的目标，又是对那个唯一的目标的呼唤。我曾跟一位不认识的姑娘跳舞。我像个情人，心怀炽热的欲望，将她弄到那个由跳舞的人组成的令人眩晕的旋涡中，就在我们这样紧搂着对方的时候，那姑娘对我说："如今谁都认不出你来了。你以前那么沉闷，那么无聊。"然后我才认出这位姑娘就是几个小时以前叫我"爱吼叫的老东西"的那个。现在她以为她得到我了，可我的激情又给了另外一位姑娘。我连着跳了差不多两个小时，中间停都没停一下——每一样舞我也都跳过了，有些还是我以前从未跳过的。赫尔米娜不时来到我的身旁，冲我点点头，笑一下，就又消失在了人流中。

今晚的这次化装舞会使我有了一种体验，我都五十岁了，却从未有过这种感觉，尽管它为每一位年轻的女子和学生所熟知，这就是一个人在普通的庆祝活动中会有的那种极度的兴奋感。在这种活动中，一个人的性格会很神秘地融入大众的性格中去，一个人的快乐也会很神秘地与大众的快乐融合到一起。我以前总听人家说这件事。我知道，据说每一位做女仆的姑娘都熟悉这件事。别人跟我说这事时，我总是看着人家眼睛里闪动着的光，总是以一种半超然、半嫉妒的微笑对待它。这样的例子我这辈子见过数百个，我见过别人彻底地释放自己，让自己沉浸在迷醉中。我见过那样的一种笑容，见过那种半疯狂的沉醉状态，见过很多人的脑袋在同一种激情的驱使下疯狂地摇摆。我在喝醉酒的新兵和水手身上见过这种东西，也在激情四射的音乐家（很可能是在开演唱会的时候）身上见过这种东西，刚上战场的年轻士兵的身上，这种东西也不少。就算在最近的这段日子，看到我的朋友巴伯罗低着头在爵士管弦乐队里沉醉地吹奏他的萨克斯，或者在狂喜与极度兴奋的驱使下，抬头注视着乐队指挥、鼓手或班卓琴手，脸上露出这种微笑，眼睛里射出这种光亮的时候，我还总是为之吃惊，爱它，笑话它，又嫉妒它呢。我有时会想，这样的一种笑容，这样的一种孩子般的神采，也许只有很年轻的人才有，也许只能在那些有着不一样的风俗习惯、不允许人与人之间存在明显差别的人身上能看到。但今天，在这个愉快的晚上，我自己——这匹荒原狼——脸上也露出了这种笑容，也焕发出了这种神采。我自己就在这又深又纯真、只有童话故事中才有的快乐的池塘中尽情游泳。我自己就呼吸着同一种梦想、音乐、节奏、美酒与肉欲散发出的那种甜美的气味——要知道，我在过去的日子里一听到别的学生在舞厅说这种气味多么多么美妙，就很觉得可笑，就会阴沉着脸，露出一副高高在上的姿态。我已不再是我自己了。我的个性在狂欢的节日中溶解了，就像盐溶解在了水中。我同这个女人，同那个女人跳舞，但属于我的不只是被我搂在怀里、头发扫过我的脸的那个。别的女人，和着同一种音乐，在同一间屋子里跳同一种舞的女人，那些像奇妙的花一样飘过

我的身旁一脸幸福的女人，也是属于我的，我也是属于她们
的。每个人的身体里都有对方的一个部分。男人之间也一样。
我也同男人们在一起。他们在我眼中都不再是陌生人。他们
的微笑就是我的微笑，他们的求欢就是我的求欢，我的就是他
们的。

　　那年冬天，一首新的舞曲，是一首狐步舞曲，名字叫
《渴望》，风靡了全世界。我们听了一次就喜欢上了，永远也
听不厌。我们沉浸在这首舞曲中，为它深深迷醉，每次有人播
放，我们都会哼唱。我不停地跳舞，碰到谁跟谁跳，跟年轻的
姑娘们跳，跟少妇和老女人跳，也跟面露悲伤的中年妇女们
跳，跟她们跳舞，使我极度兴奋——我大笑，我快乐，我的脸
上泛着幸福的亮光。巴伯罗总以为我是个忧伤的可怜的家伙，
见我一副神采奕奕的模样激动得很，不由得忽地从椅子上站起
来，放肆地吹号，想攀附我的快乐。他成功了，于是又使出浑
身解数，鼓足力气吹奏。与此同时，他连人带号随着《渴望》
的旋律不停颤抖。我和我的舞伴冲他飞吻，大声唱着迎合他。
我想，啊，愿意来的，就都让它们来吧，我至少要好好享受一
次生活，我也变成了一个快乐的人，我的脸上也有幸福的神
采，我也释放了自己，我成了巴伯罗的兄弟，变成了一个小
孩子。

　　我已经没了时间的感觉，也不知道这种难以自持的极度
兴奋的幸福状态会持续多少时刻。我也没有注意到狂欢节的烈
火燃烧得越旺，燃烧的范围就越窄。大部分的人都走了。过道

里安静下来，很多的灯也都熄灭了。楼梯上已是空无一人，楼上的房间里一支支的乐队也停止了演奏，走了。只有在主大厅和楼下的地狱里依然在上演狂暴的淫秽场面。赫尔米娜身为男人，我不能和她跳舞，只是在跳舞的间隙我们才不时撞到一起，最后，我完全看不到她了——不只是眼睛看不到了，心也看不到了。我的心中已没了任何的想念。我彻底迷失在了舞的旋涡与迷宫里面。香味、语调和叹息让我焕发了精神。陌生的人同我打着招呼，陌生的眼睛使我激动，我被陌生的脸包围了，仿佛乘着波浪，随着音乐的节奏四处起伏着。

　　然后，我恢复了些神智，在一间小屋里（只有这间小屋里还有音乐声），在最后那群依然在狂欢的人当中，突然看到了一个脸涂成白色的黑人女丑角。她充满青春活力，很迷人，整个大楼里只有她还戴着面具。这是一个妖媚的女人，很怪异，就像鬼魂，整个晚上我都没有见到过她。别的人，在狂欢的最后时刻，脸都是羞红了的、兴奋的，衣服都被挤压得没形了，领圈塌了，袖口皱了，而这个黑人女丑角站在那里，依然显得那么精神，衣服也一尘不染，一张白色的脸隐藏在面具后面。她的这身衣服上没起一点褶皱，一根头发也没有散乱。她的皱领和尖尖的袖口没有被人碰过。我赶紧朝她跑过去，伸开两只胳膊紧紧将她抱住，把她拉过来同我一起跳舞。她那喷香的皱领轻轻地触碰着我的下巴，弄得我很痒。她的头发划过了我的脸颊。她那年轻的肉体充满了活力，温顺地回应着我的所有动作，却又凭借着她的魅力强迫它们接受她的新的触

摸，这是我在那天晚上从未体验过的。我们跳舞的时候，我弯
下腰亲吻她的嘴唇。她唇边上的笑是得意的，也是我熟悉的。
我突然认出了那坚实的下巴，那肩膀、胳膊，还有那手。这
个女人是赫尔米娜，不再是赫尔曼了。赫尔米娜换了衣裳，身
上喷了香水，脸上敷了粉，透着一股青春的活力。我们的嘴
唇激烈地触碰在了一起。有那么一会儿，她的整个身体、她的
膝盖紧紧地靠着我，纠缠着我，任我抚弄。然后，她把嘴唇
挪开，朝后退，跳舞的时候又从我身旁跑开。音乐停止的那一
刻，我们依然站在原地。兴奋的舞伴围着我们鼓掌、跺脚，大
声叫喊，让早已快被累死的乐队再演奏一遍《渴望》。此时，
每个人都感觉到已是早上了。我们在窗帘后面看到了灰色的
晨光。这提醒我们欢乐的时光就要结束了，疲惫的症候就要出
现。我们突然放声大笑，又一次鼓足力气盲目地冲进了舞池，
冲进了音乐的欢乐的海洋中，日光开始溢满整个屋子。我们
的脚跟着音乐的节奏动着，就好像已不听使唤了，每一对舞伴
都在相互抚摸。然后，我们又一次感觉到巨大的欢乐的波浪
席卷了我们的身体。赫尔米娜此时已丢掉了刚才那种得意、讥
笑、冷酷的模样。她心里很清楚再也没有什么手段可以让我
去爱她。是她，是她跳舞的样子，她的面容、微笑与亲吻让
我明白，她把整个的自己都献给了我。这个狂热夜晚里的所
有的女人，所有同我跳过舞的女人，所有令我激动或者我让
对方激动的女人，所有被我献过殷勤的女人，所有热烈地紧
紧抱过我的女人，所有被我用兴奋的目光追随过的女人，在

这一刻统统融在一起，变成了一个女人，就是我抱在怀里的这个。

这种亲密的热舞跳了又跳。音乐一次又一次地弱了下去。乐手们都放下了乐器。钢琴手从钢琴前面站了起来。第一小提琴手摇了摇头。最后的这拨人跳得正兴奋，一再恳求他们再演一演，他们心一软，就再次演奏起来。他们演奏得越发快了，也越发疯狂了。然后，当最后一支热辣的舞曲演奏完毕，我们依然站着死死纠缠在一起，亲吻得上气不接下气时，就听砰的一声，钢琴的盖子合上了，我们的胳膊随之疲惫地垂在身体两侧。那些演奏木管乐器、弦乐器的乐手也一样，而那个长笛手则困倦地眨眨眼睛，把长笛装到了盒子里面。门开了，冷风灌进来，服务生穿着大氅来了，酒吧侍者关掉了灯。这一幕神秘地消失了，那些跳舞的人，刚才浑身还像着了火一般热，此时却在颤抖着身子穿各自的外套、大氅，把领子竖起来。赫尔米娜面色苍白，却还在笑。她慢慢地抬起一只胳膊，把头发朝后拢了拢。她这么做的时候，一束光打在了她的一只胳膊上，一个暗淡、模糊、柔和的阴影爬上她的腋窝，钻进了她藏在衣服里的乳房上面，在我眼中，这个颤抖着的小阴影，就像微笑，概括出了她的身体的一切魅力和一切令我着迷的地方。

我们站着看着对方，这个舞厅里只剩下了我们两个，整栋大楼里也只剩下了我们两个。我听到楼下有人砰的一声关上了门，玻璃哗啦就碎了，一阵窃笑的声音，混和着汽车发动机愤怒又匆忙的轰轰声，逐渐远去了。在某个地方，也不知道有多远、有多高，我听到有人在大笑，这持续不断的大笑声听上去异常清晰、快活。然而，这大笑神秘又古怪。这大笑声由水晶与冰块组成，清澈，散发着亮光，却冰冷无情。我以前是不是在哪里听到过这种大笑声？我记不清了。

我们站着看着对方。我的脑袋一时变得清醒。我感到一种可怕的疲倦向我袭来。我的衣服早就湿了、松垮了，垂挂在我的身上，让我讨厌得很。我看到我的手变红了，揉皱的衣袖下面露出了肿胀的青筋。但我的这种感觉瞬间就消失了，是赫尔米娜的眼神将它清除掉的。她的这种眼神似乎是从我的灵魂深处冒出来的，一看到它，现实中的一切就消失了，甚至连我对她的肉体的那种活生生的渴望也消失了。我们就像着了魔看着对方，我那个可怜的小小的灵魂在看着我。

"你准备好了吗？"赫尔米娜问，她的笑容就像她乳房上的阴影忽地跑了。在又高又远的未知的空间，传来了那种神秘又古怪的大笑的声音。

我点点头。哦，是的，我准备好了。

就在这个时候，巴伯罗出现在了门口，眼睛里闪着快活的光，冲我们友善地笑着，他那双眼睛真的像动物的，只是动物的眼睛总是严肃的，而他的总在大笑，就是这种大笑才让他的眼睛变成了人的眼睛。他一如既往地友好地同我们打招呼。他身上穿着一件很花哨的丝质吸烟衫。他揉皱了的领子和疲惫的白色的脸，在领子上的红边的映衬下，显得萎缩而苍白，但这种表情被他那双闪亮的黑眼睛抹去了。现实也被这样抹去了，因为他的眼睛有魔力。

看他叫我们，我们就过去了，在门口，他低声对我说："哈里哥哥，我邀请你去看一个小娱乐节目。这节目只有疯子可以看，票价嘛——就是你的心情。你想去看吗？"

我又点了点头。

这个可爱的小伙子很好心又很关切地冲我们伸出两只胳膊，就这样他右手搀扶着赫尔米娜，左手搀扶着我，领着我们去了楼上的一间小屋，里面几乎是空的，顶上吊着一盏灯，散发出蓝色的光。屋里除了一张小圆桌和三把安乐椅，再没有别的东西，我们三人在椅子上坐下了。

我们这是在哪儿？我是在睡觉吗？我是在家里吗？我是在开车吗？不，我正在一间圆圆的小屋里的蓝色的灯光下坐着，我正在一种罕见的气氛中，一种已变得极为稀薄的现实的大气层中坐着。

赫尔米娜怎么那么白？巴伯罗怎么说那么多的话？有没有可能是我在让他说话，甚至是我正在用他的声音说话？有没有可能是我那如同一只迷失了方向、受惊的鸟儿的灵魂，正通过他那双黑眼睛注视我，就像通过赫尔米娜那双灰眼睛注视我一样？

巴伯罗看我们的目光永远是那么友善，这友善中又有着某种仪式性的东西。他说了很多的话，又说了很久。我以前从未听他说过两个连贯的句子，他对讨论什么话题也不感兴趣，我总觉得他脑袋里空空的，没有思想，可现在，他用友好、温暖的声音滔滔不绝地说开了，说的话也让人挑不出一点毛病。

"我的朋友们，我请你俩去看一个娱乐节目，哈里早就想去看呢，他做梦都想去。时间有点晚了，我们无疑也有点累了。那这样吧，我们先休息一会儿，养养精神。"

说完他从墙上的一个壁龛里取出三只玻璃杯和一个样式奇特的小瓶子，又拿出来一个小盒子，这个小盒子就像是用宝石做的，周身镶嵌着五颜六色的小木块，散发着璀璨的光。他先从小瓶子里倒三杯东西出来，接着从小盒子里拿出三根又细又黄的香烟，然后从丝质外套的兜里掏出来一盒火柴，给我们把烟点上。我们就慢慢地抽着烟，烟雾浓得像焚香时冒出的烟，我们仰躺在椅子上，慢慢地呷着芳香的液体，品一口，味道好奇怪。喝到肚里，这液体的效果马上就显现出来了，让人无比兴奋，无比快活——就好像一个人的肚子里装满了空气，轻飘飘的，再也感觉不到地球引力了。就这样，我们一边安静地吞云吐雾，一边小口喝那杯子里的液体，每一刻都觉得自己变轻松了，变平静了。

巴伯罗的声音从远远的地方传了过来。

"在这样的一个场合，我只能这样简简单单地招待你了，我亲爱的哈里，对此我感到莫大的荣幸。你总是十分讨厌你的生活。你想从生活的桎梏中逃掉，对不对？你早就想弃掉这个世界了，弃掉它的现实，进到一个让你觉得更加自然的现实中去，进到一个超越了时间的世界中去。现在我就邀请你去你想去的地方。你自然知道这个世界藏在哪里。这个世界就藏在你一直在寻找的你的灵魂中。那个你渴望了很久的现实只存在于你的灵魂中，不在别的地方。尚未在你的灵魂中存在的东西，我一样也给不了你。除了灵魂的画廊，我不能为你打开其他的画廊，只能将你的灵魂展示给你看。我能给你的只是机会、冲动与钥匙。我可以让你看到你那个无形的世界，我能做的只有这么多。"

他又一次把手伸进他那件花哨的外套的兜里，这次掏出来的是一个圆圆的小镜子。

"朝镜子里面看，这样你就可以看到自己了。"

他拿起小镜子，放在我的眼睛前面（这时我想起了一首童谣："小镜子，手中的小镜子。"），我就朝里面看，尽管有烟气笼罩着，看不甚清，却还是可以看到一个紧张不安、自我折磨、内心苦恼、一脸怒气的人——正是我自己，哈里·哈勒尔。我在他的灵魂内看到了荒原狼，那是一匹害羞、美丽、茫然的狼，眼睛里原本是恐惧，此刻已变为了愤怒与悲哀。这匹狼的形象正在不停地刺穿那个人的形象，就像一条支流将它那阴郁躁动的水汇入了一条小河。两种形象斗得好苦，谁都不甘心，谁都想置对方于死地，让自己的形象掩盖住对手的形象。这匹狼的身形虽美，却还没有发育完全，那双美丽而害羞的眼睛里射出的目光又是多么悲哀，用语言根本无法描述！

"看到了吗？这就是你现在的样子。"巴伯罗说完又把镜子装进了自己的口袋里。我闭上眼睛呷了一口那灵丹妙药，感到了一些安慰。

"现在，"巴伯罗说，"我们已经休息过了。我们有了精神，也聊了一会儿天。如果你们的疲惫消失了，我就带你们去看我的小节目，让你们见识一下我的小剧院。你们想去吗？"

我们站起身。巴伯罗脸上带着微笑前头带路。他开了一扇门，把窗帘拉到一旁，我们就发现自己来到了一座剧院马掌形的走廊里面，而且恰好是在中间。我们两侧，弯弯曲曲的过道经过了很多扇甚至是多得数不清的窄门，进入了包厢里面。

"这个，"巴伯罗解释道，"就是我们的小剧院——娱乐剧院。我希望你们可以找到很多的笑点。"他说话的时候在大笑，笑得很短，却像子弹一样射穿了我的身体。这就是我刚才在楼下听到的那明亮、古怪的笑声。

"我的这个小剧院有很多扇门通向很多的包厢，也许有十扇、百扇，甚至千扇门吧，每扇门背后都有你们正在寻找的东西等着你们。这个小剧院很漂亮，我亲爱的朋友，不过你把整个剧院逛一遍也没什么用。在每一个拐弯的地方你都会受到你称之为个性的东西的约束。你无疑早就这样想过：征服时间，逃避现实——不管你怎样描述你的渴望吧——都不过是想从你所谓的个性中挣脱出来。个性就是监狱，把你囚禁住了。你进了剧院，就会通过哈里的眼睛和荒原狼那双旧的眼睛看到一切。然后，你就要丢掉这些眼睛，很友善地把你那高贵的个性丢到这儿的衣帽间里，你想找它的时候，就能再次找到。你刚才跳的那些舞，写荒原狼的那篇论文，还有我们刚才喝的那一小杯刺激的东西，足够你受用的了。你，哈里，在丢掉了你那珍贵的个性以后，就从剧院左边进吧，赫尔米娜从右边进。一旦进去了，你们就能见到对方。赫尔米娜会好心地在帘幕后面躲上一会儿，我先让哈里登场。"

赫尔米娜去右边了，后墙上贴着一面镜子，从地板一直顶到拱顶上，大得很，她转过镜子就不见了踪影。

"喂，哈里，快来吧，高兴点儿。我设计这个小节目，就是要教你怎样大笑，怎样快乐起来，希望你不要为难我。我想你感觉很舒服，对吗？不怕？很好，棒极了。你不要怕，也不要装得很快乐，现在就进到我们这个虚幻的世界中去。你得先用假装自杀的手段介绍一下自己，这是惯例。"

他又从兜里掏出那面小镜子，放在我的面前。我的眼前又出现了那个模糊、阴郁的映像，狼的形象正包围着它，朝它里面猛刺。我早就很熟悉它了，它有毁灭的力量，让我悲伤，我真的很不喜欢它。

"现在你要毁掉这个不必要的映像，我亲爱的朋友。这很有必要。如果你的情绪允许，你只须对它快活地大笑就够了。你现在是在一所幽默学校里。你要学会怎样大笑。听我说，当一个人不再把自己当回事的时候，真正的幽默就出现了。"

　　我死盯着那面小镜子，里面，作为人的哈里和作为荒原狼的哈里都在抽搐。我一时觉得我的内心深处在抽搐，动得虽说有些微弱，却又像记忆、思乡，或者孤独，使我痛苦。然后，这种微微的压迫感就消失了，一种新的感觉冒了出来，就像一个患牙病的人，在可卡因的麻醉下，坏牙被拔掉后的那种感觉，那是一种很轻松的感受。唉，坏牙终于拔掉了，总算松了一口气，与此同时又觉得有些诧异。咦，拔牙的时候怎么一点儿都不疼？伴随着这种感觉出现的是一种轻松的愉悦感和一种大笑的欲望，这欲望极其强烈，我顶不住了，只好任由它胡来。

　　镜子里的那个忧伤的形象最后抽搐了一下，消失了。镜子本身也变成灰色，焦了，暗淡了，似乎被火烧过。巴伯罗大笑一声，把这东西扔到一旁，这东西就滚下了长得看不到头的过道，不见了踪影。

　　"你笑得可真好，哈里，"巴伯罗欢呼道，"你还要学着像那些不朽的人那样笑。你终于把你体内的那匹荒原狼解决掉了。用剃刀做这件事不见得有多好。快看，它已经死掉了。你现在可以直接把现实的闹剧丢在身后了。我们下次见面时会一起痛饮兄弟之情这杯美酒，我亲爱的伙计。我从未像今天这样喜欢你。如果你仍然觉得有价值的话，我们现在就来讨论让你心仪的音乐、莫扎特、格鲁克、柏拉图，还有歌德。你现在会懂得我们以前为何不能谈这些。不管怎样，我都要庆祝你今天总算把荒原狼摆脱了。因为你自杀得并不彻底，这是再自然不过的事。我们是在一座魔力剧院里面，是在一个充满了各类虚幻的形象而非现实的世界里面。你要挑拣那些快乐、美丽的形象，这样方能表明你真的不再喜欢你那很有问题的个性了。不过，你若还对它恋恋不舍，那就稍等片刻，我再让你看一面镜子，你再朝里面瞧一眼就是了。不过，你一定还记得那句古老的格言：'手上的一面镜子足以抵过墙上的两面镜子。'哈哈！"他又在大笑了，又是那种美丽却骇人的大笑，"现在我们只剩下一个小仪式了，也是很有趣的一个。你赶紧过来，朝这面真正的镜子里面看。你会很快活的。"

他大笑着有些滑稽地拍了我的肩膀几下，让我转过身去，面对墙上那面巨大的镜子。我看着镜子里的自己。

我看了一会儿，觉得镜子里的那个人就像平时的自己，只是看上去一副很幸福、很开心的模样，还在大笑。可还没容我好好看看，镜子里的形象就破碎了。第二个、第三个、第十个、第二十个人的形象从里面跳了出来，直到整块镜子都装满了完整的或者破碎的哈里，在每一块碎镜子上我只是在一瞬间看到了自己的样子。这些数不清的哈里中，有的和我现在一样老，有的比我现在老，有的很老，有的却很年轻，有的还是我少年时、淘气时、学童时、小孩子时的样子。我看到五十岁的我同二十岁的我一起在学蛙跳。三十岁的我和五岁的我，一个严肃，一个快活，一个显得像个大人物，一个很搞笑，一个打扮得很漂亮，一个穿得没点人样，甚至身上都没穿衣服，留着长头发，要么就是光脑袋，这些都是我。然而，这些我只是

那么闪了一下，让我刚认出来，就不见了踪影。他们朝四面八
方乱窜，有的从左边跳出来，有的从右边蹦出来，跑到了壁龛
里头，不见了。其中有一个，是个举止高雅的小伙子，从里面
蹦出来，一头扑进巴伯罗怀中，俩人一起大笑着走了。还有一
个，我特别喜欢，是个男孩子，长得很帅气、很迷人，看着
十六七岁的模样，像一道闪电，飞快地跳进走廊里，读那些门
上贴着的海报。我跟上他，发现他正站在一扇门前读上面写着
的字，那些字是这么写的：

朝狭槽里投一个马克
所有的姑娘就是你的了

那个可爱的小伙子猛地向前一冲，跳起来，头朝下钻进
狭槽，消失在了门的后面。

巴伯罗也不见了踪影。那面大镜子和那些多得数不清的
人形显然也消失了。我意识到周围只剩下了我自己和那座剧
院，我就好奇地从这扇门前溜达到那扇门前，读着每扇门上那
诱人的邀请帖。

有一扇门上写着一些这样的字：

快乐狩猎
开着大汽车狩猎

我一看就被吸引住了。我推开那扇窄门，走了进去。

我马上就被卷到了一个闹哄哄的世界里面。好多的汽车，有的还是装甲的，在街上追着行人乱跑。它们追得那些人筋疲力尽，要么被它们碾死在路上，要么被它们撞死在墙上。我马上就看明白了，这是人类与机器的一场准备了好久，等了好久，也怕了好久的一场大战，如今终于爆发了。到处都是死尸，有的还被撕烂了，到处都是扭曲变形砸烂的汽车，有的还在冒烟。飞机在乱哄哄的战场上空盘旋，屋顶上、窗户里有人在用猎枪和机关枪朝它们射击。每一面墙上都贴着疯狂摇动的布告，巨大的字就像火炬，燃烧着烈火，号召全国人民站起来，与那些正与机器作战的人团结在一起，跟那肥头大耳、衣着考究、浑身喷香、曾利用机器搜刮民脂民膏的统治阶级以及他们那些邪恶的轰轰响的大汽车决一死战。他妈的，终于让那些大工厂着了火！给遭受深重伤害的地球留一点儿空间吧！让地球上的人口减少一些，让青草再长出来吧，让森林、草地、欧石楠、小溪、荒原再回到这个遍布尘土与水泥的世界中来吧！然而，其余的那些布告都很漂亮，五颜六色，用的语句也漂亮，警醒那些在这个国家有股份、有脑子的人（在这一点上用的词语要温和些，也少了些孩子气，刚好证明那些写这些词的人十分聪明、十分有文化）时刻提防独裁浪潮的涌起。这些话说得真的很形象，宣扬了秩序、工作、财产、教育、法律的种种好处，夸赞机器是人类智慧的终极、最高尚的发明。我研究着这些告示，红的、绿的都研究，认真地想它们，并且为它们惊叹。如火般的流畅的言辞，就像极其令人信服的逻辑，深深地感染了我，让我无话可说。这些话说得可真好，我心服口服地站在一张张的告示跟前，周围在激烈交火，扰得我不得安宁。唉，主要的事已经很清楚了。现在正在打仗，这是一场激烈、真诚、极富怜悯心的战争，没人再关心什么恺撒大帝、共和国、边界、旗子、色彩，跟其他的装饰性的、戏剧化的东西，这些东西统统都是扯淡的玩意儿。然而在这场战争中，那些觉得自己喘不过气来的人，觉得生活再也没有什么乐趣的人，强烈地表达了自己的不满，使出浑身的力气来准备战争，期待一场大的灾难发生，从而可以毁掉我们这个世界铸铁般的坚固的文明。我在每一只眼睛里面都看到了那毁灭与屠杀的赤裸裸的光，而在我的眼睛里，这些野生的红玫瑰也在竞相怒放，闪烁着耀眼的亮光。我高高兴兴地参战了。

　　然而，最棒的还是我上学时的好友古斯塔夫出现在了我的身旁。我都有好几十年没见过他了，要知道，他可是我童年时最狂野、最强壮、最有激情、最富探险精神的朋友。我看到他用他那双闪亮的蓝眼睛冲我打招呼，心里都乐得开了花。他一冲我打招呼，我就马上快乐地跟上了他。

　　"我的天啊，是你啊，古斯塔夫，"我快活地叫道，"又见到你了，真好。你现在干吗呢？"

　　"别多问，我们聊天就是了！你要是真的想知道，那我就告诉你，我现在是教神学的教授。可是，我可爱的上帝，现在哪里有什么神学可教，我的伙计。现在打仗呢！快跟上吧！”

一辆小汽车呼哧呼哧地冲我们过来了，他抬手就是一枪，把司机干掉了，然后像只猴子那样敏捷地蹿到车里，把车停好，让我也上去了。然后，我们就冒着枪林弹雨，在四处被毁掉的汽车丛林中一路狂奔，逃出城里，去了郊外。

“你和制造商是一伙儿的吗？”我问我的朋友。

“哦，我的上帝，这个话题还有些意思，我们稍后再谈——不过，既然你说到这件事了，我想我们还是去那边吧，当然了，去哪边都一样。我是神学家，我的前任卢瑟站到了王公贵族、统治阶级那边，合起伙来对付农民。因此我们现在要建立一点平衡。这辆车真他妈烂，希望它还能载我们一两英里。”

我们就像天的儿子风一样快，驾驶着这辆吱呀吱呀响的破车，一路朝前狂奔，终于抵达了数英里之外的一片绿色而安静的乡野。我们穿过一片广阔的平原，然后慢慢地爬到了山里。我们在一条光滑的路上把车停下，这条路夹在陡峭的石壁和低矮的挡土墙中间，有好多的死弯。朝下面看，远远的地方，是蓝色的湖面。

“这地方风景真美。”我说。

“很漂亮。我们就叫它轴路吧。好多的车子到了这里轴都断了。哈里，我的伙计。我们可要担心啊！”

路旁长着一棵高大的松树，我们在高高的枝干中间看到了一个用板子搭的类似小屋的东西，看上去是用来瞭望、占据制高点的。古斯塔夫的蓝眼睛闪了那么一下，会意地笑了。我们慌忙下了车子，气喘吁吁地爬上树干，在瞭望台上把自己藏好，这下我们就快活多了。我们在那里看到了很多猎枪和左轮手枪，还有成箱成箱的军火。我们刚刚冷静下来就听到一阵粗哑蛮横的鸣笛声，是一辆大旅游车从路的下个拐弯处冲过来了。旅游车全速开上了这条平滑的路。我们已经把枪拿在手里，气氛越来越紧张。

"瞄准司机，"古斯塔夫在重型车飞过我们身旁的那一瞬间立即下达了命令。我瞄好了，冲着戴蓝帽子的司机就是一枪。那家伙身子一跳就瘫了。旅游车身子一歪，继续朝前跑，撞到了悬崖壁上，然后弹起来，像一只大黄蜂，气鼓鼓地撞到了挡土墙上，打了个滚，就听远处传来一阵短促的咣当声，扎进了下面的深渊里。

"干得漂亮！"古斯塔夫笑道，"下个可该我啦。"

他正说着就又有一辆车过来了。后座上挤坐着三四个人。一条亮闪闪的蓝色的面纱从一个女人的脑袋后面飘出了车外。说不定那是一张很迷人的脸呢。哦，亲爱的上帝，虽说我们真的在扮演土匪，可我们至少也得装得像个大人物，不能对漂亮的女人下手。可古斯塔夫已经开枪了。司机身子一抖，瘫了。车子一跳，撞到了陡峭的悬崖上，朝后一倒，翻了，车轮抬得老高。我们等着，却没有看到一点动静，那几个人躺在车子底下，像被困住了一样。发动机还在运转，轮子在空中乱转，看着好滑稽，但突然间就听一声可怕的巨响，车子爆炸了，喷出了火。

"是辆福特，"古斯塔夫说，"我们得马上下去把路面清理干净。"

我们爬了下来，看着那堆燃烧着的烂东西，火很快就灭了。我们找来一根绿树棍当撬棍，把车子抬到路边，抬过石壁，推到山洞里头，车子在灌木丛中滚了好久。我们把车子翻过来的时候，两具死尸掉了出来，躺在了路上，身上的衣服倒还没烧完。一个穿的是一件很漂亮的高级外套。我摸那人的兜，看看这人是谁。一个皮夹子落到我的手上，里头装着几张卡片。我掏出来一张，读着上面的字：这就是你[①]。

"真有意思，"古斯塔夫说，"其实人叫什么不重要，被我们干掉就是了。这帮家伙跟我们一样，也是可怜虫。他们叫什么无关紧要。这个世界的命运早就注定了，我们的命运也早就注定了。最无痛苦的解决方式就是在水底下淹自己十分钟。现在该干活儿了——"

车子滚落深渊，我们随手把尸体也扔了下去。早就又有一辆车鸣着笛过来了。我们同时开枪把它干掉了。它就像个醉汉，猛地歪向一边，滚了一段路，然后翻了个身，躺在地上，呼呼直喘粗气。车上还坐着一位乘客，但一位漂亮姑娘完好无损地出来了，只是脸色苍白，浑身颤抖得不行。我们友好地向

[①] 梵语，婆罗门教信条，认为世间万物皆统一于天。

她打招呼，伸手帮忙。她的身体抖得太厉害，说不成话，呆若木鸡地注视了我们一会儿。

"行啦，我们先照看照看老家伙。"古斯塔夫说着把身子转向了司机身后那个依然在死死抓住自己座位的乘客。这人是个绅士，头发短而花白。他那透着睿智、清澈的灰眼睛睁得老大，但看上去似乎受了重伤，至少血从他的嘴里流了出来，他把脖子歪向一旁，动作很僵硬。

"请允许我介绍一下自己。我叫古斯塔夫。我们有权射杀你的司机。能否告诉我们您的尊姓大名？"

"我是检察总长洛林，"他缓慢地说，"我想你们不但射杀了我的司机，还射杀了我。你们为什么这么干？"

"你们超速了。"

"我们可是按正常速度行驶的。"

"昨天还是正常的速度今天就不正常了，检察总长先生。我们秉持这样的观点：一辆汽车不管开多快，还是开多慢，都是超速的。我们正在毁掉所有的汽车和其他的机器。"

"连你们的枪也一块儿毁掉吗？"

"只要我们有时间，迟早会轮到它们的。也许明天，也许后天，我们就把一切都搞定了。您心里自然很清楚，地球上这个地区的人太多了。我们现在要放一点空气进来。"

"不管是谁，你们都要一律射杀，对吗？"

"那当然啦。很多时候会杀错人，这倒是件遗憾的事。

比如，我要抱歉地说，这位迷人的年轻女士，我猜想她是您的女儿。"

"你猜错了，她是我的速记员。"

"那就更好办啦。对了，现在请您下车好吗？要么我们就把您拖出来，因为这车子已经毁了。"

"我宁可同车子一起毁掉。"

"随您的便。不过请允许我再问您一个问题。您是检察官。我永远也理解不了一个人为何非要当检察官。您靠着审判别的人——多数是可怜人——处罚他们过活。是不是这么回事？"

"没错。我在尽我的职责。这是我的职责。我和刽子手是一类人，专门绞死被我判处死刑的人。你们也像是在履行职责。你们也杀人。"

"的确如此。但我们杀人并非出于什么职责，而是出于高兴，或者说得更准确些，是出于痛苦和对这个世界的绝望。正因为这一点，我们才在杀人中获得了某种乐趣。您杀人不快活吗？"

"你们烦死我了。你们行行好，赶紧履行你们的职责吧。因为你们不懂职责的概念。"

他不说话了，动了动嘴唇，像是要啐唾沫。然而只有一点血流了出来，沾在了他的下巴上。

"等等！"古斯塔夫很有礼貌地说，"我当然不懂职责的概念——现在不懂。以前我却经常和它打交道。我是神学教授。而且，我是士兵，也打过仗。我眼中的职责，还有我的上司时不时地命令我做的那些事绝不是什么好事。我宁可反着来。不过，既然我已经不再懂职责的概念，罪恶的概念我还是懂的——也许两者是一码事。母亲生下我的那一刻，我就是有罪的。我活着就是在赎罪。我有隶属于国家的义务，服役的义务，杀人的义务，也有缴纳武器税的义务。如今，在这一刻，活着的罪恶迫使我再一次杀人，就像在战争中那样。这一次，我没有感到厌恶。我屈从了罪恶。我并不反对这个愚蠢、阻塞的世界变成一片废墟。我愿意伸出援助之手，愿意跟它一起去死。"

这位检察官嘴唇上的血已经凝固，他想笑一下，做得却不够好，尽管美好的意图已表露无遗。

"很好，"他说，"这么说我们是同行。既然这样，请你行使你的职责吧。"

与此同时，那位漂亮的姑娘坐在路旁，晕了过去。

就在这时候，又有一辆车鸣着笛沿着这条路全速过来了。我们把那姑娘朝路一侧稍稍拽了拽，紧贴崖壁，让那辆驶近的汽车直直撞到刚刚报废的那辆汽车上。司机来了个急刹车，车子的屁股就腾到了半空中。车子停住了，没有受损伤。我们紧握猎枪，很快瞄准了车上的人。

"出来！"古斯塔夫命令道，"举起手来！"

三个人下了车，乖乖地把手举了起来。

"你们当中有谁是医生吗？"古斯塔夫问。

几个人摇了摇头。

"那你们几个就行行好，把这位先生弄走。他受了重伤，把他弄到你们车上，去最近的城市。快过来，赶紧干活儿。"

老绅士很快就躺在了另外一辆车上。古斯塔夫一声令下，几个人开车走了。

与此同时，那位速记员也苏醒了过来，把这一幕都看在了眼里。我很高兴我们抓到了这么美的一个猎物。

"夫人，"古斯塔夫说，"你的雇主没了。希望你和那位老绅士没有其他的关系。你现在要听我的话。你要乖乖的，入我们的伙儿。就这样，时间紧迫。在这儿待着，很快就会觉得不自在。你会爬树吗，夫人？会？那就过来吧，我们帮你一把。"

我们尽可能快地爬到了树屋里面。这位女士在树上待着感觉不太舒服，但我们给了她些白兰地，让她喝了，酒下肚以后，她很快就有了精神，甚至欣赏起湖上和山上的美景来，还告诉我们她的名字叫朵拉。

她的话音刚落，就又有一辆车从我们身下过来了。它没停，小心驶过那辆被撞翻的车子旁边，开始加速。

"他妈的胆小鬼！"古斯塔夫哈哈一笑射杀了司机。车子成Z字形朝前一冲，撞到挡土墙上，撞出一个大窟窿，悬挂在了山涧边上。

"朵拉，"我说，"你会用武器吗？"

　　她不会用，我们教她如何填装弹药。起初她搞得手忙脚乱，手指也弄伤了，大喊大叫，想要点药膏敷伤口。但古斯塔夫告诉她现在是在打仗，她必须拿出勇气来。然后，她做得就好了些。

　　"可我们会落个什么样的结果？"她问道。

　　"不知道，"古斯塔夫说，"我的朋友哈里喜欢姑娘。他会照顾你的。"

　　"可警察和士兵会过来打死我们的。"

　　"哪里还有什么警察，以后也不会有这种东西啦。我们是有选择的，朵拉。要么乖乖待在这里，干掉每一辆想从我们这儿过去的汽车，要么开车走掉，让别人射杀我们。我们站哪一边都一样。我想待在这儿。"

　　正说着，就听到一阵很响的喇叭声，又有一辆车从我们下边过来了。车子很快被我们解决掉，轮子撅起来老高。

　　"好奇怪啊，"我说，"没想到打枪竟然这么好玩！亏我还是个和平主义者呢！"

　　古斯塔夫一笑，说道："是的，世界上的人的确太多了。过去还没这么明显。但现在，每个人都想呼吸一口空气，都想弄辆车开开，这一点是不言自明的。当然了，我们现在正在做的并不合理，很幼稚，就像在一个很宽泛的意义上讲战争也很幼稚一样。人类迟早会学着用合理的方式控制人口数量。与此同时，我们正在用一种很不合理的方式应对一种叫人无法忍受的状况。然而，我们的原则是正确的——我们在清除人类。"

"没错，"我说，"我们现在做得很可能十分疯狂，同时又很正确，又很有必要。事情得不到合理的解决，一个人还想讲道理、遵守秩序的话，并不是好事。然后，美国人或布尔什维克党的那种理想就会出现。两种理想都异常合理，都会造成可怕的压迫与生活的贫困，因为它们很粗暴地把生活简单化了。人一旦有了高贵的理想，就会慢慢变成机器造的物件。也许只有我们这样的疯子才能再次让生活变得高贵。"

古斯塔夫哈哈一笑，回应道："你说话还挺文气，我的伙计。品尝智慧的泉水让人愉快，也是一种特权。也许你的话中还有深意。但现在把子弹填好吧。我觉得你太爱幻想。随时都有可能来车，我们用哲学是干不掉它们的。子弹一定要上膛。"

一辆车过来，立即被我们干掉了。路堵住了。有个家伙还没死，是个长得很壮的红脸汉子，在废墟中疯狂地打手势。然后，他上下看，发现了我们的藏身处，就掏出左轮手枪冲我们射击。

"赶紧把路面清理干净，不然我就开枪了。"古斯塔夫冲下面喊道。那人用枪瞄准他，再次开火。然后，我们就把他射杀了。

在这以后又过来了两辆车，也都被我们猎杀了。然后，路上安静了下来，一辆车也看不到了。显然消息已经传开，这地方很危险。我们终于可以好好地看风景了。湖那边的山谷中藏着一个小镇。烟雾从镇子上空升起，很快我们便看到火苗从各家各户的房顶上蹿了出来。枪声传了过来。朵拉低声哭泣，我抚摸着她那被泪水打湿的面颊。

　　"这么说我们都要死在这里了？"她问。没人搭理她。就在这个时候，我们身下走过来一个人。他看到了报废的汽车，开始四处踅摸。他把身子探进一辆车里面，拽出来一把鲜艳的女士遮阳伞、一个女士手袋，还有一瓶酒。然后，他很满足地靠在挡土墙上，喝了一口酒，从手袋里掏出来一个用铝箔纸裹着的东西，吃开了。喝干了瓶子里的酒，他高兴了，夹起那把遮阳伞，继续赶路，我对古斯塔夫说："你忍心射杀这个好家伙，给他的脑袋上开个洞吗？上帝明鉴，我可做不到。"

　　"也没人让你这么做啊。"我的朋友吼道，但他也觉得这么做有些于心不忍。我们一见这个人，一见他那副平和、幼稚、依然纯真的模样，一见他那副无害的样子，我们正在做的这些值得颂扬的、最最必要的事就变得愚蠢、叫人恶心了。呸——我们做的那些好事！我们觉得自己丢人。但在战争中，肯定有哪位将军也有同我们一样的感受。

　　"我们不要再待在这里了，"朵拉恳求道，"我们下去吧。我们肯定能在车上找到一些吃的东西。你们饿吗，你们这两个布尔什维克党员？"

　　在我们脚下，在山谷中那个被火焚烧的镇子上，钟开始剧烈地敲响，然而这钟声中混合着一种极大的恐惧。我们从树上爬了下来。我搀扶着朵拉翻过挡土墙时，亲了她的膝盖一下。她放声大笑，然后搭屋子的木板裂开了，我们都坠入了虚空中——

我再次站在了圆形过道中间，狩猎的体验依然让我兴奋。数不尽的窄门上处处贴着诱人的海报：

变形室
随心所欲地变身为任何动物或植物

爱经
教授印度性爱艺术
初级课程：四十二种不同的办法与实用技巧

快乐自杀　让你笑破肚皮

你愿意变成圣人吗？
东方的智慧

西方的陷落
价钱合适　绝不抬价

艺术手册
用音乐的手段让时间变成空间

笑中带泪
幽默厅

独处可以轻松   彻底取代一切形式的社交活动

海报多得数不完。其中有一则是这样的：

个性培养指导   保证成功。

我觉得这个还值得一看，就推门进了屋。

我发现自己来到了一间安静的、充满暮光的屋子里，屋里有个人像东方人那样盘腿坐在地上，面前放着一个类似棋盘的东西。第一眼瞧过去，我还以为是我的朋友巴伯罗。这人毕竟也穿着一件花哨的丝质外套，跟巴伯罗那件很像，眼睛也是黑的，也是亮的。

"你是巴伯罗吗？"

"我谁都不是，"那人很和气地答道，"在这里，我们都没有名字，我们也不是人，我是下棋的。你想培养个性吗？"

"想，麻烦你。"

　　"那你就行行好，听我的话，拿几十个棋子出来。"

　　"棋子？"

　　"就是你在镜子里看到的你所谓的个性的碎片。没有棋子，我下不了棋。"

　　他拿起一只杯子，递到我跟前，我有一次看到我那完整的个性碎裂成了很多个我，似乎数量还增多了。然而，这些碎片现在看来都很小，差不多有棋子那么大。这个下棋的人伸出一只手，很自信又很安静地拿了十几个碎片，放在棋盘附近的地面上。他在这么做的时候嘴里开始嘟囔，声音很单调，像是在背诵或者默读一篇早就烂熟于心的东西。

　　"人是一个永久的整体这个错误、痛苦的概念你已知道了。你还知道人由数个灵魂、数个自我组成。统一的个性分裂成很多的碎片就会让一个人发疯。科学早已为这种状态起了一个名字，叫精神分裂症。迄今为止，科学在下面这一点上是正确的：没有序列，没有顺序和分组，就无法解决多样性这个问题。但科学在下面这一点是错误的：只有单个的、必须遵守的、贯彻一生的顺序才能解决从属性的自我的多样性的问题。科学的这个错误造成了很多不良后果，唯一的好处只是让政府任命的牧师、大师的工作变简单了，不用他们再费劲地搞什么原创思想了。就因为这个错误，很多的不可救药的疯子，被当成了正常人，甚至被当成了社会中的重要人物；然而，从另一方面来讲，也有很多的天才被看作了疯子。所以，我们才要用我们所说的塑造灵魂的艺术修补这门不完美的心理学。我们对每一个灵魂破碎的人说，他可以按照自己喜欢的顺序重新组合这些从前的自我的碎片，这样就可以在生活的游戏中得到数不尽的走棋的办法。正如剧作家要用多个人物才能创作出一部戏剧，我们也可以用自我的碎片制造出相互影响、相互牵挂的永远新鲜的群体，制造出永不枯竭的新鲜的情景。注意看啦！"

他伸出几根灵活的手指，自信又安静地拿起了我的那些自我的碎片，有老人的，有年轻人的，有孩子的，有女人的，有快乐的，有悲伤的，有强壮的，有虚弱的，有动作利索的，有动作笨拙的，很快就在棋盘上摆好了。这些碎片马上就组合出了群体与家庭、游戏与战争、友谊与敌意，组合出了一个小小的世界。有那么一会儿，他让这个活跃却有序的世界在我那双迷醉的眼睛前面嬉戏、打斗、缔结盟约、打仗、献殷勤、结婚、繁衍——自己演变。这真的是一个拥挤的舞台，是一部令人感动的、扣人心弦的戏剧。

然后，他飞快地用手在棋盘上一拢，就轻轻地把全部的碎片堆到了一起，又像个技艺娴熟的艺术家，用相同的碎片组合出了很不一样的群体、关系与纠缠，创造出了一个新的游戏。第二个游戏和第一个游戏密切相关，用的还是一样的材料，组合出的还是一样的世界，只是故事的基调变了，时间变了，中心思想变了，情景也变了。

这个聪明的建筑师就用这些棋子制作出了一个又一个的游戏，每一颗棋子都是我自己的一个很小的部分，每一个游戏又和别的游戏有点像。可以看出，每一个都隶属于同一个世界，每一个都有着一样的根源，然而每一个又是完全新鲜的。

"这就是生活的艺术，"他说话的样子像个老师，"你也可以制作你自己的生活的游戏，赋予它快乐的特质。如果愿意，你还可以让它变得复杂、丰富。它完全受你掌控。正如在更高级的意义上讲，疯狂是一切智慧的开始，精神分裂也是一切艺术与幻想的开始。每一个博学的人或多或少都认识到了这一点，就像《神号王子》这本迷人的书中说的那个博学刻苦的人，在一群被关在监狱里的疯子和艺术家的帮助下最后变得不朽了。对了，把你这些小碎片都拿走吧。你玩这个游戏会时常感到快乐。今天还让你觉得无法忍受的恶魔，明天就会被你贬低成无足轻重的小人。这个游戏中的倒霉的灰姑娘，在下个游戏中就会变成公主。祝你过得开心，我亲爱的先生。"

我鞠躬感谢这位天才棋手，把那些小碎片统统装进口袋，从那扇窄门里出去了。

我真想马上就坐在过道的地板上玩这个游戏，为了那些完整的永恒，先玩几个小时再说，可我刚来到圆形剧院过道上的明亮的阳光底下，一股新的、势不可挡的洪流就把我冲跑了。一张耀眼的海报闪过我的眼前，上面写着：

巧驯荒原狼

　　一见到这个海报，各种复杂的感情就立即涌上我的心头。我的心在过往生活的各种恐惧与压抑，以及被我丢弃在身后的现实的重压下，开始痛苦地收缩。我的手在颤抖，我打开门，发现自己已来到了集市上的一个小棚子里面，一道铁栅栏把我和一个烂台子隔开。我朝台子上看去，看到了一个驯兽师——一个很自负的卑鄙的家伙——虽说留着大八字胡，有着很发达的二头肌，身上又穿着可笑的马戏团训练服，却跟我长得很像，也不像什么好人，这让我郁闷得很。这个壮汉手里拽着条绳子，绳子一头拴着的像条狗（这一幕见了让人伤心），其实是头狼。这狼个头大，长得美，却瘦得很，目光中透着胆怯、恐惧，一副鬼鬼祟祟的模样。这头高贵却卑微的猎物被残酷的驯兽师玩弄，被迫表演几个绝技，来儿个精彩的转体动作，见了真叫人恶心，又让人觉得有趣，让人怕，却又让人隐隐觉得有些好玩。

　　不管怎样，有一点是明了的，这个男人，也就是我那个凶残、扭曲的替身，已经让这头狼彻底服从了他。这个恶汉每发出一个指令，狼都在认真看，乖乖照做，就像一条狗，听到每一声呼唤、每一声鞭子响时做的那样。它跪倒在地，装死，与主人亲热，叼面包片、鸡蛋、一块肉、篮子，又听话，又快活。驯兽师的鞭子抽了下来，它不得不承受，打在身上，一龇牙，尾巴摇动，即使受不了，也得表现出一副服服帖帖的样子。一只野兔扔在它的面前，又扔过来一只白色的羊羔。

它露出了獠牙，口水也真的从嘴里流了出来，它心中充满欲望，身子抖个不停，却不敢碰那两只动物，主人一声令下，它姿态优美地跳起，扑到猎物身上，猎物蜷缩着身体，已瘫倒在了地上。它俯在野兔和羊羔中间，用前爪将它们抱住，组合成一个令人感动的家庭。与此同时，那个男人早已递给它一根巧克力，它吃着。狼学会了掩盖天性，高超的技巧令人难以相信，这一幕看在眼中让人痛苦，我站在那里，头发已根根竖起。

然而，到了节目第二段，受惊的看客和狼都获得了补偿。精彩的驯兽表演结束了，男人脸上露出得意的笑，冲着狼和羊鞠完躬，角色立即调换。我那个迷人的替身突然深鞠一躬，将鞭子放在狼的脚边，而且像狼刚才那样，马上变得焦虑不安，变消瘦，变凄惨了。而狼，嘿嘿笑着舔着嘴，刚才的紧张与伪装已经消失了。它的眼睛里射出火光。它的整个身体紧缩着，表露出了恢复本性后感到的那种快乐。

现在角色调换，狼成了主人，人成了奴仆。狼一声令下，人扑通一声跪倒在地，伸出舌头，露出一嘴坏牙，撕下身上的衣服。依照狼的命令，他要么两条腿走，要么四肢着地，一会儿装人，一会儿装死，一会儿又让狼骑到自己身上，拖着皮鞭朝前走。他就像条狗，心满意足地承受每一种羞辱、每一种违背天性的行为。一位漂亮姑娘登上台子，来到这个服服帖帖的男人跟前。她抚摸他的下巴，用自己的脸颊摩挲他的脸颊，可他依然四肢着地，保持着动物的模样。他摇摇头，开始对眼前这个迷人的动物龇牙，最后变得十分邪恶，变成了狼，把她吓跑了。巧克力拿来了，放在他的面前，可他轻蔑地哼哼鼻子，把东西扔到了一旁。最后，白羊羔和黑白花的兔子又摆到了他的面前，这个唯唯诺诺的人最后一转头，就很搞笑地扮演起了狼的角色。他用手和牙齿逮住尖叫的猎物，扯下它们的四肢，咧着嘴笑着大口吃生肉，又极其兴奋地喝它们那温热的血，他的眼睛闭着，沉浸在梦幻的喜悦中。

我害怕了，慌忙冲到门口，逃了出去。这座魔力剧院显然不是天堂。在它那迷人的表象下面隐藏着的都是地狱。哦，我的上帝，难道我逃不出去了吗？

我慌不择路，害怕地朝前乱闯，我的嘴里有血和巧克力的味道，血的味道让我恶心，巧克力的味道一样让我恶心。我什么都不想，只想摆脱掉这厌恶的浪潮。我同自己做斗争，我想看到一些可以忍受、更美好的画面。"哦，朋友，我要的可不是这些海报！"我心里这样想着。我在惊恐中突然想起来，打仗的时候前线总会出现此类可怕的画面——那些胡乱地缠绕在一起、堆积如山的尸体，还有那些戴着防毒面具、变成了嘿嘿笑的鬼魂的脸。我有人性，我反战，如今却被这些画面吓了个半死，我真可笑、真幼稚。今天我才知道，驯兽师、将军和疯子脑子里能想象出来的思想或画面我同样能想象得到，它们都是一样恐怖，一样野蛮、邪恶，一样残忍、愚蠢。

我的心一下子踏实下来，想起了刚进剧院时看到的那张海报，就是那个漂亮男孩疯狂迷恋的那则——

所有的姑娘都是你的

我觉得，说到底，哪张海报也没有这个吸引人。我发现自己终于可以逃脱那个狼的世界了，心情就大大好了起来，推门进去了。

我闻到了春的芬芳。童年、青年的气息，在我眼中是那么熟悉，又是那么传奇，包裹着我，我的血管里流动着那个时候的血液。在这之后的我的一切的行为、思想以及存在都离开了我，我又变得年轻了。一个小时、几分钟前，我还在为自己懂得什么是爱、什么是欲望和渴望而骄傲，但我懂得的只是老人的爱和渴望。如今，我又年轻了，我在自己体内感觉到的这种激流，这种巨大的冲动，这种如三月里的风一样奔放的激情年轻、新鲜又真实。被我忘掉的烈火又一次蹿了出来，很久以前的声音又发出了多么阴郁的回响！我的灵魂在大声叫喊，在唱歌，我的血液在燃烧，在怒放。我是一个十五六岁的孩子，我的脑袋里装满了拉丁语、希腊语、诗歌。我的心中充满了激情，我的幻想中装满了艺术家的梦想。但最深、最热烈、最可怕的东西，是燃烧在我心中，跳跃在我心中的爱的火焰、对性爱的渴望、一时的狂热以及对欲望的预感。

我站在我居住的那座小镇上方的山嘴上。风将春天与紫罗兰的气息送进了我的长发里面。我在山下的小镇上看到了波光粼粼的小河，还看到了我家的窗户，我看到的、听到的、闻到的一切深深地触动了我。那种感觉就像新鲜的、还站不稳的生命，散发着五颜六色的光，在春风的吹拂下摇摆，像变魔术一样变形，又像我曾经用年轻的眼睛——第一次看到青春与诗歌的眼睛——注视这个世界。我的手随意摇摆，我随手摘下一个开了一半的花骨朵，闻着（我一闻到这种气味，过往的一切就回到了我的脑海里），然后放在我那还没有姑娘吻过的嘴唇中间，开始很顽皮地咀嚼。我一品尝到那又酸又苦的味道，马上就准确地知道了我又在经历着的是什么。一切都回来了，我又在经历着的是我童年最后一年的最后一个小时，那是一个初春的下午，我一个人出门散步，刚好碰到了罗莎·克莱斯勒，我如此害羞地同她打招呼，如此疯狂地爱上了她。

那天她来了，一个人来的，很梦幻地爬上了那座小山，朝我走过来了。她并没有看到我，我一看到她心中就充满了焦虑与恐惧。我看到她的头发扎成了两条粗粗的辫子，每一条扎得都很蓬松，风吹拂着她的脸颊。我平生第一次看到她竟是这么美，风戏耍着她的秀发，看上去好美、好梦幻，一条淡蓝色的裙子覆盖着她那年轻的躯体，看上去是那么美，那么让人兴奋，正如我嘴里嚼着的花骨朵流出的又苦又辣的汁液像洪水一样流遍了我的整个身体，让我的心中充满了整个春天的恐惧、欢乐与痛苦，见到这位姑娘，同样让我的心中充满了整个的可以置人于死地的爱的预感与对女人的预感。那一刻充满了震惊，充满了对于很多的可能与承诺的预先警告，充满了无名的欢乐、难以理解的困惑和痛苦，也充满了对于最深的罪恶的解脱。哦，留在我舌头上的春天的苦涩的味道是那么强烈！风又是如何顽皮地吹拂着她玫瑰色脸颊旁边的蓬松的头发！现在，她走近了。她抬起头，认出了我。一时间，她的脸上露出绯红，慌忙把目光移向别处，但当我把校帽摘下来时，她马上就镇定下来，抬起一只胳膊，用很成熟的微笑回应我的问候。然后，她露出了一副只有此种情景中才会出现的那种美貌女子的姿态，在我在她身后送出的由数千个祝福、希望与倾慕组成的光轮中继续慢慢地朝前走。

　　因此，在这一刻，我想起的是三十五年前的那个星期日以及此后的情景。山和小镇，三月里的风和花骨朵的味道，罗莎和她那棕色的长发，涌起的欲望和甜蜜的令人窒息的痛苦。一切都是原来的模样，我似乎觉得我这辈子从未像那天爱罗莎那样热烈地爱过一个人。但这次我没有像以前那样，而是主动跟她打招呼。我看到她认出我的那一刻羞红了脸，我还看到她竭力掩饰这一点，我马上就知道了她爱我，这次偶遇对她、对我意味着同样的东西。这次我没有像以前那样，帽子拿在手里，很有礼貌地站到一旁等她过去，而是在就要沉醉于痛苦的紧要关头，做出了我的热血命令我做的事。我大声喊道："罗莎！感谢上帝，你来啦，你真美，你真美。我如此深情地爱着你。"也许我说的并不是在这一刻可以说的所有话语中最棒的，但说那么棒的话根本没必要，只这两句就够了，甚至还多了。这次罗莎没有摆出女人的那种样子，也没有继续朝前走。她停住脚步，看着我，脸越来越红，说道："你好，哈里——你真的喜欢我吗？"她那双棕色的眼睛里射出明亮的光，照亮了她那张坚毅的脸，让我觉得从那个星期天的下午我让罗莎从我身旁经过的那一刻起，我过去的生活、爱情就都是错的、混乱的，充满了愚蠢的痛苦。然而现在，我改正了错误，一切就都不同了，一切就都好了。

　　我们的手紧紧地握在一起，我们手拉着手慢慢地朝前走，我们是快乐的，又是窘迫的。我们不知道该做什么，也不知道该说什么，就开始加快了速度，想要摆脱掉这窘迫，然后我们就跑起来，一直跑得喘不过气来，再不停下就不行了。但我们没有松开对方的手。我们还是孩子，并不太知道该怎么对待对方。那个星期天，我们甚至都没接吻，却过得无比快乐。我们站住脚喘气。我们坐在草地上，我抚摸着她的一只手，她很害羞地用另一只手抚弄我的头发。然后，我们就又站了起来，想比比我俩谁个子高。老实说，我比她要高一指，可我并不想比她高。我非要说我俩一般高，上帝造出了一般高的我们两个，以后我们还要结婚。然后，罗莎说她闻到了紫罗兰的香味，我们就跪在短短的春天的草丛中找它们，我们找到了一些短的，我把我的给她，她把她的给我。这时候，天变冷了，太阳斜斜地挂在悬崖边上，罗莎就说我们得回家了。她这么说，我俩都很难过，因为我不敢送她回家。但我们现在有了一个属于自己的秘密，这是我们最珍贵的财产。我让她先走，自己在悬崖上趴下来，脸贴着崖边，朝山下的小镇望去，我看到她那小小的身影消失在下边远远的地方，看到她过了喷泉，跑过了那座桥。我现在知道她已经到家了，我躺在那里，离她很远，但我们之间有纽带相连。同一股洪流在我们体内流淌，同一个秘密在我们之间传递。

　　整个春天我们不时在各个地方见面，有时在悬崖上，有时在花园周围的灌木丛那边，丁香花开始开放的时候，我们害羞地把初吻献给了对方。像我们这么小的孩子能给予对方的很少，我们的初吻缺乏热情，做得也不圆满。我不敢碰她耳朵周围的那两条辫子。但爱和欢乐在我们心里，这些都是我们的。那是一种羞怯的情感，她说要嫁给我，我说要娶她，这种承诺虽说还不成熟，但彼此间这种羞怯的等待让我懂得了一种新的幸福。我们在爱的阶梯上一点点地朝上爬。就这样，从罗莎和紫罗兰开始，我又把爱的生活过了一遍——但这次我是在更幸福的星光下过的。我失去了罗莎，厄姆加德出现了，太阳更加温暖，星光更加摇曳，但厄姆加德像罗莎一样，也不是我的。我一步步地朝上攀爬。我要经历的还有很多，我要学的也还有很多，我必须失去厄姆加德，我必须失去安娜。我在年轻时爱过的每一位姑娘，我又一次爱上了她们，但现在，我可以用爱让对方激动了。我可以给对方某种东西，对方也可以给我某种东西。渴望、梦想、可能，这些先前只存在于我的幻想中的东西，如今可以活在现实中了。艾达、劳拉，以及我爱过一个夏天、一个月，或者一天的所有的姑娘，都像美丽的花一样，从我面前走过去了。

　　如我所想，我现在就成了我看到的那个心急火燎地赶着去推开爱的门的漂亮又激动的少年。我只是活出了一丁点儿的自我，在我的真实生活与存在中表达出的还不到十分之一，甚至千分之一。如今，我就把这一点儿的自我活到了极限。我看着它生长，我的身体的其余的部分干扰不到它。思想家打扰不了它，荒原狼折磨不到它，诗人、先知、道德家也吓不倒它。不——我现在什么都不是，只是情人，我不吸取别的幸福、别的痛苦，只吸取爱的幸福、爱的痛苦。厄姆加德早就教我怎么跳舞了，艾达早就教我怎么接吻了，但是爱玛（她们当中长得最漂亮的那位姑娘）在一个秋天的夜晚，在一棵摇摆的榆树下，最先把她那对棕色的乳房捧给我，让我亲吻，又在杯中灌满情欲的美酒让我喝。

　　我在巴伯罗的小剧院中待了好久，可我还是无法用语言描述出它千分之一的好。我爱过的姑娘都是我的。每个姑娘给我的都是她独有的，我给她的也只有她一个人知道如何接受。我感受到了很多的爱，很多的快乐，很多的迷恋，很多的困惑，也感到了很多的痛苦。我这辈子错过的爱，在这梦幻般的几个小时里，在我的花园中，像鲜花一样神奇地绽放。这些花有的纯洁、温柔，有的像烈火一样鲜艳，而那些黑色的很快就褪了颜色。我的花园中还有燃烧的欲望，温柔的幻想，闪亮的忧郁，痛苦的死亡，光芒四射的降生。我看到了只为激情而迷

醉的女人，慢慢地向她们献殷勤，慢慢地赢得她们的芳心，这
让我快乐。在我生命中的每一个充满暮光的角落，性爱的声音
呼唤过我，女人的一瞥点燃过我的激情，姑娘们那洁白皮肤上
的亮光诱惑过我。在这一刻，这些角落再次浮现，我生命中错
过的一切也都得到了很好的补偿。一切都是我的，一切都为她
而存在着，那个亚麻色头发下藏着一双很特别的深褐色眼睛的
女人就在那里呢。我在一艘游轮的过道里，曾在她身旁站过一
刻钟，在那以后，她就时常出现在我的梦里。她不说一句话，
但她教给我的做爱的技巧让我无法想象，是那么可怕、那么致
命。这个从马赛港上船的中国女人，举止优雅，性情安静，
笑得毫无表情，有着一头乌黑乌黑的顺滑长发和水汪汪的眼
睛——她也知道那些想象不到的事。每个姑娘都有着独属于自
己的秘密，身上都散发着自己国家泥土的芬芳。每个姑娘都有
着独属于自己的接吻、大笑的方式，都有着知耻的方式，也都
有着不知羞耻的方式。她们来了又去了。溪流把她们送到了我
的身旁，也把我送到了她们身旁，并且从她们身旁流了过去。
我在迷人、危险、惊人的性爱的溪流中只是个孩子。我吃惊地
发现，我的生活——看似无比凄惨、无比孤寂的荒原狼的生
活——竟是那样富足，竟然充满了爱的机会与爱的诱惑。我错
过了它们。我从它们眼前逃跑了。我栽倒在它们身上。我匆忙
地忘掉了它们。但成百上千的它们都被储藏在了这里，一个也
没有丢失。现在，我看到它们了，于是放弃了抵抗，乖乖地屈
从了它们，让自己沉浸在了它们那个充满了玫瑰色暮光的地下

世界里面。就连巴伯罗诱惑过我的那种淫乱的方式也出现在我的眼前，而更早的那些，那个时候我还不太明白的三四个人一起性交的那些事，哈哈一笑就把我推到了这些淫荡的性爱游戏中。很多用语言无法描述的事发生了，很多用语言无法描述的性爱游戏也玩过了。

当我再一次浮到这条充满了诱惑、罪恶与纠缠的没有尽头的溪流的表面上时，我安静了，也沉默了。我有资格了，有知识了，聪明了，经验丰富了——为赫尔米娜成熟了。在我的神话中女人太多，她是最后一个出现的，她是我一连串数不尽的名字中的一个，可就在这时，我马上恢复了神智，结束了这个爱的童话，因为我在这面魔镜的暮光中并不想遇到她。我属于她，并不只是作为我下的这盘棋中的这颗棋子属于她，而是整个属于她。哦，我现在要把全部的棋子摆在棋盘上了，她是这盘棋的中心，一切都围着她转，一切都是为了让她满意。

溪流将我冲到岸边。我又一次站在了安静的剧院的过道上。我现在该怎么做？我摸着兜里的小棋子——可连这种冲动也消失了。我的周围是一个由无数的门、海报和魔镜组成的世界。我无精打采地读着最先映入我的眼帘的一行字，不由得浑身颤抖起来。那些字是：

如何为爱杀人

　　一幅画面马上闪过我的脑际，在那儿停留了片刻。赫尔米娜坐在一家餐馆的桌子旁喝酒、吃东西，突然转过身来，迷失在言语的深渊中，她的脸上露出一种骇人的渴望，她说她让我成为她的情人只有一个目的：死在我的手里。一股沉重、痛苦、黑暗的波浪涌进我的心里。突然，一切再次与我面对面地相遇。突然，生活的最后的呼唤的感觉紧紧扼住了我的心。绝望下，我伸手摸口袋里的那些小棋子，想变个小魔术，重新布置棋子。然而，棋子早已不在那里了。我反倒掏出来一把刀子。我怕得要死，奔跑在过道上，跑过了每一扇门。我站在那面巨大的镜子对面。我朝里面看。镜子里有一匹漂亮的狼，跟我一般高。它站在那里，目光中透着不安，羞怯地朝旁边瞥着。它瞥见了我，眼睛顿时亮起来，嘿嘿笑了笑，嘴分开了，露出了它的红舌头。

　　巴伯罗去哪儿了？赫尔米娜去哪儿了？那个和颜悦色地跟我聊培养个性的聪明的家伙又去哪儿了？

　　我又一次朝镜子里看。我疯了。镜子里根本没有张着血盆大口、吐着红舌头的狼。那狼就是我——哈里。我的脸变成了土灰色，已看不到所有的幻想了，它被罪恶毁了，苍白得叫人害怕。不过，我还是个人，还是个可以说话的人。

　　“哈里，”我说，“你在这儿干吗呢？”

　　“没干什么，”镜子里的那个人说，“我只是在等待。我在等待死亡。”

　　“那死亡在哪儿呢？”

"就要来了。"那个人说。就在这时，我在空荡荡的剧院里听到了音乐的声音，这音乐真美，又令人敬畏，是歌剧《唐璜》中的一段，在宣告石头客人的到来。就听咣当一声，像是铁块撞击在了一起，听着让人胆寒，音乐就从另外的一个世界、从不朽的人那里传了进来，响彻了整个鬼屋。

"莫扎特。"我这样想着，一想到这个名字，埋藏在我的内心中那个最可爱、最高贵的画面就浮现在了我的脑海中。

就在这时，就听我身后有人在大笑，那是一种清亮、冰冷的大笑，是从人类还不知道的世界里传过来的，那是一个从痛苦中、从洁净而神圣的幽默中孕育出的世界。我禁不住回头去看，因为这笑声的祝福，我整个人就像是被冻住了，然后我看到莫扎特来了。他一路人笑着走过我的身旁，很安静地朝前游荡，打开一扇包厢的门，走了进去。我着急了，慌忙跟上我年轻时供奉的神，要知道他可是我这一生中挚爱、尊敬的对象。音乐响起来了。莫扎特正把身子伏在包厢的边上。整个剧院里什么也看不到。黑暗填充了无边的空间。

"知道吗，"莫扎特说，"没有萨克斯也没事——尽管我真的不想贬低那件著名的乐器。"

"我们这是在哪里？"我问。

"我们是在《唐璜》的最后一幕里。莱波列罗正跪着。这一幕真棒，音乐也好。这一幕暗含的东西很多，当然了，这

是很人性的，你可以在里面听到另外一个世界——听到那大笑
声了没？"

"这是人类写过的最后的伟大的音乐，"我就像个老师
那样很自负地说，"当然了，后面还有舒伯特。还有雨果·沃
夫，对了，我可千万不能忘了那个可怜又可爱的肖邦。您这是
在皱眉吗，我的作曲家先生？哦，对了，贝多芬——也很棒。
可这些东西——虽然称得上美——却有着某种狂热的东西，某
种瓦解的东西。像《唐璜》这么丰富、这么有力的作品，以后
再也没有出现过。"

"你不要太紧张，"莫扎特大笑道，笑声中透着嘲讽，
叫人害怕，"我想你也是音乐家吧。对了，音乐这行我不干
了，我退休了，想踏踏实实待着。我现在偶尔还玩玩，也只是
为了娱乐。"

他举起双手，看样子是在指挥乐队，一轮明月，要么就
是一颗暗淡的星，从哪里升起来了。我隔着包厢的边向下看着
深不见底的虚空。那里有雾和云在飘。山和海岸泛着微弱的
光，我们身下延展开去的是一片世界那么大的荒原。在这荒原
上，我看到一位相貌可敬的老人，留着长长的胡子，正阴沉着
脸用力拽一大群黑衣人，看上去足有万余个。他阴郁的脸上透
着绝望，莫扎特说：

"看到了没，那人就是勃拉姆斯。他这是在奋力赎罪，
不过他的罪得赎一辈子。"

我意识到他身后那万余人是演奏过他的全部或部分

音乐的乐手，在神圣的评论家眼中，这些音乐都是可有可无的。

"他的管弦乐太臃肿了，浪费了好多的材料。"莫扎特一边点头，一边说道。

我又在那里看到了瓦格纳，身后也跟着一大帮人，那些人紧紧抓住他，围在他身旁，给了他好大的压力。我们看到他也是一脸悲伤，拖着疲惫的步子缓慢地朝前走。

"我小时候，"我伤心地说，"觉得这两位音乐家完全就是两个极端。"

莫扎特放声大笑。

"是的，永远都是这样。站在稍远的地方看，这种鲜明的对比却总想表现出他们在音乐上越来越多的共同点。不管怎么说，管弦乐编排得太臃肿，既不是瓦格纳的错，也不是勃拉姆斯的错，而是他们所处的那个时代的错。"

"什么？就因为这个，他们就要担负那么沉重的罪责吗？"我大声反驳道。

"那当然啦。这是法律规定的。等他们把他们那个年代的债还清了，就知道他们个人欠没欠债了。"

"可他们是身不由己的！"

"当然是啦。亚当吃苹果也是身不由己的。这债他们不还不行。"

"可这也太可怕了吧。"

"当然很可怕啦。生活总是很可怕的。我们活着，身不由己，可还是得还债。人一出生就成了罪人。如果你连这个都不知道，那你接受的肯定就是很特别的宗教教育。"

现在我已是痛苦万分。我看到我就像一个快要累死的朝圣者，身上背着我写的那么多的可有可无的书、文章、小品文，身后跟着两大群人，一群是把铅字排好的排字工人，一群是把我写的那些烂东西统统接受了的读者，拖着疲惫的步子，穿行在另外一个世界的沙漠中。我的天啊！除了这些，还有亚当和那个苹果，以及全部的原罪。然后，我就要在无边无际的炼狱中为这一切还债。然后，那个问题就会冒出来：在这一切的背后是否还留下了我个人的东西，我所做的一切以及这一切所造成的后果，是否只是海面上的空虚的泡沫，是否只是历史的长河中泛起了一个没有任何意义的涟漪。

莫扎特看到我这张长脸放声大笑。他笑得忍不住在空中翻了个筋斗，又以鞋跟为轴让身体不停打转。与此同时，他冲着我高喊："嘿，小伙子，你怎么不说话啦？嘿，小伙子，你生气了吗？你在想你的那些读者，那些吃腐肉的家伙，你在想你的那些排字工人，那些可悲的煽动者，那些磨军刀的家伙。你这个家伙，你让我笑得浑身都抖了，都让我把我的马裤的针脚撑破了。哦，你这个大傻瓜的心里装满了印刷用的灰暗的墨水，你的灵魂中充满了悲伤。我给你留支蜡烛吧，如果这能让你得到些安慰的话。你戴着眼镜，戴着镣铐，净说废话，净写烂文章，你长着一嘴烂牙，你摇摇尾巴吧，别犹豫啦，快去玩玩吧。我祈祷魔鬼把你抓走，先把你大卸八块，再把你组装到一起，直到足以抵消你犯下的写烂东西、胡乱抄烂东西的重罪。"

然而，这一切对我来说太过分了。我的愤怒消失了，很快变为了忧郁。我一把抓住莫扎特的辫子，他飞走了。他的辫子越来越长，就像彗星的尾巴，我抓着尾巴尖打转。他妈的，这个世界好冰冷！这些不朽的人真能容忍这稀薄而冰冷的空气。不过，这冰冷的空气同时让我欢喜。老实说，这种感觉只持续了很短的时间，然后我就丧失了意识。一种极其强烈、如钢铁般闪亮的冰冷的快乐将我紧紧扼住，一种像莫扎特那样尖厉、狂野、非尘世的大笑的愿望也得到了满足。然后，我就喘不过气来了，没了意识。

我醒了，脑子里乱得不行，身上也都受伤了。白色的光射在过道里擦得锃亮的地板上。我没跟那些不朽的人在一起，我还没去那里呢。跟以前一样，我的心里还是乱乱的，我还在受苦，我还是狼人，还在饱受复杂个性的折磨。我没有找到可以享乐的地方，也没有找到永久的安息地。这一切必须有个了断。

哈里在那扇大镜子里面，站在我对面。他看上去精神不怎么好。他的模样和那天晚上去那位教授家，后来又坐在黑鹰酒吧喝酒时一样。不过这已是很久以前的事了，都过去好多年、好多个世纪了。他早就变老了。他学会了跳舞。他去看了魔力剧院。他听到了莫扎特大笑。他再也不怕跳舞、女人、刀子了。就连那些天资平平的人，经过几百年的成长，也都成熟了。我看着镜子里的哈里，看了好久。我还是很了解他，他还和那个十五岁的男孩有点像，那是在三月里的一个星期日，那男孩在悬崖上碰到了罗莎，摘下帽子同她打招呼。可从那个时候起，他就老了好多个世纪。他狂热地爱上了哲学、音乐，在钢盔酒吧，在酒杯中倒满对战争的厌恶，倒满阿尔萨斯，喝进了肚里，还同那些博学的好人聊克利须那。他爱过艾莉卡，爱过玛丽亚，做过赫尔米娜的朋友，射杀过汽车，跟那个高雅的中国女人睡过觉，碰到过莫扎特、歌德，在时间的网中打过零工，在现实的伪装下挣过房租，尽管这会囚禁他的身体与灵魂。就算他又一次失去了那个漂亮的下棋的老者，他的兜里不是还装着那把刀子吗？从那时起，老哈里就成了一个疲惫的老疯子。

　　呸，去他妈的，去他妈的这苦涩的生活！我冲着镜子里的哈里啐唾沫。我抬起脚，踢了他一下子，把他踢成了碎片。我沿着有回音的过道慢慢朝前走，很仔细地扫视每一扇门，以前每扇门上贴着的海报上都闪动着诱人的承诺，可现在一张也看不到了。我慢慢地走过了魔力剧院的几百扇门。这难道不是我去化装舞会的那天？从那时候起早就过去了几百年。用不了多久，时间就停止了。可有些事还是得做。赫尔米娜正在等我。跟她结婚，肯定很奇怪吧，跟她结婚，我就会被卷入悲伤的洪流，就会变成奴隶，变成狼人。呸，去他妈的吧！

　　我来到最后一扇门前，停住脚步。那股悲伤的洪流早就吞噬了我。哦，罗莎！哦，逝去的青春！哦，歌德！哦，莫扎特！

　　我推开了那扇门。我看到的是一个简单、美丽的画面。地上的厚毯子上躺着两个人，都没穿衣服，一个是美丽的赫尔米娜，一个是漂亮的巴伯罗，俩人做完了爱，累得没有了一点力气，正搂在一起睡觉。俩人的身材真美，这个画面真美，身体又是那么美妙。我看到赫尔米娜左侧乳房下面有个圆圆的痕迹，是伤口，很新鲜，现在已变得有些暗淡，是巴伯罗那口漂亮闪光的牙齿咬的，是爱的证据。我拽出刀子，照着那个爱的痕迹猛地攘进去，一直攘到刀把快没了。血从她那又白又嫩的皮肤下面喷了出来。如果这一切发生得稍稍有些不同，说不定当时我会把她的血吻干。但我没那么做。我只是站在一旁，看她流血，她睁了会儿眼睛，看着很痛苦，又很困惑。她干吗困惑？我想。然后，我突然想到我得给她把眼睛合上。可是还没容我动手，她的眼睛就自己合上了。这样看来一切就都办妥当了。她只是把身子朝旁边侧了侧，从她的腋窝到乳房那块，我又看到了那道很好玩的细细的影子。看着那影子像是要回忆起什么事来，可我记不清了。然后，她就不动弹了。

　　我看了她好久，后来，我的身体开始颤抖，我就转身要走。然后，我看到巴伯罗舒展了一下身体。我看到他睁开眼睛，伸伸四肢，弯下腰，俯在那姑娘身上，笑了。我在想，这个小伙子把什么都不当回事。他看到什么东西都笑。与此同时，巴伯罗很小心地把毯子一角翻过来，盖住了赫尔米娜的胸脯，这样伤口就看不到了，然后自己很安静地出了包厢。他这是要去哪儿？谁都不要我了吗？我留在那里，孤零零的一个人，陪着我曾爱过、嫉妒过的女人半裹着的死尸。她那男孩子气的头发低低地垂在白白的额头上面。她的嘴唇微微分开，在苍白的脸的映衬下闪着红色的光。她的头发上散发着淡淡的香气，藏在头发里的小贝壳样的耳朵上也微微地闪着亮光。

　　她算是心满意足了。她还没有嫁给我，就被我杀死了。这种事放在以前我想都不敢想，如今我跪在地上，根本不知道我这种行为意味着什么，不知道我这么做是对的、好的，还是错的、坏的。那个聪明的下棋人见了会怎么想？巴伯罗又会怎么想？我什么也不知道，脑子也不听使唤了。这时，她那张涂了口红的嘴在变得越发苍白的脸的衬托下闪烁着越来越红的光。我的整个生命也是一样。我的小幸福和爱情就像这张很显眼的嘴，只是死亡面具上的一个小红点。

　　从那张死人脸，那对死人的白肩膀、死人白胳膊上，冒出、慢慢浮现出一种战栗，一片冰冷、荒凉的沙漠，一股在慢慢增强的寒气，都把我的两只手和嘴唇冻木了。我是不是灭掉了燃烧着烈火的太阳？我是不是阻止住了万物的心跳？是不是冰冷的死亡与空间闯进来了？

　　我战栗着看那冰冷的眉毛，那乌黑的头发，还有耳朵上泛着的冰冷的微光。从这些部位冒出的寒气是致命的，却又是美丽的，这寒气在唱歌，在颤抖。这寒气就是音乐！

　　我以前没有感受过这种战栗，同时发现它是一种欢喜吗？我以前没听到过这种音乐吗？我听到过，跟莫扎特和那些不朽的人在一起时听到过。

　　几句诗进入我的脑海里面，我以前在哪儿碰巧看过：

　　但我们在你们上面

　　永远活在冰冷的闪光的苍穹中

　　不知道白天黑夜，也知道时间的划分

　　我们没有年龄，也不做爱

　　你们的一切罪恶，一切痛苦的自我惊吓

　　你们杀人，你们淫荡的快乐

　　在我们眼中不过是一场表演

　　就像绕着圈走的太阳

　　让最长的那天变成日夜

　　我们偷窥你们那狂热的生活

　　然后在有序流动的繁星中

　　让自己焕发了精神

　　在我们眼中，我们的呼吸就是寒冬

　　讨好着天空中的龙

　　我们永恒的存在冰冷，永不改变

　　我们永恒的大笑冰冷，如星般明亮

　　然后，包厢门开了，莫扎特走了进来。我第一眼没认出他，因为他现在没留辫子，马裤、搭扣皮鞋也没穿，穿的是现代人的衣服。他在我身旁拣了把椅子坐下了，我想拦住他，因为赫尔米娜胸脯上冒出的血已经流到了地板上。他却不在意，坐在那里开始忙着鼓捣摆放在面前的几件器具。他干起事来有板有眼的，态度很严肃，一会儿用螺丝刀紧紧这儿，一会儿又紧紧那儿，灵活的手指动个不停。我觉得好惊讶，呆呆地看着，真希望可以看到这些手指弹弹钢琴。我若有所思地（更确切地讲，应该是像做梦一样）注视着他，他那双漂亮又灵巧的手让我着迷，有他在场我也觉得身上暖和了些，同时也有点担心。至于他在忙活什么，他在用螺丝刀鼓捣什么零件，我完全没注意。

　　然而，我很快就发现他组装出了一台收音机，调试完了，现在也把扩音器插好了，就听他说："我是在慕尼黑为您广播。现在为您播放的是亨德尔的F大调大协奏曲。"

　　然后，让我感到难言地震惊与恐惧的是，这个邪恶的漏斗状的金属做的东西二话不说就开始朝外喷射混有气管里的黏液和嚼过的橡皮糖的脏东西，而莫扎特竟然还劝诱那些家里有留声机、收音机的人管这种噪声叫音乐。当然了，在这恶心的黏液和呱呱叫的难听的噪声背后，是可以听到那种高贵的音乐的轮廓的，就像一个老汉，看着穿得很破烂，其实是一位大师。我能听出那庄严的结构，深广的气势，饱满的指法。

"我的天啊，"我惊恐地叫道，"莫扎特，你这是在干吗？你真的要用这种烂玩意儿折磨我，折磨你自己吗？你真的要毁掉我们今天来之不易的胜利吗？你真的要把这件可以让我们在消灭艺术的战争中得胜的最后的武器毁掉吗？你非要这样做吗，莫扎特？"

看这个神秘的家伙笑得多猖狂！笑得多冷，多怪！这笑很安静，然而万物一听到这笑就碎了。他看到我受苦满足得很，他弯下腰，对着那些螺丝骂骂咧咧的，继续鼓捣那个金属小喇叭。然后，吵死人的噪声就慢慢流出来了，而且流个没完，他还在大笑，答道：

"请不要苦恼啦，我的朋友！对了，你听到那个渐慢的乐章了吗？渐慢的乐章，懂吗？听到啦，那好，你还真沉不住气，让这个渐慢的乐章富含的感情感动你吧。你听到贝司音了吗？它们跨着大步，就像神。让老亨德尔的灵感渗入你那躁动不安的心灵中吧，让它安静下来吧。好好听听，你这个可怜的家伙，听的时候不要气恼，也不要嘲笑，你会听到这种神圣的音乐在这台愚蠢至极、可笑透顶的机器罩子后面远远的地方飘过去了。注意听就会学到一些东西。注意观察这个疯狂的扬声器上的小喇叭，你一眼就能看出来，世界上再没有比这更愚蠢、更没用、更该死的东西了，看看它想干吗。它把哪个地方正在播放的音乐——哪个地方的都行，什么样的音乐都行——统统抓过来，胡乱地扭曲一下，就把它一脚踢开，扔到空中，然后它就降落在某个本不属于它的地方。这东西干的事虽然挺缺德，也许会捣些乱，朝音乐身上泼脏水，却破坏不了音乐的原本的精神，只能把它那堆没用的机械装置扔在自己脚边。快点听，你这个可怜的家伙。好好听吧。你需要这东西。你现在听的不只是一首被收音机扭曲了的亨德尔的作品——即便是在这种最糟糕的掩盖下，他的作品依然是神圣的——你还听到了，注意到了，我最棒的先生，生活的一种绝妙的象征。你听收音机的时候，就在目击一场思想与外表、时间与无限、凡人与圣人之间的永恒的大战。我亲爱的先生，当收音机胡乱地把最美的音乐扔进最令人难以置信的地方，扔进温暖舒适的客厅、阁楼，扔进正在聊天、大吃大喝、打哈欠、睡觉的听众中间长达十分钟时，当它剥夺了音乐的感官上的美，毁了它，弄伤了它，朝它身上啐唾沫而依然无法毁掉它的精神时，生活，也就是所谓的现实，也在这么做，它把世界上的高贵的画面弄得一团糟。它制造出了没有吸引力的音调——就好比在最具有魔力的管弦乐身上吐了一口黏液。它每去一个地方都要强制推行它的机械装置，它的行动，它那令人讨厌的需求，它那连接理想与现实、管弦乐与耳朵的没用的东西。生活向来都是这样的，我亲爱的孩子，我们管不了，由它去吧；如果我们还不是蠢猪，就对它笑一笑。它死活也成不了你这样的人物，可以对音乐和生活发表一下评论。你最好先学会听！先知道哪些该严肃对待，哪些该一笑了之。要么就是你已经做得很棒了，变得更高贵、更正确、更有品位了？哦，不，哈里先生，你还没这么棒。你这辈子光生病了，你是很有天赋，却把它们都给毁了。而且，据我看，面对那么漂亮、那么迷人的一位年轻女士，你除了抄起刀子插进她的身体，攘死她，再没别有的办法。你觉得我说得对不对？"

"对不对？"我绝望地大声叫道，"不！我的天啊，一切都是错的，一切都那么糟糕、愚蠢荒谬！我是畜生，莫扎特，我是一头愚蠢、愤怒的畜生，我病了，我的灵魂烂掉了。你说的是对的，再说一千遍，你说的也是对的。可说到这位姑娘——是她要求这么做的。我只是帮她完成了心愿。"

莫扎特还在无声地笑着。不过他心肠还好，关掉了收音机。

我为自己辩护，尽管我觉得自己说得很有理，可话一出口，还是觉得辩词愚蠢透顶，愚蠢得出乎我的意料。我突然想起了那天赫尔米娜跟我说时间和永恒的事，当时我马上就认为她的思想正是我的思想的反映。她说她想死在我手里，死在我手里让她激动，还说她这个想法完全没有受到我的影响，我认为她说得一点不假。可当时我为什么既接受了她那个可怕又怪异的想法，又提前猜到了呢？我在看到赫尔米娜赤身裸体地躺在别的男人怀里的那一刻为什么要杀死她呢？莫扎特那无声的大笑又来了，这大笑无所不知，透着无尽的嘲讽。

　　"哈里，"他说，"你可真会开玩笑。这位漂亮的姑娘除了想让你用刀子攮死她，真的就对你没有别的要求了吗？你拿这话骗鬼去吧！不过，你攮死她至少做的是对的。这个可怜的孩子现在已经死停当了。你很勇敢，用刀子解决掉了这位女士，也许现在这一刻正好，你应该意识到你这么做的后果了。要么，你就是想逃避这些后果？"

　　"不！"我大声叫道，"你就什么都不懂吗？我逃避后果？我没别的想法，就想替他们还债、赎罪，把我的脑袋搁在行刑斧底下，接受灵与肉的毁灭的惩罚。"

　　莫扎特看着我，目光中透出的讥讽让我难以忍受。

　　"你总是说得那么悲壮。可你还没学会幽默呢，哈里。幽默总在一个人上断头台的时候出现，等你上了断头台，不学也得学了。你准备好了吗？很好。那你就去检察官那里吧，让法律惩罚你，直到天色破晓时，你在监狱的院子里被冰冷的斧子砍下脑袋。你准备好了吗？"

　　一则通告立即闪过我的眼前，上面写着：

处死哈里

　　我点点头表示同意。我站在一个光秃秃的院子里，院子四面都是墙，墙上开着铁窗，我在灰色的黎明的空气中瑟瑟发抖。院子里有十几位身着晨衣的先生，还有一台新竖起来的断头机。由于痛苦与恐惧，我的心紧缩在一起，但我心甘情愿，默许了这一切。一声令下，我走上前去，一声令下，我跪倒在地。检察官摘掉帽子，清清喉咙，其余的那十来位先生也都清了清喉咙。检察官打开一份官方文件，拿在胸前，大声读道：

"先生们，站在你们面前的这个人名叫哈里·哈勒尔，被控且证实犯下故意滥用我们的魔力剧院的罪行。哈勒尔不但用所谓的现实毁坏了我们的美丽的画廊，用一把刀子的映像捅死了一位姑娘的映像，羞辱了我们的神圣的艺术，还表现出了将我们的剧院用作自杀机械装置的不良意图，并且证明自己完全没有幽默感。故此，我们判罚哈勒尔永远不死，且二十个小时内不得进入我们的剧院。他被取笑一次的责罚也不得豁免。先生们，我们一起来，一、二、三！"

在场的人一听到"三"这个字齐声大笑，这笑声真齐整，真让人害怕，就像是从另一个世界来的，人的耳朵听了根本受不了。

我醒过来时，发现莫扎特还像刚才那样坐在我的身旁。他拍着我的肩膀说道："你听到对你的惩罚了吧。你得学着多听收音机里播放的生活的音乐，知道吧。这对你有好处。你的天赋不是一般地缺乏，你真是个大傻瓜，不过你也不要急，慢慢就知道自己该做什么了。你得学会大笑。这是对你的要求。你得学会欣赏生活中的幽默，也就是断头台式的幽默。不过，当然啦，除了要求你做的那些事，世界上其余的事你都愿意做。你愿意用刀子把姑娘捅死。你愿意很庄重地被处死。你无疑还愿意羞辱、惩罚自己好几个世纪。我说得对不对？"

"哦，是的，这些我都很愿意做。"我痛苦地哀号道。

"你当然很愿意做啦！不管什么事，只要跟愚蠢、悲哀、完全没有幽默或智慧沾上边儿，都有你的份儿，你这个悲剧家。嗯，我可不是这样的人。你那些跟赎罪有关的浪漫故事在我看来就是一堆垃圾。你想被处死，想让人家砍掉你的脑袋，你这个疯子！你是个懦夫，宁愿去死，也不愿活着。可是，该死，你死不了！接受最严厉的惩罚倒对你有好处。"

"哦，这话怎么讲？"

"打个比方，我们可以让这位姑娘复活，跟你结婚。"

"不，我不想这样。跟她结婚会让我痛苦。"

"说得就好像你自己制造出来的痛苦还不够多似的。痛苦和死亡这些事我们早就说够了。现在你得醒过来了。你得活着，得学会笑。你得在收音机里听生活的音乐，尊敬音乐背后的精神，笑话音乐中可有可无的东西。就这样吧。对你的要求就是这些了。"

我紧咬牙关，用轻柔的语气问道："我要是不照做呢？莫扎特，我要是不听你的话，干涉荒原狼的生活，干涉他的命运呢？"

"这样的话，"莫扎特很平静地说，"我就请你再吸一支我的迷人的香烟。"说着他就像变戏法似的从马甲口袋里掏出一支香烟递给我，然后就突然变了模样，不再是莫扎特了。此刻是我的朋友巴伯罗正在用他那双富有异域风情的黑眼睛友善地看着我，而且他看上去就像那个教我用小棋子下棋的人的同胞兄弟。

"巴伯罗！"我惊叫道，"巴伯罗，我们这是在哪里？"

"我们正在我的魔力剧院里，"他笑道，"你什么时候想学探戈，成为将军，或者同亚历山大大帝聊天，跟我说一声就是了。不过，我得说，哈里，你让我有点儿失望。你闯进了我的幽默的小剧院，把它弄得一团糟，还用刀子乱攮，把现实的污泥泼在我们那漂亮的世界的图画上。你这么干可不太雅观。你看到我和赫尔米娜躺在那儿，就掏出刀子把她攮死了，我至少希望你这么做是出于妒忌。不幸的是，你并不知道如何对待这颗棋子。我想你对这个游戏已经有了更多的了解。嗯，下次你会做得更好。"

他搀扶起赫尔米娜，赫尔米娜在他手中立即变得像玩具棋子那么小，他把她装进了刚才掏香烟的马甲兜里。

甜蜜、浓重的烟雾散发出一种悦人的香气。我累坏了，打算睡一年。

这一切我都弄懂了。我理解巴伯罗。我理解莫扎特，在我身后的某个地方，我听到了他那可怕的笑声。我知道数万颗生命的游戏的棋子都在我的兜里装着。我瞥了一眼这场游戏的意义，理智顿时被激发出来，我决定重新玩这场游戏。我要再一次品尝它的痛苦，再一次因为它的愚蠢而战栗。我要经常，而不是再一次，横跨我的内心的地狱。

　　总有一天，我会更好地玩这场游戏。总有一天，我会学会大笑。巴伯罗在等我，莫扎特也在等我。